U0454969

海天译丛

六度自由

Six degrés
de
liberté

Nicolas Dickner

[加] 尼古拉·迪克内 / 著

黄旭颖 / 译

海天出版社（中国·深圳）

图书在版编目（CIP）数据

六度自由／（加）尼古拉·迪克内著；黄旭颖译.——深圳：海天出版社，2017.1
（海天译丛）
ISBN 978-7-5507-1778-7

Ⅰ.①六… Ⅱ.①尼… ②黄… Ⅲ.①长篇小说－加拿大－现代 Ⅳ.①I711.45

中国版本图书馆CIP数据核字(2016)第238915号

版权登记号　图字19-2016-026号
SIX DEGRÉS DE LIBERTÉ
Nicolas Dickner
©Éditions Alto, 2015

六度自由
LIU DU ZIYOU

出　品　人　聂雄前
责 任 编 辑　林凌珠　岑诗楠
责 任 校 对　陈少扬
责 任 技 编　蔡梅琴
封 面 设 计　知行格致

出 版 发 行　海天出版社
地　　　址　深圳市彩田南路海天综合大厦　（518033）
网　　　址　www.htph.com.cn
订 购 电 话　0755-83460293（批发）　83460397（邮购）
设 计 制 作　深圳市龙瀚文化传播有限公司 0755-33133493
印　　　刷　深圳市新联美术印刷有限公司
开　　　本　889mm×1194mm　1/32
印　　　张　10.25
字　　　数　178千
版　　　次　2017年1月第1版
印　　　次　2017年1月第1次
定　　　价　35.00元

谨以此书纪念

拉里·瓦尔特斯

第一章

－ 1 －

丽莎在想钱。

她头上戴着防毒面具，手里举着长柄叉，站在遍布鸟粪和蛆虫的阁楼里，把犀牛骨架和满是蛀虫的水貂皮大衣往窗外扔——同时在想钱。

她把长柄叉插进一堆过期的《星期一》杂志里。在湿度和动物粪便的作用下，杂志都粘在了一起。她置身于这堆文化的沉积痂壳中，像个品位不高的古生物学者。乔治男孩、年轻时的米雪儿·里夏尔和米歇尔·卢万；德鲁·巴里摩尔试图自杀；《星期一》彩票版1万元加币奖金，每周开奖；迈克尔·杰克逊的一次整形手术；又是《星期一》彩票版。丽莎翻出的《星期一》彩票版奖金应该累计有50万元。这些钱早就被人领走并消费掉了——花到哪儿去了呢？小玩意儿、衣服、旅行、圣诞礼物——这一切将来都会被扔进垃圾场，烧成卡路里，散落在空气中。

丽莎气呼呼地处理着这堆废品。杂志从天窗飞出去，随着一声闷响，跌入两层楼下面的垃圾收集箱。窗外不时传来邻居的割草机声，路过的汽车声，田野里的食米鸟叫声，新荷兰经销商的狗追着一只麝鼠的狂叫声。夏日苍白的声响，像收音机FM发出的丝丝杂音。

丽莎觉得自己被两个职位卡在中间。从9月到次年6月，她在学校狭窄的航道上以自动驾驶的方式前进。方向明晰，不必做任何决断。相反，夏天总在提醒她，她不是自己命运的主人。她搭建巴别塔，规划着合恩角周边的旅行，穿越撒哈拉沙漠，设计粒子加速器，可缺少钱——虽然很少量的钱——很小的计划也实现不了：买一辆自行车的钱，去露天汽车电影院的钱，造无人机、买指南针和显微镜的钱，上帆船课和武术课的钱，出发去征服世界的钱。

15岁的丽莎处在一个中间状态：制订计划，她够成熟，但想拥有一份体面的工作，却又太年轻——好工作可不是唾手可得的。这个夏天，她有两个选择：和墨西哥季节工一起摘草莓，或者跟着父亲干，获取一份象征性的工资——现在她清理着巴斯金家的阁楼，自问去草莓园干活会不会是个更好的选项。至少，她可以学上几句西班牙语。

这两天她一直在往窗外扔东西：老掉牙的高跟鞋、衣帽架、破破烂烂的藤椅、半身人体模型、孔雀羽毛、地球仪、折叠板凳和一捆捆的丝绒窗帘。她捅了几个老鼠窝、挑起一些柳条篮子、几扎《教区公告》、一个画着粉红色和蓝色兔子的摇篮、拆散的家具、一台根德牌短波收音机（后盖掉了，可以看见里面一排烧空了的灯泡）、酒店的信纸、舞台装饰品、玩具手枪、水枪和骨头。

除了满满当当的旅行纪念品，还有许多纸箱，上面写有英文"标准石油"和俄文"查尔斯·巴斯金"的字样。彩色的沙球，一张天鹅绒的画，画中是以椰子树为背景的一轮满月，下方落款"蓬塔卡纳"，背后是用西班牙语写的"中国制造"。一些装五香罗姆酒的瓶子（空的）和椰子油的瓶子（满的），还有潜水面具，被鞋蜡擦得发黑的土著古董，由坚果、贝壳、香料、小骨头、羽毛，以及百事可乐瓶盖做成的项链。

20世纪的商业大道一直通到了这个阁楼，丽莎挥着长柄叉，心中很想知道，究竟出于何种地缘政治的狂热，让这些物品能够如此地被渴望、购买、收集、使用、珍惜，而后又被层层堆积在这个不卫生的阁楼里，直至形成一座不可分离的小山，四处都是成堆的鸟粪和蝙蝠的尸体。

继续努力吧，她还得再干1小时。

巴斯金家的房子是亨廷顿镇和美国边境之间的一大座废墟，被称为"鬼堡""毒剂师庄园"和"烫手山芋"。

先后有六名屋主对它进行过既无品位又无技巧的翻修，直至最后弃之不理。它的墙由方形石块砌成，像城堡的墙那么厚，浮夸的挑檐和铜屋顶见证了好几场经济危机。它建成时，作为英国领地的加拿大正缓慢地向西边扩张，因此在破败以前，这幢房子始终透着强烈的帝国乐观精神。

罗贝尔·鲁提埃盯着巴斯金家的宅子好几年了。在一名职业房屋翻修师的眼里，这宅子对他的装修公司来说是理想、崇高和艺术的化身——可以弥补他多年修补乏味平房的苦闷，修平房没赚到什么钱。他刚满64岁，感觉时光飞逝。对他而言，巴斯金大屋是他做出些成果，华丽谢幕的最后机会。

可惜，他渴望的宝物归一家外国跨国公司所有。外国人把这一领域的所有东西都抢光了，从林场到农庄，还有前人遗留下的破烂木屋。他们坐着租来的福特汽车来来往往，提着硬壳手提箱和卫星电话。这片安静的领地没有任何商业活动，毫无利益可言，买卖它纯粹是个税务手段，有违常识——即便是非理性出于税务的考量，巴斯金大屋也是不值得购买的。它在不动产市场疲软了几年后，终于在金融危机中挂牌出售。

罗贝尔·鲁提埃像吸毒者扑向毒品一样抓住了这个机会。

烫手山芋的售出没有法律保障，这一点只消粗看它一眼就能明白：外表看起来已经不怎么样了，里面只会更糟。这地方看起来像个遭抛弃的非法被占空屋，镀银剥落的大镜子面对面放着，形成一条无尽的长廊，沾染了星云状的斑点和黑洞，盯着它们看久了会恶心。除了这条阴森的镜廊，屋子在结构上的总体特征是缺乏直角，哪怕是最小的直角。一切都是倾斜和弯曲的，气味难闻，墙纸剥落，地板也烂了——然而，屋子的状况丝毫动摇不了罗贝尔·鲁提埃的决心：盲目地喜欢，甚至有一点儿愚蠢。交易在48小时内就办好了公证，仿佛急不可耐地要让尘埃落定。

罗贝尔和女儿从夏至开始埋头工作，每天都增添新的隐患。工期可能要延长至圣诞节，罗贝尔不禁在心中自问，他是不是无意中又做出了错误的判断，他以往的判断失误列表已经甚为壮观。

下午的活结束了，罗贝尔的头从阁楼的翻板门里钻了出来，戴着眼镜，眉毛被石膏染成白色。女儿干得不错：地板被清空、刮过，并且刷得相当干净。空气中依然弥漫着厚厚的灰尘，只能依稀分辨出丽莎的身影，她正埋头检查最后一个纸箱里的东西。罗贝尔皱了皱鼻子，这里有烟炱和木乃伊粉末的味道。

"5点了！"

丽莎透过防毒面具，圆睁双眼，呆呆地看着父亲。她身边的地板上，像旧货拍卖那样，散落着十几台古董相机。丽莎摘下面具，借着从天窗投进来的模糊光亮，仔细端详着一台徕卡相机。

"我能留着它们吗？求你了。"

他拿起一台宝丽来折叠相机，凑过鼻子闻了闻。机子散发着腐肉的味道。

"你要它们做什么？"

她耸耸肩：

"不知道，我只是想留着它们。"

罗贝尔像每次不知所措时那样，摸了摸胡子，一小朵石膏粉末云飘起。他最终做了一个大方的手势：清理了奥吉亚斯的马厩①之后，女儿大人当然有权利留下一点她喜欢的小玩意儿。各自领取心仪的战利品嘛！

他们下楼来到户外。丽莎把面具推到额前，像战士抬起头盔，将那箱照相机抱在胯边，脸上浮现出神秘莫测的笑容。和她刚才所说的恰恰相反，她很清楚自己拿这些相机要做什么。

他们之前已经将浇花的水管拖出来拉到草坪上了，现在用高压水枪把自己冲洗干净。丽莎看着从垃圾箱里

---

① 奥吉亚斯为希腊神话中的厄利斯国王，他的牛圈里养了3000头牛，牛圈又有30年没有打扫过。这一比喻意为"艰巨的劳动"。

满出来的虫子尸体，无法相信这些都是她从窗户里扔出来的东西。

他们坐上罗贝尔的老道奇公羊回家，开着车窗。风吹着很舒服，丽莎却感到鼻塞，又是咳嗽又是擤鼻涕，嘴里骂骂咧咧。该死的阁楼！

他们在森林和田野上随意行驶，仿佛并不急着去什么地方。用英法双语写着"美国边境距此500米"的路牌一过，他们就到了。右面那条路通往一个铺着砾石的停车场，路边有一溜邮箱。垃圾箱旁竖着一块指示牌，上面写着"欢迎来到边境领地"。几年前，指示牌曾成为一个颇有创意的恶作剧者的攻击目标，至今还能看见上面用橙色荧光笔写着的"欢迎来到无聊领地——世界烦恼中心"字样①。

没有人知道为什么这个毫不起眼的移动房屋公园叫作"边境领地"。通常的解释认为，这是从英语"边境"一词变形而来。但更令人费解的是为什么叫作"领地"，这往往意味着此处居民对某些事物拥有统治权。不过谁也没把这当真。

过了停车场，是几条七拐八弯的街道。最老的房子被拖到这儿来做狩猎营地，那时四周还都是森林。当年，人

---

① 英文border（边境）与boredom（烦恼）接近，故有此说。

们只有夏天才到这里来住。慢慢地，小木屋取代了棚屋，豪华住宅又取代了小木屋。领地里最新的房屋是沿着山脉批量生产的，用塑料纸包裹，像崭新的iPod，由卡车运过来，就地拆封。

新也好，旧也罢，这些所谓的移动房屋如今都安在混凝土桩上，享受与现代文明的链接：电、电话以及化粪池。领地也并没有因此丧失它的临时性和令人沮丧的脆弱性。

一到家，丽莎就抱着她的那箱照相机从小货车上跳下来，直接跑进父亲的工作间：屋后的一个旧集装箱。

日光灯闪烁着，照亮了挂满墙壁的各式稀奇工具：20世纪二三十年代的刀锯，被精心打磨过；现在已经几乎不生产的螺丝刀；不知名的冶金专家锻造的剪刀和凿子。丽莎经常好奇地想知道这些工具是从哪儿来的。罗贝尔被问急了，就说是从旧货市场买的，或从什么人那里继承来的。可这些说法听起来总让人觉得另有隐情、故弄玄虚。丽莎只知道在心情忧郁的星期六晚上，父亲会去巡视他的工具，就像去探访一个恶鬼的祭坛，或是翻阅一箱过时的《花花公子》杂志。

她把相机放在工作台上。她对照相机一无所知，可这些战利品看起来不错：一台柯达Retina IIa，一台装在皮套里的徕卡III，一台"水星、卫星"127，几台黑塑料外壳的小柯达相机 110，最后还有镇箱之宝，一台可折叠的宝丽来。丽莎打开工作台灯，取出乙醇、刷子和布，试图让这些老古董恢复光泽。

她一边刷着，一边不停地吸鼻子并且咳嗽。她在那个肮脏的阁楼里到底染上了什么病？石棉肺、神经毒性孢子，还是仍在肆虐的西班牙流感？又或者是蝙蝠从美国带来的白鼻子综合征？

父亲喊她吃晚饭的时候，相机已经在灯光下闪闪发亮了，但仍带着阁楼的那股怪味。得把它们放到外面吹吹风。她把相机仔细放回箱子里，抹了很多肥皂，洗了三遍手。

桌上摆着两盘热气腾腾的"鲍伯式"意大利面条——拌上了番茄酱和仿培根——他们默不作声地埋头吃了起来。丽莎感觉她的手臂有些微微发热。她虽然没有学会西班牙语，可锻炼了肱二头肌啊！

吞下最后一口面条，丽莎胡乱收拾了餐盘就宣布晚上要出去。她在过道里抓起运动衫和那箱臭烘烘的照相机，箭一般地冲出家门。不用提她要去哪里。

户外是只有8月才有的完美夏夜。公园尽头，一只狗在叫，邻居们在吵架，金星落入地平线。隔壁家门前，米隆先生正在努力修理他的"达特桑"的发动机，头顶上挂着一盏小提灯。他像"深蓝"电脑前的卡斯帕罗夫[①]一般专心致志，似乎在问自己最终是不是该向懒惰投降，把整个发动机换掉。

丽莎走上"幸福路"，埃维尔·克尼维尔家的小孩骑着越野自行车，在减速带上跳跃，以此打发时间。丽莎绕过他们，斜穿过一所已待售两年的房屋的院子，沿着"喜悦路"一直走到"欢乐胡同"。

勒·布朗家的房子位于胡同尽头，后面就是珂维岗农场的草莓园，每年夏天会招几十个墨西哥人来干活，墨西哥人和危地马拉人，很快还会有萨尔瓦多人、洪都拉斯人和须发浓密的奥尔梅克人。他们5月来，收割莴苣、草莓和卷心菜，等印度玉米的季节结束他们就离开。现在正值夏末，而草莓地已经空空如也，勒·布朗家的屋子就成了文明的前哨。

丽莎没敲门就进去了，防蚊纱门在她身后砰地关上。

勒·布朗夫人坐在沙发上，一面给脚指甲涂指甲油，一面读着一本《丹麦语入门》，书用发卡夹住，摊开摆在她面前。她是个漂亮的女人，与丽莎父亲不同，身上依然存有年轻时的靓丽风采。她朝丽莎半侧过身来，粲然一笑：

[①] 国际象棋特级大师，曾与电脑"深蓝"进行人机大战。

"你好，亲爱的，埃里克在他的圣地里呢！"

的确，埃里克的房间整洁得像座教堂。地板上没有脏衣服、旧袜子或臭球鞋——不过丽莎也记不得她上一次见到埃里克穿袜子或鞋是什么时候了。书桌上没有一件多余的物品，书架上的书按某种复杂的系统归类排列。鸟笼开着，挂在房间的一个角落里，三只样貌极其相似的鹦鹉在书架顶部歇息，待在各自钟意的书上。

埃里克坐在床上，华硕笔记本电脑摆放在膝盖上，戴着耳机，手边放着合成葡萄汁，正在调试编码。电脑屏幕上，十几个窗口彼此重叠，有在下载的、编纂的、计算的，还有的只是静静等待。他身边的床上摆着一台数码相机，是普通的入门级佳能相机。

三只鹦鹉飞起来，在房间里绕了一圈，又回到书架上，其中一只用细小的分号状的鸟粪特别强调了罗伯特·海因莱因的一本书。

丽莎在门口把鞋子脱了，一言不发，把她那箱古董放到佳能相机旁边。这一平方米的空间承载了摄影技术一个世纪的变迁。

埃里克摘下耳机，默不作声地端详了那箱子好几秒钟，最后拿起那台"水星、卫星"。塑料的外壳隐约凸起，一颗人造卫星画出一个漂亮的椭圆轨道。

"这是什么？"

丽莎往床上一倒，神采奕奕。

"解决我们财务困难的方法。"

— 2 —

经历了7年的冬眠后，杰伊来到了特鲁多机场，背着一个朴素的挎包，揣着她尚有余温的护照，上面满是印章和签名的授权书，没有托运行李。政府批给她72小时，她只准备了72小时所需的物品。没带任何电脑、闪存、光盘、SD卡、照相机或手机，任何可能引起怀疑的东西都没带。

过安检时，他们吹毛求疵地搜查她，清空她的保鲜袋，闻她的牙膏和护手霜，她挎包的每一道缝线都被翻过来摸索，被手电筒照。她被领进一间办公室，一名女警员复印了她的通信录，倒空她的钱包，检查了《儒勒·凡尔纳作品全集》第三卷——这是个防震版本，有加厚的填充封面——还摸了摸人造革压制出的热气球。显然，女警员认定这3毫米厚的软乎乎的东西对国家安全构成了威胁——杰伊在这个问题上的观点却没人感兴趣。

这一切，都是奥拉西奥·古斯曼的错。

在抽掉的香烟多到足以令他载入史册之后，在咳嗽了15年，咳到吐血和黏膜发炎之后，在病情转移到所有的重要器官，包括大脑之后，奥拉西奥·古斯曼躺在二楼靠窗的床上，宣称再也不想起来了。

不久后，在两次阵咳之间，他表达了让人去通知"小家伙"的愿望。

这要求让所有人都吃了一惊。没人知道去哪里或如何才能联系上小家伙。她已经消失好几年了，有些人甚至忘记了她的存在。在苦苦寻找了两个星期后，家里的一位朋友的朋友终于在他饱受垃圾邮件侵扰的旧雅虎邮箱里找到了杰伊。

消息就6个字（算上签名是9个字）："老头快不行了。"

杰伊买了一张国际电话卡（现金支付），好不容易找到一间电话亭，终于和古斯曼家族总部通上了话。一个侄儿跟她确认了消息：奥拉西奥快死了，奥拉西奥正在死去。杰伊答应搭下一班飞机赶过去，然后挂了电话。

她马上就后悔了。

一方面，她被禁止返回那边；另一方面，她不太确定和古斯曼家族之间是否还有真正的关联。那通电话是他们

7年来的第一次联系。

可没有时间思考这些抽象的问题了。奥拉西奥咳得奄奄一息，杰伊必须立即行动。

杰伊开始了她的苦旅。她跑到各种办公室，为她的案子申辩，攀越等级制度的悬崖，所到之处都受到冷遇，确切地说，问题并不在于她的离开，而在于她要回去看望奥拉西奥·古斯曼。她为什么不去墨西哥享受十天全包的假期呢？

最后，她找到假释委员会。经过与一位感化主任、一位加拿大皇家骑警分区助理副处长以及一位神秘的布拉萨夫人的冗长电话会议之后，"鉴于她在过去6年8个月又12天内的模范表现"，杰伊被允许"以人道主义理由暂时免除条款5（b）以及附件4的处罚"。

暂停处罚的时效是72小时，要么接受，要么放弃。

杰伊接受了。

儒勒·凡尔纳的作品封面最终被精确地割开，用手电筒探测过后，边境女警才作罢。杰伊总算可以收拾好自己的物品进入国际出发区。

走向登机口的路上，她料想会冒出个机场安检人员，拦住她，告诉她说，他们改变主意了，她不能离开。拘捕随时可能发生，她肯定。

可没人来拦截她。

她咬紧下唇，屏住呼吸，心烦意乱，直到起飞后10分钟才松了口气。此时飞机已转头飞往南方，离开了蒙特利尔的领空。发动机改变转速，安全带指示灯也熄灭了。杰伊依旧无法相信他们居然让她离开。她大脑一片空白，甚至有点儿想哭。

航程的大部分时间里——包括在多伦多转机——她都在昏睡，直到飞机的起落架触到了拉斯·亚美利卡斯机场的跑道，她仍未完全清醒。

她的耳膜隐隐作痛。飞机颤动着放缓了速度，然后慢慢地在机场跑道上滑行。杰伊平衡了一下双耳的压力，机舱里四处有人鼓掌，她邻座的女人匆匆画了个十字架，亲吻指尖。杰伊前面几排的座位上，一名妇人不顾广播里的通知，试图从行李架上取出一个尺寸超大的箱子，举着箱子从一个男人的头顶扫过，一瓶水滚落在地上，引起一阵夹杂着英语和西班牙语的争执。

突然，空姐重新开始广播：所有乘客必须坐在座位上，等机场工作人员对机舱进行检查之后才能下飞机。

飞机停在闸口，机上一切系统的运作都戛然而止。发动机、通风、照明系统全部停了，不时听见机械对接发出的清脆的碰撞声。人们开始用各种语言嘟哝抱怨，头等舱已经有人不满，粗暴地对待行李架，指责空姐。舱门终于开了，两名警察登上飞机。

杰伊认出了打头的那位。他叫什么来着？名字到了嘴边，就是想不起来。他沿着过道走来，眼睛盯着座位号而不是乘客，好像不相信自己的视觉记忆似的。他的目光最终落在号码17B上，转向杰伊。有那么几秒钟的犹疑：双方都相互认出了彼此。

"您没变。"

杰伊没有回答，不过，她记得当年这家伙对她可是以"你"相称的。

两名警员押着她走到机舱前部。她眼睛直视前方，王公贵族一般，不理周遭的窃窃私语。直到要走出机舱时，他们才要求她伸出手腕。手铐在她的皮肤上异常温热，似乎刚从什么人手上卸下来。

一行三人走上舱口的扶梯。透过薄薄的舱壁，杰伊感到了炎热、潮湿，闻到了煤油的气味。两名全副武装的警员在登机口等他们，臂弯里揣着M16步枪。航站楼里，播放着嘎嘎小姐①的一首歌曲。

杰伊看见长廊通往移民局窗口。今天，"小家伙"没有入境签证。

两位警官躲在机场安全办公室里商量着什么。年长

---

① 美国著名歌星。

的那位（杰伊努力想记起他的名字），将手机举在耳边，另一位在研究护照和授权信，他们似乎在共同讨论下一步行动。

一名年轻警员翻着杰伊的挎包，取出《儒勒·凡尔纳作品全集》第三卷，仔细检查刚被割开的封面，翻了几页。

"这是什么？"

"可怕的东西。"

他摇摇头。

"我喜欢爱弥尔·左拉，《妇女乐园》我读了三遍。"

办公室另一头，年长警官终于放下电话走了过来，手里拿着信，皱着眉头。"出于人道主义理由"这句话令他困惑。

"您是来探望奥拉西奥·古斯曼的？"

这算不上是个问题，不过杰伊还是点头作为回答：是，她是专程跑来看奥拉西奥·古斯曼的——而且是在加拿大警方的许可之下。

警官把信折起来。

"太迟了，他昨晚死了。"

这消息听起来不像是真的。奥拉西奥昨晚已经死了？杰伊甚至没有力气把警官当成骗子——说实话，她立刻相信了他，知道他没有任何理由欺骗她。他拥有绝对权威和对事件的绝对控制权。"Todopoderoso"（全能的上帝），正如这句西班牙语所言，他是现场全能且唯一的主人。杰伊逃不出他的手心。

唯独这封授权信有点让他感到困扰：它表明了杰伊的双重身份。既有威胁，又受保护。

他没再说什么就走了，局面又恢复平静。人们来来去去，没有人真的在处理杰伊的事。一名醉酒乘客、一个迷路的小女孩和一个忘了带药的妇人被相继领了进来，又有人将一个青少年推进办公室，他的双手被"绑"着，穿了三层棉袄，一件套着一件，在飞往迈阿密的一架飞机的起落架上被人捉住。杰伊想安慰他：她也是，旅行总让她冒汗。那孩子没待太久，被领到别处去了。杰伊等了很长时间，所有人都在等待着什么，应该是在等上级的决定吧！

天色渐晚，太阳落在了跑道上。他们打开杰伊的手铐，当时她正坐在一张塑料椅子上打盹！临近午夜的时候，电话来了：即刻遣返。

故事告一段落。杰伊于黎明时分登上同一架飞机，返回加拿大，她庆幸自己没有再次让国家监狱系统破费。

一名警员押送她到座位上，然后待在驾驶舱旁边，直到机舱门关闭。杰伊不动声色，膝盖上是那本依旧空白的护照和那封稍稍起皱的授权信。过了不知多久，飞机起飞时，她倚在舷窗上，望着下面那个她被禁止进入的国度。

飞机飞向大海，掠过考赛多的港口码头。堆场有成千上万的集装箱，像不知名的游戏中五颜六色的盒子。

— 3 —

丽莎是埃里克的第一个黑客。

他从小就喜欢截词断句，母亲得抽丝剥茧地向他解释每一个新名词。上幼儿园的第一天，他被介绍给同桌，那个梳着辫子的金发小女孩，刚刚搬到米隆家隔壁。老师提醒他要把伊丽莎白的名字读准，末尾的h是不发音的。

埃里克立即就喜欢上了伊丽莎白，认真读出她名字的所有音节。这一口头努力持续了几天后，"伊"就不见了。丽莎白，埃里克叫她——而且经常这么叫，因为他们整天在一起，形影不离。词首省音之后，又在丽莎白和莎白之间短期游移，最终埃里克选定了"丽莎"。

从此，丽莎就叫丽莎了，这简称也感染了他们周遭的人：她父亲、他母亲、朋友们、老师们、校务秘书。所有人后来都喊她丽莎。

埃里克在编程方面很有天分。

出乎大家意料的是，两个小孩很快成了形影不离的好朋友。大家都以为他们是完全不同的类型，可人们错了：他们是互补的。埃里克有着几何般准确的思维，喜爱拼图游戏，喜欢细节充分的格局和对称性。他总是以同一种方式自我介绍："我叫埃里克·勒·布朗。勒·布朗是两个词，就像艾力克·勒·鲁热。"而丽莎呢，却是概括和表达型的，对概述和潜台词感兴趣。如果人家问起她的姓名，她会回答："丽莎·鲁提埃-萨伏瓦。大约95%鲁提埃，5%萨伏瓦。"

他沉默寡言，她填补沉默；他活在自己的思想里，她不停观察身边的世界。她提出问题，他找到答案——不过丽莎的问题和埃里克的回答一样，睿智而独特。

他们只有和对方在一起才感到安心，像一对分离了太久的兄妹，经常可以见到他们在角落里读书，背靠背坐在地板上，就像同一根脊柱上伸出的两个躯干。

这美好的互惠共生一直持续到他们上中学，这时埃里克开始受到严重的广场恐惧症的折磨：在半年时间里，病情发展到他几乎不能离开家，这让他成为航天员的雄心壮志成为泡影，他曾经梦想着去国际空间站工作，现在能待在自己的寝室里就已满足。

他开始远程学习，花了18个月拿到中学毕业文凭，比常人提前了3年。由于年纪太轻，不能进大专院校，再说，他也走不出家门。他忽然有大量孤独时间需要填满。母亲去瓦利菲尔德上班的这么多个小时里，他该干什么？他本可以下载些喷火的战车、僵尸游戏、穿着泳裤的女郎或者20世纪90年代的音乐完整版来打发时间，可他更感兴趣的是编程，很快就开始查阅Python①、C语言和Ruby②教程，他学习的轻松程度令人咋舌。

这种热情在他得到一个启发后加倍高涨：一切，真的，一切都可以由软件和操作系统控制——红绿灯、自动售货机、微波炉、电话、银行柜员机，甚至包括医疗设备。只剩下米隆先生的老"达特桑"了，那也是完全可以模拟的。

埃里克突然有种戴上了X射线眼镜的感觉，周遭的环境完全可以被破解，无论是好是坏。他做的各种试验几乎都很成功，但在企图盗用家用DVD机的固件程序时，遭到了彻底的失败，勒·布朗太太宣布试验也得有个限度，要是再逮到埃里克侵入邻居的心颤消除器，她就罚他只能连接速度为14.4波特的老式电话传真调制解调器，那机器就塞在她衣橱里面。在温和的外表下，勒·布朗太太可是很会运用威胁这门古老艺术的。

每天晚上，丽莎都跑到欢乐胡同，设法打断埃里克

---

① 计算机程序设计语言。
② 一种面向程序设计的脚本语言。

安静的常规生活。这家伙花太多时间待在电脑屏幕前了，丽莎为他制订了无数天马行空的计划，向他提议把草地肥料煮成炸药，修理一台范·德格拉夫发动机，发射一枚弹道火箭越过美国边境。有一天，她又想重做本杰明·富兰克林的那个传奇试验：用风筝去征服闪电。埃里克怎么可能拒绝呢？这是个好玩又花费不多的试验，再说了，老天啊，我们可不是每天都有机会摆弄5万安培电力负荷的呢！丽莎准备好了所有材料，可埃里克在最后一分钟改变了主意：他本就不愿离开家，而隆隆雷声则让他彻底打消了出门的念头。

丽莎站在阴沉恐怖的天空底下，胳膊下夹着风筝，望着海拔两万米处积雨云的顶端，有种错过了一场重要约会的强烈感觉。算了，她还有好多计划可以折腾埃里克，关键是此事绝对不能让他们的父母知道。

埃里克狐疑地弯腰看了看那个纸箱。这些臭烘烘的旧相机能解决他们财务的问题？丽莎用力点点头。

"我们可以把它们拿到eBay①上卖。"

相机在他眼中忽然焕然一新。他一架一架地查看，按动快门，小心翼翼地打开机身。有一台柯达相机里还有一盒胶卷，他没动它。这胶卷增加了相机的价值。

_____

① 全球最大的网络交易平台之一。

过去的几个月里，埃里克和丽莎不知尝试了多少方法来赚钱。丽莎卖酒瓶、割草，至于她在巴斯金大屋干的活，要等假期结束才能拿到报酬。而埃里克呢，调试了几台邻居的电脑，在网上卖咖啡杯。他在网络上寻找见不得光的窍门，可法律制度总在他发财致富的道路上设置障碍。

总之，到eBay上卖旧相机，这主意不算坏。

"我们还缺多少？"

"大约250块。"

"我们不可能马上把它们卖出去。可能需要几个星期，或者几个月。"

"我在想我当初是不是应该去摘草莓。"

"浪费时间。"

他在屏幕上打开eBay网站，往搜索引擎输入几个型号。古董柯达的市场貌似十分繁荣。他算了算价钱，这生意看起来能做。

丽莎收拾相机的时候，埃里克用脚指着箱子翻盖上胡乱写的西里尔文字。

"这是俄文？"

"看起来像俄文。"

"得去查一查以前谁住在那座房子里。"

"反正是有钱人。我铲了一下午的水貂皮和马爹利酒瓶。要不是所有东西上面都盖了2英寸①厚的蝙蝠屎，把它们放到eBay上卖肯定能发财的。"

埃里克忽然不再想箱子的事，把一只耳机递给丽莎，专心致志开始工作。丽莎把耳机塞进耳朵，波兰工业朋克的音乐震耳欲聋，她瞥了一眼电脑屏幕上的几行源代码。

"进展顺利吗？"

"嗯哼，我在用磁盘检查法解决一个'程序漏洞'。有一个'镜头错误'，我想我破坏了只读存储器，我妈会把我的头拧下来。"

丽莎撇了撇嘴。

"可这是为了科学。"

嘴里这么说着，她心想凭着这个借口，人就可以为所欲为了，是真的可以。

一只鹦鹉飞来停在屏幕顶端，瞥了眼代码，那模样像在检查可变参数的命名法。它轻蔑地咕咕叫了几声。再没有什么比家里有只懂编程语言的鹦鹉更烦人了。

丽莎离开了埋头苦干的埃里克。他进入痴迷状态时，是什么也问不出来的。她把相机留给他，以便他明天可以上eBay发布。

客厅里，勒·布朗太太半睡半醒地躺在沙发上，看一

---

① 1英寸＝2.54厘米。

部讲德语方言的警匪片，主演们应该花了很长时间掌握这门语言。片中不时有枪响，还有英文字幕。

丽莎注意不让防蚊纱门发出声响，悄悄地溜出来回家去了。

－ 4 －

杰伊从机场出来后直接去上班，甚至没有回家看一看。仪表盘显示时间是15点15分，这一天没剩多少了，可杰伊无所谓。出租车里，收音机漫无目的地播放着。新闻播报说，四环路那一带新一季大麻又开始了；一个叫马斯库什的人凌晨在玉米地里遭到袭击。

杰伊闭上眼睛。

等她重新睁开双眼，出租车已经停在加拿大皇家骑警总部C区。

她穿着脏衣服，神情落寞地进了电梯。到了8楼门厅，她晃了晃门禁磁卡，推开钢化玻璃门。扑面而来的是通风系统轻微的簌簌声、揉纸的声音、复印机的声音和人们的谈话声。

杰伊转身去了洗手间。

她摇摇晃晃地站在洗手池前，把脸打湿。刷牙的时候，她想起了奥拉西奥埋在市政公墓，葬在古斯曼家的墓穴里，在白水泥砌成的小蜂巢里占了一格，像日本的胶囊旅馆。

杰伊的办公室位于"城中城"里，它是一个位于8楼中央的工作区域，被一堵文件柜墙和一些移动隔板与四周的办公隔间完全隔离开来，成为一片综合蕨类的森林和复印机专属的孤岛。它隶属港口调查小组，该小组的主要办公地点在卡斯特码头，位于城市的另一端。杰伊进入"城中城"很偶然：缉私小组没位置了，而这里刚好有。

就这样，出于偶然，借着外部的力量，杰伊阴差阳错地进入了如今这支队伍。

右手边第一间办公室99%的时间没人，属于M.F.加马什警官，"城中城"的领导。他职业生涯的绝大部分时间都贡献给了国家进口第一分局，专管缉查毒品，因而大部分时间都待在卡斯特码头。他属于那种人们称之为实干型的人——也就是说他喜欢待在"现场"，尽管有时这毫无帮助。

他一星期来C区一趟，带着成打的芝麻面包圈以及调查中案件的第一手资料。

左手边第一间是刑事情报官劳拉·维森博格的办公

室。理论上，她替边境事务分析分局工作，该分局横跨刑事分析局、国家安全局和综合业务小分局——不过大部分时候，劳拉为港口调查科工作。

她戴眼镜，具有图书管理员般犀利的幽默，对政治问题也非常敏感。每天中午，她一边啃着超市买来的三明治，一边默记20世纪80年代的陈年旧案。虽然她负责的主要是港口事务，可她从来不去现场：和加马什警官相反，她相信地理是一种抽象的构成，人们完全可以远距离操作。

不过，杰伊对劳拉总有一种强烈的不信任感，杰伊在她身边工作了7年，却始终无法确认这位无所不知的同事知道多少关于她的事。

马赫什·尚德拉特亚·加里耶皮的办公室在右手边的最里头——唯一有咖啡壶的那间。他是计算机分析师，来了7年，比杰伊早几个月。当时他刚刚18岁，工作了好几年才受到重视。编码、咖啡因和斯堪的纳维亚的极简主义音乐就是他的食粮。

左手边尽头处的办公室，属于杰伊，无姓氏，"反社会电子欺诈女孩"，头上戴着昂贵的德国耳机，用来消除环境噪声，她从早到晚手不离键盘地工作，执行一项可以被归入DSM-IV（《精神障碍诊断和统计手册》）类别的任务。

尽管杰伊的热情诚恳无可否认，同事们对她却是一无所知。他们不知道她在哪长大，在哪上的学，也不知道她是否旅行过，有无兄弟姐妹。她是自学成才呢，还是科班出身？不知道她有没有恋人、情人、孩子，有没有养仓鼠，种一堆多肉植物，也不知道她是否织毛线，参加铁人三项的训练，看没看最后一季的《绝命毒师》。他们甚至不知道她进入皇家骑警之前在哪儿工作——最后这一点尤其困扰劳拉。她时常想套出她的话，可只得到一些模糊和不确定的回答："个体工人""电子媒体""自雇""一个刚创立的小公司""交易网站的自由职业者""电信"……在"领英""脸书""谷歌"上都找不到任何关于她的只言片语。

其实，她的同事们都不知道，"杰伊"不是杰伊的真名。

杰伊拖着她装着脏衣服的包走进"城中城"。在蕨类植物的阴影下，四周一片寂静。加马什警官去现场了，马赫什位子上只有咖啡壶，劳拉聚精会神地盯着屏幕，甚至没有发现杰伊的到来。

她坐到电脑前。她还要在这张椅子上服刑2年3个月17天。至少可以说她的监禁条件是符合人体工程学的。她启动电脑——这台全8楼公认的最慢的电脑——捏了捏手指。有时她想她的工作会不会只是一个精心设计的骗局，让她相信她不配得到更好的工作。撤销判决的新口味：削弱人的自信。

无所谓，他们要她做三角测量，她就做三角测量。

突然，劳拉把眼镜架在鼻头上，转过身来和她说话。

"昨天没来，今天又迟到。"

乘飞机往返，在机场保安办公室度过了一夜，这些情景在杰伊脑海中一闪而过。她感觉自己身处力场，而条款3（a）和附件 I 在她周围不断振动。

"去圣富瓦参加葬礼。"

"向你表示哀悼，将来有遗产继承吗？"

"我对此表示怀疑，马赫什病了吗？"

"才没，他在卡斯特。"

劳拉回头继续工作，而杰伊恨不得扇计算机一巴掌，好让它加速启动。

"马赫什在卡斯特干吗？"

"他去找一个幽灵集装箱。"

"幽灵集装箱？"

"一个40英尺①的冷藏柜，叫祖鲁爸爸。"

"它已经有名字啦？"

---

① 1英尺＝0.3048米。

"你知道马赫什……"

登录窗口总算出来了。杰伊输入她的密码（5+e'@>0~#8vcP），然后以精心计算过的力度狠狠敲下"输入"键。

"那个祖鲁爸爸里面装了什么特别的东西？"

"15吨帝国牌苹果。"

杰伊的好奇心突然被激发了，眼睛从屏幕上移开。

"魁北克从什么时候开始在10月份进口苹果了？"

"我可没说是进口的。"

"出口？"

"嗯哼。"

"更不可能了。是偷来的汽车？"

"完全不知道箱子里是什么。什么都有可能——包括15吨帝国牌苹果。"

劳拉轻轻咬着她的比克牌圆珠笔，走神了，看来她觉得这个想法很有趣。假设这一次事实真的与表象吻合呢？凡事不要总往坏的方向想嘛！

杰伊双臂交叉，感到困惑。幽灵集装箱是再平常不过的事了：所有船只上都有，没人知道它们属于谁，从哪儿来，要去哪里。它们游移在系统的缝隙中，只要一直在船上，就不会引起注意。即便被卸到陆地上，它们也可以一直保持模糊的管辖状态，直至办理报关手续。如果没人来申报，它们可以和遭弃的集装箱一起待上几个月——2007年金融危机之后，有许许多多的集装箱被遗弃。

劳拉从杰伊脸上读懂了她的想法，做了个含糊的手势：

"实际上，他们最关心的是它是怎么消失的。3个星期前，它被送到卡斯特，原本应该在码头停留两天，然后前往汉堡。可在此期间，它噌的一下，突然消失了。"

"好家伙。"

"不早不晚。它没被装上船，也不在分装场，已经从数据库被删掉了，就像它从没出现过一样——一个真正的幽灵。它是偶然被发现的，因为码头费和电力服务的发票问题。他们从那里开始顺藤摸瓜。"

"那出口商呢？"

"找不到，什么地方都没有登记，一家名字滑稽的公司。"

劳拉将她的比克笔卡在门牙上，转身从电脑里调出一个PDF文件，放大到200%。杰伊能看出那是一张集装箱PZIU 127 002 7的提货单。劳拉用圆珠笔指着出口商的名字：

"洛克伏出口公司。"

"是俄文？"

"看起来'像'俄文。"

"假地址，肯定的。"

"当然。电子邮件被退回，街道根本不存在。传真号码是斯特拉托斯比萨店的，在圣亚森特。"

"斯特拉托斯比萨店？"

"可能就是随便选的一个号码。"

劳拉的电话响了两声：外部来电，她决定不接。

"我刚才说什么来着？哦，对，在发现码头费发票之前，祖鲁爸爸没在任何雷达屏幕上出现过。出口商找不到，集装箱不在数据库里……这才引起关注。他们找出了提货单和交货清单，马赫什去研究数据库了。"

"这样就可以知道集装箱要寄去哪里了。"

电话机上的红灯开始闪烁。"您有一条新的语音留言。"劳拉不耐烦地瞥了一眼电话机。

"还不知道，我想，等马赫什从卡斯特回来就知道答案了。"

短暂的沉默。杰伊挠了挠脖子：

"所以现在是没有诉状，没有原告，没有受害人，也没有罪证。"

"只是违法推定。我试着把它和西岸的帮派联系起来，不过可能性不大。"

劳拉的手机在桌上振动起来。一张她未婚妻的照片出现在手机屏上：金发，扎着辫子，和战争女神瓦尔基里一样凶。

"抱歉，这个我得接。"

杰伊退回自己的办公桌，她的电脑终于启动了。她打了个哈欠，突然意识到，她有48个小时没有真正睡过觉了，于是决定去喝杯咖啡。

经过劳拉办公桌前的时候，她发现劳拉还在讲电话，争吵的内容是工作时间的灵活性和私人时间的优先权。

看着从咖啡机流出的浅棕色液体，杰伊回想起她当年喝的咖啡：没完没了地在火上煮着，散发着肉桂的香味，放了太多的糖。奥拉西奥每天早晨要喝十几杯小杯的咖啡，每喝一杯就抽一根香烟，收音机音量开到最大，然后才会开尊口说出当天的第一句话。

杰伊回到"城中城"时，劳拉已经不见，只剩下她使劲咬过的比克笔。电话机的红灯依然在闪烁，座椅兀自在打转，仿佛前一秒钟刚刚有位刑事情报员从椅子上被弹射了出去似的。杰伊不自觉地抬眼望了望天花板，又看看转得越来越慢的椅子。劳拉·维森博格是去迎接新的挑战了。

– 5 –

丽莎清洗着长廊，心里还是在想钱。

更确切地说，她在想房子前屋主的财富。昨天早上，罗贝尔在地窖里发现了一瓶1939年的沙托纳迪帕普葡萄酒，就放在一堆木板后面的地上，酒已经不能喝也不能卖了，里面有许多悬浮颗粒。

丽莎的想象力又迸发了。这瓶酒是怎么来的？或者说，一瓶沙托纳迪帕普的葡萄酒如何能够在二战前来到魁北克？肯定是通过私人渠道。一瓶这样的酒意味着有一个酒窖，一个奢华的食物贮藏室，烤野味，布置华丽的餐桌，点着蜡烛，留声机以718转的速度播放着莫扎特的协奏曲。

丽莎相信金钱能使人幸福——而住在这幢房子里的人们显然非常幸福。

丽莎清理这没完没了的绕屋长廊已经有3天了。一开始，她觉得这比清理满是蝙蝠粪便的阁楼好些，可现在，她又不这么想了。刮鸟粪和刮油漆，二者有什么区别？她剥下覆盖在木板上的八层油彩——绿色的薄荷、黄色的枣和粉红的三文鱼——想着每一层物质都对应着一种不同的排泄物。

她戴着耳机，伴着一个白俄罗斯乐队的音乐节奏，用4/4的拍子刮油漆，这个不知名的乐队最早是埃里克介绍给她的。突然，她抬起头，放下刮刀，把音乐关了。

是罗贝尔在叫她。

她顺着声音，沿着走廊经过客厅和她的镜厅，穿过餐厅和厨房，走到前厅，发现罗贝尔吃力地跪在地上，人被一堆碎壁纸遮住了一半，正在检查一个三角形开口。

"去看看墙纸后面有什么。"

在他面前，花墙纸掀起了一整片墙板，露出隔板和外墙之间的一个空洞。丽莎马上意识到这个洞的大小恰好够一个身形偏瘦的15岁女孩钻过去。

罗贝尔让到一旁，好让丽莎把头钻进去。左侧几米外就空空如也，在半明半暗中可以看见一架简陋的梯子，靠着烟囱装饰层，通往上面一层楼。丽莎根据一位老洞穴学者的经验，打湿自己的食指，一口气也不敢喘。

"有架梯子。"

罗贝尔点点头。

"通到哪里去的？"

"不知道，你想去看看吗？"

父亲把手提灯递给她，灯后面连着20米长的接线板。丽莎像潜水员整理氧气管那样，在手上绕着电线，一头钻进洞里，爬到梯子那里。她想象黑暗尽头隐藏着宝藏——如果不是为了藏匿阿兹特克人的木乃伊和武器，为什么修这么一条通道？梯子向上通到二楼地面一个切割出来的地板门。

她抬脚踩住第一级踏板，木头发出声响，不过还算牢固。罗贝尔似乎突然后悔派女儿爬进这破洞里。

"梯子牢不牢？"

丽莎点点头。踏板应该是几十年前钉上去的，但看上去还很结实。她开始往上爬，内墙上有很老的电线，用瓷绝缘体固定在上面，百年前锻造的钉子刺穿了石膏板。丽莎的手指轻轻擦过一个钉子的尖端，想起了富有的建屋人，那位神秘的巴斯金先生。他是瘦还是胖？她努力想象他钻进这片遍布金属的昏暗中的模样。

到了梯子顶端，她从地板门探出脑袋。外面是一条五六米长的通道，到西边的拐角后面就消失了。这条通道应该是绕屋子一圈的，也许通往房间与房间之间的隔墙里呢？丽莎想起父亲几天前提到过，说二楼的墙壁异常地厚。

一滴汗沿着丽莎的鬓角滑落，她开始感到胃在抽动。她知道她的家族有幽闭恐惧症的基因，早晚有一天会发作。这枚定时炸弹于鲁提埃家族的人，就像哮喘或银屑病于其他人。

她爬上楼面，把接线板的延长线拉上去。楼下的光晕里，她看见父亲逆着光的脑袋。她竖起大拇指——尽管，她的胃还在令人不安地抽动。她沿着秘密通道往前走，手里握着接线板。为了给自己壮胆，她回想着已经记不清的莫奈的画，还有阿努比斯的半身像。

过了拐角，丽莎来到一个房间——说实话，勉强算个扩建出来的房间吧——里面布置成一个小窝的样子，地上摆着一个半满的烟灰缸、一瓶红酒、一叠《生活》杂志、一支军用手电筒和一个紫红色的靠垫——饰有被几代蛀虫锲而不舍地蚕食殆尽的金色绒球。地上盖满了硬化的老鼠屎，在脚下噼啪作响。丽莎拿起手电筒，用袖子擦了擦，打开开关。电池早就没有了电，烟灰缸里满是烟头，酒瓶底还剩下两指高糖浆状的朗姆酒。一只酒杯的边沿上，还能依稀看见浅棕色唇膏的印迹。从前，有一个女人藏在这里，为了躲避什么事或什么人。也许只是为了逃避烦恼，或许这所房子里的人其实并没有那么幸福。

丽莎照亮墙壁，试图找到些蛛丝马迹，能得知藏身于此的女人的身份。什么也没有，没有任何涂鸦，连一小行"热尔特律德曾居于此"都没有。

她弯下腰，看地上那本摊开的1962年的《生活》，杂志页面朝下，仿佛刚刚才被人放下似的。封面上，约翰·格林戴着航天员的头盔，眼神冷静，雀斑清晰可见。丽莎拿起杂志，当年出没于此的人正读到一篇名为《六度自由》的文章。

丽莎最后扫了一眼小屋，折回楼梯，慢慢将提灯的电线绕好。罗贝尔待在出口，跺着脚等女儿，像人们等库斯托那样。他接过灯，帮她站直身子。

"通道很长吗？"

"里面不通的，就到房子的转角那里。"

"你看见什么了？"

丽莎拍拍牛仔裤上的灰尘：

"没什么，管子、蜘蛛网、老电线。"

她没再多说什么，摆出一副青少年特有的冷漠和不屑神情，回去继续清理长廊了。罗贝尔犹疑片刻，耸了耸肩，用一块石膏把洞填上。上过4层石膏和两层乳胶，48小时后，这条秘密通道就完全不留痕迹了——丽莎想不到有更好的结局了：一间密室只有当它秘密存在时才有价值。

— 6 —

　　只要时间够长，完全有可能通过听邻居吵架来获得相当充分的当代希腊语基础知识。

　　杰伊一边想着这奇特的渗透作用，一边爬上她家公寓的楼梯。透过薄得像瓦楞纸板的仿木隔墙，能听见泽纳基斯太太正大声喊叫，叫嚷的内容通常局限于那几个主题。在这点钟，主要是茶、电视、脚。贫乏的词汇，来自封闭的生活圈。

　　泽纳基斯夫妇拥有这套双层公寓已有45年了。他们没有孩子，没养宠物。泽纳基斯太太的腿有毛病，20年没走出过公寓——甚至可能没走出卧室。这当然给他们的夫妻关系造成一定压力，他们从上午10点开始吵个不休，直到夜里12点15分。

　　走完楼梯，杰伊本能地伸手去摸开关。天花板上，俄国伴侣牌灯泡闪了闪，犹豫了一下，又灭了。已经两年了，杰伊一再要求派电工来修理一下——可这灯和公寓的其他一切一样，已经长期全面老化。某一天若有一道电弧闪过，火势会沿着天花板迅速蔓延。

杰伊从重获自由起就住进这公寓，7年了。当时，她在蒙特利尔没有一个熟人——至少，没有一个她有权与之交流的人。她被空投到敌对领土，没有关系，没有观点，没有搬迁补助费。她成了公共管理部门严格控制的生态学中的一个异类：她既不符合劳工标准，又没纳入集体协议，而是接受了一份"安排"。她有了永久实习生的身份。她的感化官宣称她能轻而易举地完成任务，可杰伊对此心存疑虑。

无论如何，她机缘巧合地租下这套一房一厅的公寓，在维尔莱北面，离都会大道100多米远。它既不华丽，也不明亮，但价格适中。巷子里有小孩在玩，街道拐角处有一家葡萄牙面包店，卖的葡式蛋挞很正宗。C区总部位于城市另一端，在山背后，距离这里直线距离8公里，这对杰伊来说再合适不过了。最好保持距离。

整套公寓空了好几个月。起初，杰伊没有家具也没有碗碟，只有一台里根时代的闹钟收音机，它的外壳在黑暗中像灯塔般光亮。她一边喝着水和啤酒，一边收听伦敦爆炸案的进展。她吃得很少，睡在地板上，开着窗，听邻居的空调轰鸣以及一楼传来的叫骂声。工资支票在她的银行账户里越积越多。

初秋的时候，杰伊找到了给屋子添置家具的办法——

垃圾堆里有无限的可再生资源。她家的一切，从超薄的日式床垫，到洛可可风格的火锅叉，都是从路上捡来的。杰伊悄悄地结束了"背包女孩"的生活。只要稍作等待，问题总能解决。现在，一切都得靠她自己。

7年过去，杰伊始终像青少年一般，睡在她的日式平板床垫上，奇怪的梦境会来侵扰她，但她都不大记得了。

~

杰伊被逮捕没有引起魁北克媒体的广泛注意：很幸运，她被捕的那天，刚好全国冰球联盟宣布取消冰球赛季。

诉讼进行得很快，杰伊已经做好在牢里待上3年的打算：不卫生的牢房，可以看见外面的桉树。大使馆一位代表对她解释说，他们和加拿大之间没有引渡协定，再说，引渡从来也不像变魔术变出根棍子面包那么容易，而更像是一种官僚焦油，是个高黏度的过程，并问她是否认识什么好律师。

两个月后，他们还是因她10年前在蒙特利尔的违法行为送她去受审。杰伊的眼皮直打架，他们想拿她怎样都行，只要能把她移送到一个加拿大的看守所。6个月过去了，审讯依然没有进行。他们一提再提，但初步调查总是一拖再拖。听她的律师说，他们想跟她做笔交易。

果然，一个星期一的上午，一位女感化官来访，向杰伊开出了慷慨的条件：杰伊可以出狱，以为加拿大皇家骑警工作来代替服刑。如果她拒绝，审讯将继续，她极有可能会被判坐整整10年的牢而不是3年，在服刑满三分之二后可以获得减刑。

感化官把合同带来了。条款很多，但最重要的几条是想在杰伊（以下称为"受益人"）的新旧生活之间划清界限：

2（a）受益人必须接受一个新的身份。

3（a）受益人必须签署一份保密协定（见附件I）。

5（a）受益人未经允许不得擅自离开蒙特利尔；若离开需提供详细行程（见附件III）。

5（b）受益人不得以直接、间接，哪怕是被动地与任何旧同谋联系，特别是（但不仅限于）奥拉西奥·梅西亚·古斯曼家族的成员（见附件IV）。

7（c）协议有效期到受益人刑满为止，即从签字日期算起的8年6个月3天后终止，除非假释委员会另有不同意见（见附件VII）。

这份详尽的文件长达17页，没留一份副本给她，这意味着杰伊的消失，从地球表面被抹去。他们剥夺了她的身份、说话权、行动和选择的自由，以及她在蒙特利尔和国外建立的任何社会组织。

他们做出的唯一小让步是：由她自己选择她的新名字——对于一个被指控犯了身份盗窃罪的女孩来说，这真是莫大的讽刺。

~

她把旅行包扔到扶手椅上，打开拉链，取出72小时的脏衣服。在两件T恤之间，是《儒勒·凡尔纳作品全集》第三卷。夏末的时候，她在路边发现这本书——看来垃圾也值得纳入谷腾堡计划——3个星期以来，她每天晚上努力让自己爱上儒勒·凡尔纳，但每天晚上书都从她手中滑落。她曾经艰难地读过《气球上的五星期》和《地心游记》，现在被困在《月界旅行》里，总觉得自己没法活着看到《海底两万里》了。

她的护照夹在书中间。没有任何签证和出入境章——这场旅行就像一场梦。唯一的证据，是丢在地上的脏衣服。她把护照塞进衬衫口袋，书扔进衣服堆里，无声地消失了。她的情绪突然间低落下来。

她在公寓里转了一圈也没找到猫的一丝踪影。她走进厨房，停下脚步，像没有其他地方可去似的。她背倚着柜子，打了个长长的哈欠，看看猫的碗盆：猫粮少了一点，水快没了。沙盘里，均匀分布着三坨猫屎。埃尔文还活着——像平时一样，躲到什么地方去了。

在如此狭小的一房一厅里，这小东西是怎么销声匿迹的，这是个谜。它应该知道通往外面的通道，有时，在一片寂静的公寓中，杰伊计算着自猫最后一次出现过了多长时间。8天？两星期？尽管猫粮少了而猫屎多了，杰伊还是想知道埃尔文是否还活着——由于缺乏具体资料，她只能假设它既活着又死了。

目前，情况还算稳定。杰伊添加猫粮，换水，清理猫沙。

她懒洋洋地打开冰箱门。这些年她胃口都不大好，再说，冰箱里也没什么可吃的。一小瓶哈瓦那酱，硬得像皮革似的玉米饼，一包有待确认过期时间的火腿。

她把所有的东西都扔进垃圾桶，然后从冰箱门上抽出一张比萨店的菜单，看着那电话号码，乐滋滋地想象它是幽灵冷冻集装箱出口商的号码。肚子咕噜咕噜直叫，打断了她的思绪。她拨通号码，点了个12寸的蔬菜比萨，加绿橄榄，不用饮料，谢谢，然后挂了电话。

回到卧室，她踢开旅行袋，躺到日本床垫上。一楼传来一部马其顿肥皂剧的声音，这已经是离"安静"最近的状态了。她试图回想奥拉西奥的面容，可电视图像好像充满了杂音和干扰像素。她没有他的任何照片——她从来不是那种将过往装进相册整齐归类的人。

她穿着衣服睡着了，送比萨的人来她都没醒，尽管那人又是摁门铃又是敲门，等了许久。

– 7 –

太阳落入圣劳伦斯河的低地。望着这个燃烧着的巨大氢气球在地平线上滚动，丽莎再次想象从前这里是一片汪洋大海。

和每个月的最后一个星期五一样，罗贝尔和丽莎开车去亨廷顿。他们刚刚在巴斯金大屋辛苦工作了一天，丽莎的头发上沾满了白色的油漆，她迫切想洗个热水澡。她脚边放着旅行袋，里面是干净衣服和周末需要的一切用品。

丽莎的生活遵循着每两周一循环的节奏，这是当年在法庭上谈好的：在罗贝尔那儿住12天，到何塞家住两天。时间分配的不平衡源于她母亲当时的健康状况。后来情况好转了，可习惯已深深扎根，没人想要求调整，特别是丽莎和她母亲。连续两天是个合理的剂量，最好维持原状。

丽莎记得——当然是很模糊的印象——有段时间，母亲总是无缘无故地发火。晚餐时天空的颜色、伯爵茶的味道或者靠垫的材质都能让她的怒火犹如兴登堡飞艇①般熊熊燃烧。她和罗贝尔就是在这时期离婚的，她的极度易怒应该是主要原因，不过丽莎不能肯定。她的记忆抹去了大部分重要的家庭场景，喜悦和创伤模糊地混在一起。她从没问过她父母这个问题，他们的分手是既成事实，丽莎完全忘了三个人的生活是怎样的，也不愿想起。

后来，一切都好起来。母亲开始服药，药起了作用，她的情绪变得十分平缓，还迷上了香草味的蜡烛，可世上没有免费的午餐。

丽莎一只脚架在老"道奇"的仪表盘上，哼着广播里愚蠢的曲子，以此排解罗贝尔给她带来的郁闷。她知道一离开亨廷顿，他就会回到巴斯金大屋去干活，直到深夜。周末，他会用两倍的时间让自己累得筋疲力尽，星期天傍晚来接丽莎时，这可怜的人总是脸色苍白，一副营养不良的模样。

快要进入市区之前，他们遇到一长串的汽车停靠在公路边。司机们手里端着咖啡，像在剧场一样，观赏一个热气球充气膨胀。

---

① 1937年5月6日，正在新泽西州莱克赫斯特海军航空总站上空准备着陆的兴登堡号大型飞艇起火焚毁。

　　罗贝尔停下皮卡，丽莎立马冲上路肩。准备工作刚刚开始，热气球像个巨大的水母摊在牧场中央。人们在三色的球体周围忙碌着，吊篮放在一旁，一台工业鼓风机往气球的口里灌风。丽莎记录着这复杂程序的每一个细节，每位队员都准确地知道该在什么时候以什么方式扯哪一根拉索或哪一条布带。渐渐地，聚酯材质的球体膨胀起来，气球中部的白条上出现了一个注册号和一个标志。驾驶员点燃丙烷燃烧器，火焰发出的呼啸声让大伙都吃了一惊。有人开起玩笑，说它像个大烧烤炉。

　　几分钟后，气球飞到驾车者们头上，有六层楼那么高。

　　丽莎像个小女孩一样兴奋，罗贝尔看她高兴得跺脚，只觉得好笑，其实，这不过是个聚酯纤维做成的大口袋，里面灌上热空气罢了。他必须承认，不知怎么回事，这色彩缤纷的气球看了就是让人开心，忍不住想笑。

　　气球缓缓自转着，露出了尼龙布上印着的雷马克斯房地产中介公司的标志，那一刻，它的魅力像放屁坐垫般瞬间黯淡了。

　　罗贝尔急忙吸一口气，闷闷不乐地坐回驾驶座，发现今早被遗忘在杯架上的杯子，里面还剩一点冷咖啡。他把杯沿展开，想看看是不是能赢台新皮卡。纸张很硬，罗贝尔用牙去咬，终于在被撕破的边缘看到了判决：请下次再来。

和往常一样，罗贝尔把丽莎载到何塞家门口，等她上楼梯，敲门进去。他在和前妻相互挥手致意后随即离开。

何塞·萨伏瓦租的这座房子在罗尔纳街，因为它就在克莱恩-丹克公司[①]的二号厂房附近，最近她一直在那里工作。这其实是这房子的唯一优点，因为它既丑陋又缺乏灵魂，而且还很小。它的规格不是单一家庭式，而是亚家庭式：房间都很小，只有一间卧室。再说，地理优势也不存在了，克莱恩-丹克公司关闭了它的6家工厂。这一系列关厂，除了在所有大众媒体上推广了"个体工业"一词，还让四分之三的亨廷顿劳动人口都失了业——包括丽莎的母亲。自138号公路街头运动以来，亨廷顿就快成为民族象征了。从那以后，每个人对全球化都有了自己的观点：纺织业没落，经济危机爆发。每次加币升值，同样的剧情就会反复出现：工作机会流失到华雷斯城、深圳、达卡。一场无声的战争正在进行，它的前线穿过魁北克省亨廷顿市的中心。

至于何塞·萨伏瓦，她对全球化并没有什么强烈的意见，只是觉得它没有慢下来的可能。还是去适应吧！她还

---

① 加拿大最大的精纺面料生产商。

算年轻，有时也想一走了之。每当人们说起要在二号工厂旧址开一家呼叫中心，她就恨不得拔腿就走。

"等到那一天，丽莎，孟加拉国会给我们派接线员来。"

目前，她定期兑现失业补助金的支票，严格按时服用碳酸锂片。

到母亲家过周末时，丽莎睡在一个大橱子里，母亲称之为客房。打开沙发床之前，要叠起一堆提篮和盒子，挪开一台空气加湿器以及许多靴子。这个储藏间里收着数不清的冬装大衣（其中有一件两色的人工皮草，丽莎从没见母亲穿过）、烛台型电灯（共有三盏）、一棵拆下来的人造圣诞树（它的组件还凌乱地收在一个没有盖的盒子里）、多余的衣架、一张波昂扶手椅的残骸、一辆不会动的旧自行车（已锈迹斑斑）。橱门不能关，有个丁点儿大的窗户对着外面的市政路灯——然而，那毕竟是扇窗户，这一细节告诉人们，橱子是可以算作一个房间的。

尽管有诸多不便，在母亲家过夜还是有一个好处：能够用那台绿松石色的旧iBook[①]尽情上网。

她背倚靠垫，电脑放在大腿上，开始浏览网页。敲键盘的时候，她的头轻微地朝右边倾斜，这是她不自觉地从

---

① 苹果公司于1999年推出的一个针对消费者和教育市场的全新笔记本电脑产品系列。

埃里克那儿学来的姿势——而且，老实说，她很像他，抱着电脑聚精会神的样子。埃里克应该很欣赏这个储藏室。就缺3只鹦鹉了。

浴室在隔板的另一头，里面传来水流的声音。每周五晚上，在香草蜡烛摇曳的微光中，母亲都要在漂浮着干花瓣的水里泡上90分钟。

丽莎在找一条特别的信息，这个明确的目的让她不愿去想自己是否也在追寻一个模糊的目标，一个隐藏的目的，借此忽略生活中的不愉快：她母亲的狂躁症、二号厂房的关闭、周围人的失业、共享的监护权——除此之外，还有埃里克的广场恐惧症，以及父亲的另一种恐惧症，难以形容又讳莫如深，他的一些荒唐行为正是这种恐惧症的表现，比如非要买下巴斯金大屋。

母亲在隔壁哼起歌来，声音很小，听不出是什么歌，但又大到足以让某些音符穿过隔墙、瓦片、房梁。一组特别的旋律，被墙壁吸收了，就像海绵吸进海水。

丽莎从一个网站浏览到另一个网站，逛了花店、玩具店和焊接用品店。浏览或像在浏览。实际上，她很清楚自己要找什么，她排除了那些最先跳出来的广告：二手福特零售商、魁北克省亨廷顿市的单身女郎、非处方消炎药……她改写了指令，尝试不同的邮政编码。

最后，她终于找到埃贝尔动画网站。在铺天盖地的闪图中，一个常见的小丑挥舞着一束气球。儿童主题聚会、企业活动、告别单身派对、迪斯科、灯光、布景、气球花束。都在瓦利菲尔德地区以及附近不远的地方。请致电小丑埃贝尔。

这正是她要找的。

丽莎打开一个窗口和埃里克对话，宣布她找到了圣杯。

埃里克："在哪儿？"

丽莎："瓦利菲尔德。"

她复制、粘贴了网站地址。这网站真吸引人。主页上有一张经Photoshop处理过的埃贝尔锯齿照片，他举着一束埃贝尔气球花束，3个小丑模糊的脑袋在绳子顶端飘浮，一眼看去，还以为埃贝尔长了3个脑袋。有3个头的小丑塞伯拉斯，地狱的看门犬。

埃里克："哇，他还做鬈毛狗的气球！"

丽莎："我知道。"

埃里克："在你妈家还好吗？"

丽莎："和平时差不多。eBay上有消息吗？"

埃里克："还是没有。"

他们又聊了一会儿，但丽莎开始犯困了，于是他们终止了聊天。还是去睡吧：明天早上，母亲和女儿要去宜家家居店例行扫货。不管世界形势如何，总有新的东西要买。这是一种主流宗教，何塞·萨伏瓦对于精神层面的事情可从不含糊。

丽莎记下埃贝尔小丑的联络方式，将电脑放在地板上，关了灯。另一间屋里传来水被吸回海洋的声音。

− 8 −

杰伊举着一大杯咖啡抵达C区的时候已经迟了。劳拉的办公间还和昨天下午一样，保持着静物的未来感：空空的椅子、被咬过的圆珠笔、语音留言机闪烁的灯。杰伊对她的同事进行了各种推测却找不到答案，或许躺在犹太医院急诊室的担架上，或因塞车堵在路上，或被召去卡斯特码头参加一个关于虚拟苹果集装箱的首脑会议。

马赫什也没到。杰伊抽出咖啡壶里的滤纸，把食指伸进咖啡里，干涩，僵硬。渗滤从前天就开始了。加马什警官的办公室没有任何生命迹象。杰伊从来没有这么孤单，她小口抿着家庭装的大杯咖啡。虽然睡了13个小时，她的脚步还是很沉重，她有种年华老去的不愉快感觉。

她还记得过去的生活节奏：经过漫长的一天工作后，

她可以再继续工作一个晚上，只在天快亮时睡4个小时。7天中有6天是这么过的。她坚持了将近10年，从无怨言。那是属于她的黄金年代。

现在，杰伊看着自己在键盘上颤抖得像是属于别人的手，吞下一大口咖啡。还剩2年3个月16天。

楼上什么地方有人在使劲敲打订书机，拳头与一扎纸在进行决斗。

每当需要描述她的工作，杰伊从不用她任务描述中的专业词汇，总是简单说"三角测量"。

这个动词是她从事航海的祖父教给她的。那思乡心切的人总是说起过去的好时光，在罗兰①和GPS发明出来以前，人们在海上航行靠的是地图，用纸张绘成的、撕了会破的地图，还有六分仪和尖脚圆规。他直接在厨房的旧木头桌面上画给杰伊看，教她如何在野外通过测量两个已知物体之间的角度确定自己的方位。三角测量可比视力测试和数学测试重要多了：它是决定你能否活着回到码头的关键技能——可杰伊怀疑祖父的教学有着隐喻的意义。

许多年以后，当这个动词重新浮现在她脑海时，她正

---

① 远距离无线导航系统。

深陷皇家骑警办公室的泥泞中，难以抽身。三角测量是她用来对抗数字和烦恼的方式，让她每晚能够活着回家。

表面上，杰伊是经济诈骗数据分析师。她整天都在查阅巴比伦数据库，里面有几十万笔克隆信用卡转账，肆无忌惮而又合法的大手笔购物，在布加勒斯特、拉各斯或明斯克，四处提取现金。她的任务是识别它们的动机、复发频率、重合程度。从长远来看，通过交会法，即三角测量，能够确定哪些比萨店、马提尼酒吧或1元店在诈骗的前几个月过于频繁地出现在交易记录上。这工作需要相当敏锐的思考，但并不需要太多的航空工程学，它更多的是一种数据磨损——长时间地摩擦一个问题，让它露出本来面目，杰伊经常好奇为什么把她安排在这位置上，任何一名刚毕业的技术员都能胜任这工作。

莫非如今时兴雇佣有悔改表现的黑客？B区和D区都有各自的黑客，C区可不能拖后腿。可一旦送来了黑客，该拿她怎么办？总得给她安排个工作吧。

一开始，他们把杰伊当作咨询顾问来对待，让她出席会议、分析材料，听取她关于调查的意见。像那些拥有实战经验的人，她精通实证科学，能毫不费力地剖析行为和战略问题，像罪犯一样思考。

尽管所处的位置有些特殊，她原本还是能爬到更高的级别，但大家很快就看出她更适合在自闭症模式下工作，耳朵里老塞着耳机。得先雇佣她才谈得上解雇，于是他们逐渐将她边缘化。将近4年都没有喊她参加任何会议，有时她甚至几个月都没出过"城中城"，成了公共服务部门广袤印刷电路中的一个简单电阻。

每天早晨，她都要下载最新数据，追查诈骗者的踪迹，看着人类的巨大热情和细小缺陷被成行成列地整齐翻译。她试图想象在这些冰冷的数字背后命运的形成和挫败。生活像一道黏稠的流水缓缓前行，混杂着低地滑雪、轻骑、索瓦兰吉三重奏、MP3文件、车站小说、振动器、普通汽油、冬季车胎、加利福尼亚式按摩、瓦楞钉、宜家的衣橱、薄荷味的椒盐巧克力脆饼、玻璃清洁剂和垃圾袋。

她三角测量着。

一上午过去了，"城中城"还是反常地寂静。杰伊戴着耳机自娱自乐，直到饥饿和疲倦令她难以支撑下去。她扫了一眼时钟：13点整。差不多了。

餐厅里只剩下一小撮迟来的人，大部分人已经回去工作，可他们又依然存在着，散布在四周：面包屑、咖啡杯纸套、残留化妆品和中式馅饼碎屑，以及椅子上残存的体温。广播里在播放《蝴蝶夫人》的器乐版本，乐声像短毛地毯般罩住了这片空间内的声响，掩盖了人们的谈话声。

贾科莫·普契尼的歌剧，有气无力地响着。

杰伊随便拉出一张椅子。她还是那么疲惫不堪，尽管上午已经喝了3杯咖啡。她从包里掏出一个紧紧密封在塑料袋里的火腿三明治，这是在熟食店买的，看起来像个鱼雷，装进二号弹筒，准备发射。她毫无胃口地咬着三明治，发呆。就算吃个三明治都让她筋疲力尽，可她还是稳坐不动，继续嚼着。她和这根棍子面包的末端之间隔着的六英寸，像通往世界尽头的路那么漫长。

终于，她吞下最后一口三明治，气短，颌骨疼。她把前臂放在桌上，然后将额头搭在前臂上。

她醒来的时候，只见马赫什坐在桌子的另一边。和每个周四一样，他刚在橡胶地垫上跑完虚拟的7公里，现在正准备把他的筷子插入一盘虾炒面里。

马赫什抓起唯一的虾，举到她眼前：

"你梦见什么了？"

杰伊揉了揉眼皮：

"我做梦了吗？"

"反正，你说话了。"

马赫什咬掉虾壳，吐出虾尾。杰伊按摩着太阳穴，眼睛在寻找含咖啡因的饮料，四周被雾气围绕。

"我昨晚睡了13个小时，不知道为什么还是觉得累。"

"你在筹划什么事吧。"

他用筷子尖翻动面条，想找出传说中的第二只虾。人们说神话都是在真实的基础上创作出来的，不过这话有待验证。杰伊抓起她那个三明治包装袋，紧紧地揉成一个小球，和眼珠差不多大小。

"你找到祖鲁爸爸了？"

马赫什吸入几分米的面条，看起来很高兴：

"劳拉告诉你了？"

"说了个大概。我不明白他们是怎么让一个集装箱消失的。"

"他们操纵了数据库。"

"是破坏还是入侵？"

"入侵。实际上，是'多次'入侵。他们运用不同的授权篡改了四五个数据库，好让集装箱登上另一艘船，然后把一切删除。声东击西——让人以为集装箱从来没到过这个港口。我在数据库的备份里追踪到了它。"

"现在知道它在哪儿了？"

"是又不是。我们知道它被运往考赛多。"

"多米尼加共和国？"

"没错，可根据官方数据，运输公司的船上从没有装过这个集装箱，而考赛多方面也从没收到过它。它也许在纽瓦克–伊丽莎白码头中途停靠时被偷偷卸下了，这还有待证实。"

桌上安静下来。马赫什继续吸他的面条，杰伊在思考，大脑开始启动，一次启动一条回路。

"运输方呢？他们没有出口商的联系方式吗？"

马赫什彻底停止吸面条，兴高采烈：

"劳拉没告诉你吗？"

"告诉我什么？"

"哈，你会喜欢的。细节才是关键，这个集装箱由拉欣的一家卡车运输公司承运，公司名叫托尔运输。"

"有没有h？"

"没有。是个家族企业，在港口没有登记。二十几名员工，十几台拖拉机，几台拖车。6月初的时候，他们接到一个电话，一个莫名其妙的公司打来的……克洛伏出口公司。"

"是洛克伏。"

"洛克伏？好吧，无所谓了。他们想租一台拖车，拖一个40英尺的集装箱。通常，托尔是不做出租的，但生意不景气，况且他们刚好有一台拖车闲在那儿生锈。你知道那句老话：'拿钱走人。'"

面条、白菜、面条。杰伊着急地跺脚，马赫什在餐巾纸下找什么东西（应该是拖延故事进度的一种手段）。他找到酱油包，开始撕外面的塑料包装。

"于是一名司机去隆格伊送拖车，那是个中转站，在一家倒闭的肯德基餐厅的停车场。拖车当然没有留在那儿，但它没装GPS追踪仪，我们无法知道它后来被转移到哪儿去了。"

酱油调料包被扯松了，可还是没破，马赫什只好放弃。

"总体情况就是这样。10月初，那出口商又打电话给托尔公司，通知他们去取回拖车，地点和6月份一样，还是在那个肯德基餐厅的停车场。略有不同的是：拖车上有一个冻集装箱，需要送到卡斯特码头。"

"他们不觉得这很可疑吗？"

"对啊，不过没太在意。那时再有疑虑也有点晚了。出口商用传真发来了相关信息：订单号、集装箱的温度。看起来一切都合乎规范。于是他们去办理了托运，其他就不管了。结果，我们'完全'不知道这个集装箱夏天去了哪里。"

"是用货车运输的。"

"太对了，他们进行了分段运输，另一家货运公司接了手，但具体哪家公司？它把集装箱运到哪里去了？直接去了洛伏克？"

"洛克伏。"

"洛克伏还是洛伏克，这有什么关系？"

"我有时真想知道，你隐瞒了你的诵读困难症长达7年之久，这是怎么做到的。"

"下一次我会有备而来，带着PPT。"

杰伊笑了，若有所思地摆弄着她的包装纸小球。

"不管怎么说，他们还是很机灵的。"

马赫什用筷子夹起一截软塌塌的白菜，用无情的眼光审视着它。

"机灵吗？是的，这也是我们做出犯罪推定的主要因素。哪个诚实的帝国牌苹果出口商会让自己的集装箱隐身且无法追查？"

这问题在桌子上方飘荡了片刻，杰伊借机把她那一小团包装纸扔出去，直接落进了垃圾箱。马赫什把白菜放回面条上，盖上餐盒，好像要清理桌面上的食物残渣，不过什么也没找到。

"我祖父说，不留残渣的饭是一餐可疑的饭。"

"你祖父是位智者。"

"毫无疑问。"

把餐盒装进塑料袋的时候，马赫什发现了一块幸运饼干，便把它给了杰伊。返回"城中城"时，杰伊把玩着那块饼干，仿佛那是种颠覆性思想似的。

两位同事回到他们符合人体工程学的椅子上。马赫什启动他的咖啡机，在屏幕上调出集装箱PZIU 127 002 7的资料。杰伊戴上头盔式耳机，把关节按得嘎吱作响。当她要打开音乐的时候，目光落在那块幸运饼干上。她拆开包装，把饼干掰成两半，取出里面的小纸条。

上面用英语写着"你是那种在生命中游历许多地方的人"。

她想，是否该逐字逐句地翻译这段话。她咬了一小口。属于食之无味、弃之可惜的类型。这幸运饼干不是食物，而是一个信息的载体。

她嘴里嚼着饼干，见电脑屏幕上闪出一长列信用卡号码。老天，生命真是漫长。

− 9 −

米隆家不属于风景的一部分：他们创造了风景。

大部分人都是在有过些许不愉快的经历——离婚、去世、挫折后来到边境领地安家的。米隆一家呢，他们来到这个不讨人喜欢的地方却完全出于自愿，他们主动来到这片土地，当时路面还没铺上沥青，街道还没有名称，只有许多旅行篷车散布在云杉林间。熊每天都来翻食垃圾和喂鸟器。好像这是遥远的南方。

当年，希拉·米隆在亨廷顿的综合中学里教工艺学，格斯·米隆是本地区工地的工头，他们自幼就认识，两人都来自一个叫米勒·罗切斯的小村子。没人听说过这村子，它位于安大略省边上。格斯·米隆不喜欢谈论这话题，每当人们问起他的家乡，他总是含糊地用英语说道："别浪费你的时间了，在任何地图上都找不到它。"

丽莎如果不和埃里克或罗贝尔·鲁提埃在一起，可以打赌她一定在米隆家。不久前，人们经常看见那辆达特桑车底下并排伸出米隆先生和他的小助手的腿。她举着手电筒，递工具，提问题。到了下午4点，米隆太太给他们送来茶和烤饼。丽莎身上沾着机油，带着李子果酱回家了。

米隆夫妇没有孩子，丽莎对他们来说就像是孙女。每次她需要帮助，米隆夫妇都会及时出现，尤其当情况很棘手的时候更是如此。他们帮助她弄懂代数作业，为罗贝尔的生日制作一个蛋糕，修理被弹射器样机打破的玻璃窗，又改进了那个弹射器样机——因此，当丽莎想制作一顶降落伞时，她很自然地向米隆夫妇寻求帮助。

米隆夫妇不知道他们的小邻居为什么需要降落伞，不过他们什么也没问。

她花了好几天画图纸，用超市的购物袋和胶水做小模型。这个降落伞不像装土豆口袋，而堪比达·芬奇的作品，有一层昂贵的伞面，还有一个通气孔用来减少伞体的摆动。一件伟大的艺术品。她根据重量、空气密度、海拔、风阻系数和终端速度计算了三遍伞的面积。埃里克帮着复算过了——两人好过一人，但没找出任何毛病。

丽莎推开米隆家的防蚊门，没敲门就进去了。屋内弥漫着勃艮第牛肉和香草的味道。米隆太太坐在厨房的柜台边，停下填字游戏，抬起眼睛，目光炯炯地凝视着丽莎：

"我在等你。"

"不会太晚吗？"

"不会，我甚至还有一个惊喜给你呢！"

她站起来，丽莎跟着她来到缝纫间。米隆太太打开灯，搓着双手。这间工作室是整栋屋子里唯一凌乱的房间，其他地方都井井有条。房间里堆满了一包包的布、模特、纸样、线卷、古老的和现代的机器。不是所有人都被允许进入这里的，获得批准方可进入，态度还得诚恳。对于米隆太太来说，缝纫是一件严肃的事，可以和在大理石上刻雕塑或用青铜焊接相提并论。走入这扇门，她就成了纺织品的总工程师。

缝纫机旁边的大工作台上，放着一顶仔细折叠好的降落伞：3号模型。

刚刚结束的一周对于丽莎来说是战斗的一周。她同时学习了缝纫入门知识和缝纫机的操作、画纸样以及挑选布料。之前两顶降落伞都被缝制、分析和拆除了好几遍才被扔掉。总工程师可是认死理的：这些简陋的初样根本不配离开她的工作间。丽莎只好拆了，重新量尺寸，画样板，再缝。尼龙不好缝，很滑，难以定型。总工程师弯腰在她身后看，一言不发地监视整个组装过程，老录音机里播放着歌剧的咏叹调。

尽管丽莎已经很努力了，3号模型还是没通过。丽莎把针脚全部检查过了，她不明白，模型看上去完全可以接受呀！可米隆太太依然认为，这顶降落伞不能离开工作间，她说干这个有上百次了，等等。丽莎叹了口气，已经没有足够的尼龙做第四顶降落伞了，她也没时间再回瓦利菲尔德去买。她正在反复考虑这些让人发愁的问题时，米隆太太在一间挂衣服的壁橱里翻找起来，找出了一个老式的伊顿牌衣服套子。

"准备一下缝纫机，我们从头开始。"

丽莎惊呆了：

"从头？可是……"

米隆太太做了个庄严的手势，打开布套的拉链，里面是五六件深黑色的衬衫，她小心翼翼地取出一件衬衫递给丽莎。

"真丝衬衣，纽扣是黑檀木的。我哥哥1957年为了在纽约大都会歌剧院演唱《蝴蝶夫人》而专门定制的。还剩下5件。第6件，他去世时穿着。"

丽莎抚摸着那丝绸，惊叹不已。在衬衫的内面，精心缝着一个细小的金色标签，像是个签名：雅各布·韦斯伯格和儿子们。米隆太太若有所思地笑了：

"当年，这是蒙特利尔最好的裁缝。"

丽莎摇摇头：

"这太精美了……"

"别说了，给缝纫机装上一对新的针，我们要重新开工了。"

4号降落伞在午夜前夕获得了米隆太太的认可。作品出奇地高贵，黝黯而纤弱，像一只日本蝙蝠。丽莎在背面缝上了"韦斯伯格和儿子们"的金色标签，缝有商标的降落伞可是稀罕物件。

丽莎走出工作间的时候既高兴又疲惫，杰作卷在胳膊下，像刚从普拉多博物馆偷出来的一幅毕加索油画，她不仅感到自豪，更感觉找到了最初晕头转向的症结所在。穿过连着她家的草坪时，她抬头仰望星空。万事俱备，只欠东风，但愿他们能把这些该死的相机卖出去吧！

她睡觉时默默地向eBay晦涩的神灵做了祷告。

– 10 –

杰瑞地铁站，自动扶梯正在修理中。两名技术人员在沟槽里忙碌，像来自地狱的一对外科医生，被神秘的钢器官和工具箱围绕着，四周都是口香糖和果汁包装袋以及用过的地铁票。乘客们不能搭扶梯上楼，被迫走楼梯上去。

杰伊嘟嘟囔囔地爬了无数级台阶来到地面，大腿酸痛，喘不上气。她觉得自己又滑稽又衰老，迟早有一天，她得向马赫什学习，每周二和周四到跑步机上出出汗，反复丈量那枯燥的方寸之地，服用含蛋白质的保健品和维生素D。

她从地铁站出来的时候依然气喘吁吁，在街道拐角，她靠着一根交通灯柱休息了片刻。

一阵汽笛声吓了她一跳。红灯亮了，一个航运公司的集装箱停在她面前几米远的地方，几乎挡住了她全部的视线，好像要把分割出的工业园区一角用船运走似的。在城市边缘的某个地方，一家冷饮制造商不断地产出集装箱。

箱体被漆成刺眼的绿色，电影院里用来替代图像的那种绿，杰伊注意到集装箱也是如此：现实撞到箱壁又反弹回来。没有人注意它，一位女士坐在宝马车里，紧跟在它后面，在后视镜里用口红修饰自己的嘴唇。人行道上，一群等公交车的闲人仿佛对这大箱子视若无睹。他们忽略掉了它的存在，仿佛它是一种异常的东西，一个五维空间，是他们的大脑所无法阐释的。唯独有一个被绑在童车里的小孩，用他圆圆的大眼睛上下端详着那集装箱。

杰伊怔怔地望着印在集装箱上的白色文字，她至少认得其中两个代表国家的字，不过后面的字就不知是什么意思了。鬼鬼祟祟的箱子装着神秘的物资，写着看不懂的文字。

绿灯亮了，卡车启动，载着集装箱渐行渐远。杰伊头脑中产生了一个念头。她步行回家，一路专心思考。

来到家门前，她突然愣住了。白天有人在围墙上钉了一块房屋买卖广告牌。在三色的背景中，她认出了亚历克斯·奥纳西斯，他微笑着露出了几十颗洁白无瑕的牙齿，十分匀称，她见过这脑袋被四处张贴在附近的房子上。正当她研究广告牌的时候，泽纳基斯先生出现在门口。他的妻子在屋里抱怨。他冲杰伊做了个手势。

"楼上有人。"

"谁？"

"电工。"

"哦。"

"看到广告牌了吗？"

"看到了，要是能提前通知我就好了。"

泽纳基斯面无表情地摸了摸鼻子。40多年来，他对女人的不满早就习以为常。

"会有人来看房。"

杰伊皱了皱眉头，此刻她最不愿意见到的，就是有人在她家里不断进出，查看电源插座和排水管道。泽纳基斯的身体重心从一条腿换到另一条腿，似乎在组织一句难以启齿的话。屋里的人飞快地说了句什么。泽纳基斯转头应道，叹了口气。

"公寓要保持整洁，方便参观。"

杰伊耸了耸肩，想卖掉这座破房子光靠公寓的整洁是远远不够的。

到了客厅，她看见刚才提到的电工站在梯凳顶端。电灯的线圈管放在地上，旁边有一个打开的盒子，里面是它的替代品，一个镀铬的灯泡，马来西亚生产，使用寿命：18个月。

"我还需要一刻钟。"电工说，视线没有离开他的工作。

他从天花板拉出一团电线，像一只寄生在公寓墙板里的孤零零的蛀虫。矿棉和石膏粉末如雨般落下，杰伊退了出去。

　　她卧室的地上布满了脏衣服，她从衣橱内取出一个大大的军用挎包，开始往里面塞衣服。在扯一个胸罩的时候，她搜到了那套《儒勒·凡尔纳作品全集》以及被割开的封面。她收起笔记本电脑、一个小号硬盘和放在两件T恤之间的手提包。她把包挎在肩上，从零钱罐里抓了一把两毛五的硬币，瞧也没瞧电工一眼就走了出去。

　　洗衣店里空无一人，在紫色墙壁间回荡的振动波显得更加猛烈。狭窄的门厅里安装了一台避孕套分发机、一个明信片展示架以及这个城市的最后一台公共电话。

　　杰伊站在门口叹了口气。一个39岁的人，是不是该拥有一台洗衣机和干衣机了？她忽然对过去的生活厌恶起来。常人应有的东西她以前一点都不在乎。她把衣物塞进两台洗衣机，投入硬币，坐到一张板凳上，伸长两腿。墙壁真的太紫了，杰伊闭上眼睛，背靠着一台干衣机，洗衣机里肥皂水的冲刷声终于让她平静了下来。

　　她闭着双眼，脑子里把这个货车运输的故事想了一遍又一遍。在蒙特利尔的某个地方，有个俄罗斯魔术师可以让冷冻集装箱人间蒸发，以此为乐。

　　虽然，她看不出这调查有什么复杂的。证据链断了，好吧，可只要调出蒙特利尔地区运输商的完整清单，然后一个个给他们打电话，确认PZIU 127 002 7集装箱是谁交运的就可以了。甚至都不需要传票，光凭着皇家骑警的徽章和好态度就能查出不少信息。只要打电话，一个个打，过程很枯燥乏味，可是简单。

洗衣机里，衣物翻了过来，像一堆混杂在一起的身份证。

杰伊睁开眼睛。墙壁的紫色给了她强烈的刺激，她从包里掏出电脑，连上一个没有密码的Wi-Fi，把屏幕亮度调到最低，进入"加拿大411"网站，选择了目录"集装箱——运输服务，蒙特利尔，魁北克"。列表出现在屏幕上：全球运输，特伦布莱快运，专业货运；阮氏运输，RTF速递，罗贝尔物流——看来这列表至少有25页，不可能让所有结果显示在一个页面上。而且，要点击进入每个运输公司才能查到它的联系方式。全部都得手动复制、粘贴，这可是个累活儿。

杰伊闭着眼睛，想找出一个更简便的办法。她可以用Python语言编写一套程序，从25页的搜索结果里找出每一页互相有关联的链接，再抽出这些链接所指向的内容，接着筛选排列那些地址，让它们自动转换成地图数据下载，通过优化组合形成一条路径。

杰伊感到胸口越来越沉重。

她睁开双眼——还是这紫色——把目光转向洗衣店的门厅。旧公用电话底下耷拉着一本《黄页》，因年代久远和空气潮湿变得皱巴巴的。

杰伊少说有20年没翻开过纸质的电话簿了。她斜靠在安全套分发机上，翻着又薄又皱的《黄页》，找到了"集装箱"类别——运输服务。只有一页。她小心地将它撕下来，对折再对折，放进口袋里。反正，这年头还有哪个老古董在用《黄页》呢？

－ 11 －

出人意料的是，小丑埃贝尔并没有3个脑袋。他既不滑稽也不阴森，身上也没有烟灰缸或馊啤酒味。他就是个50多岁胡子拉碴的男子，住在一条繁忙街道拐角处的旧便利店里。他倚着门框，看起来似乎午睡刚醒。

站在他面前的，是个头矮小的丽莎，她紧张地拧着双腿。

"我打过电话，订一个瓶子。"

"你是丽莎？"

"是我。"

埃贝尔打了个哈欠，打量了一番对方后，指了指端端正正放在门边的一个125立方英尺的大罐子。这么大吗？丽莎很惊讶。她原本以为是个便于携带的、滑稽的、粉红色的并且闪闪发亮的瓶子，而不是这么个笨重得像电焊罐似的家伙。她怯生生地伸出手，摸了摸它冰冷的铸铁外壳，它就像雷神的锤子，可以取巨人的性命。

罗贝尔·鲁提埃站在人行道上，惊讶地看着丽莎付了押金和租金。埃贝尔胡乱在收据上写了个金额，丽莎把收据塞进口袋。罗贝尔不知道，租罐子的钱直接来自老相机拍卖所得，他女儿在巴斯金大屋阁楼里发现的老相机，她早就想把它们卖掉换钱了。

形势陡然变了。那几台柯达原本一文不值，除了藏有一盒胶卷的那台。在好奇因素驱动下，它的价格攀升到15元，令人难以置信。不知出于什么原因，收藏者们已不再青睐柯达Retina IIa 和水星相机，迷人的宝丽莱倒是有些潜力，如果它的皮腔不是散发着一股淡淡的蝙蝠粪便味道的话——这个细节没法彻底忽略。就在埃里克和丽莎即将绝望之际，徕卡III出人意料地成了黑马，发起惊人的冲刺，其价格在8月17日凌晨2点的时候，最终达到245元。

72个小时以后，这笔钱就一点不剩了：最后一分钱都归瓦利菲尔德的那个50多岁的小丑了。

把罐子搬上皮卡（"得让它直立！"埃贝尔站在门口喊），并用绳索将它固定好之后，父女二人就回边境领地了。回程一路无话，广播里在播放威利·拉莫特的作品回顾。有两三次，罗贝尔似乎想就绑在他座位后面的物品提出问题，但始终没有问出口。回到家，他只是问——用装出来的淡漠口吻——要不要把丽莎和她的氦气罐送到什么地方。她摇摇头说，不用，放在这里就可以。

卸罐子的时候，四周成年人自发的赞许，让丽莎感到很惊讶，她开始怀疑自己是否真有这么好的信誉。

她去了米隆家，刚巧，经过10年的努力抢救——以及绝妙的巧合，那辆达特桑刚刚发动起来。啊，多么简洁明快，不过一眨眼的工夫，可毕竟还是点着火了。米隆手上沾着油污，令人惊讶地用击掌来欢迎丽莎。这次发动让他在30秒内年轻了30岁。

接着，米隆先生打量了一眼他的小邻居，他熟悉这表情：她需要什么东西。

"我有一个很沉的家伙要运，能把手推车借给我吗？"

看她把罐子利索地固定在手推车上，米隆先生有些担心。他发现一张绿色的菱形标签写着：非燃烧品。好吧，没有爆炸的危险。

丽莎把罐子推到父亲的工作间，然后回家给自己做了个酸黄瓜三明治。

凌晨4点，被丽莎藏在枕头底下的收音机闹钟闷声响了起来。

　　她飞快地套上牛仔裤和一件厚羊毛衫，经过厨房时抓了一个苹果，那是她打算站在湿漉漉的草坪上吃的。树林的顶端，曙光刚刚出现。她悄无声息地取下工作间门上的挂锁。在日光灯的光线下，那罐子显得比前一天晚上更庞大。丽莎深吸一口气，抓紧手推车，迈着大步，走上通往欢乐胡同的漫漫长路。

　　来到死胡同尽头，从圣地的窗户里看见灯已经亮了，她松了一口气。她轻轻叩了叩防蚊纱门，埃里克的脑袋出现在灯光的矩形阴影里。他看了看丽莎，又看了看罐子：

　　"出了什么事？"

　　"我不想吵醒你妈。"

　　"她不在家。"

　　丽莎很惊讶。她把罐子放在楼梯脚下，和埃里克一起进去。他还穿着睡衣，光着上身，在做他的监狱例操。每天早晨，无论4点还是9点，这位先生都以以下动作开始他的一天：一连串俯卧撑和仰卧起坐，以举起手所能抓到的任何东西当作哑铃，原地慢跑，最后再扎10分钟的马步。他不知从哪儿看来的，说监狱里的犯人用这种最低限度的运动来锻炼身体——如果这对犯人有好处，那么对他也就有好处。

至于丽莎，她认为把罐子一直推到这里就已经完成任务了，她用袖子擦了擦额头上的汗：

"你妈妈在外面过夜？"

"和她的一个同事。"

因彼此心知肚明而产生了沉重的沉默。埃里克继续锻炼，举起这次的"哑铃"（4本史蒂芬·金的小说）。

"你真的必须要完成这些练习吗？"

"嗯。"

丽莎坐到床上，被褥还散发着诱人的余温，她翻阅着一本印刷粗劣的小册子：《GPG必肯①55操作手册》。（警告：可能包含中式英语。）

"刚开始吗？"

"什么刚开始？"

"你母亲在外面过夜？"

"已经有几个月了。"

"我什么也没看出来。"

"我妈妈是个忍者。"

"那个同事，你认识吗？"

"没见过，我妈从来不提，不过我谷歌了一下，以防万一。"

---

① iBeacon，苹果公司发布的移动设备上配备的新功能。

"你嫉妒了？"

"那还不得精神病？"

"然后呢？"

他把史蒂芬·金的书放在地上，看了眼时间，直接扎起了马步。他穿着条纹睡裤，半闭双眼，缓慢呼吸，就像郊区的一个禅僧。

"然后没什么特别的，他名叫安克尔·霍吉，来自哥本哈根，土木工程师，专业是预应力混凝土，发表过几篇关于冬季添加剂的论文。反正，他没犯下十恶不赦的四重谋杀而被丹麦警方追捕。"

他锻炼完毕，穿好衣服，在套上草底帆布鞋的时候，犹豫了片刻，丽莎怀疑他是否彻底丧失了穿鞋的习惯，或仅仅是因为草底帆布鞋太小了。他们总算走出了家门，带着一个大纸皮箱和一个背包。

踏上街道的时候，埃里克抬头仰望星空。东边的地平线已经开始发亮，可还是能很清晰地看到银河在美国边境上空闪烁。

"我已经忘了银河系有这么大。"

"你应该更经常出门。"

在围栏的另一边，草莓地是空的，墨西哥人已经离开好几个星期了。这两个同谋跨过一排排草莓，将手推车藏在园地边上的沟里。丽莎负责搬运纸皮箱和背包，埃里克则负责扛大罐子（是他自己要求的）。

他们来到园地的另一侧尽头，轮流翻过摇摇欲坠的栅栏，从栅栏顶上把重物递出去。他们小心翼翼地捧着纸箱，仿佛那是个新生儿，大罐子则像个随时可能爆炸的旧鱼雷。牧场的草已被啃平，远处，农场那边，在自动挤奶机前排队的奶牛发出哞哞的叫声。丽莎回头目测走过的距离。

"你不觉得我们已经走得够远了吗？"

埃里克摇摇头，用手指着隔壁的玉米地，丽莎耸耸肩。天开始亮了，能把四周环境看得更清楚。随着夜色逐渐褪去，他们身边的空间似乎越来越大——突然，埃里克停住了，把罐子放到地上，双膝跪地。

"哦，见鬼见鬼见鬼！"丽莎心里暗叫。她从没遇见过埃里克的旷野恐惧症发作，也完全不知道该如何处理。应该预先想到的。

"OK，别慌。你必须呼吸，好吗？听见我说话吗？"

没有任何反应。他脸色惨白，眼睛盯着地面，汗珠从额头滚落下来。丽莎不知道怎么办，该去求助吗？草莓地尽头的移动房屋遥远得像在另一个大陆。勒·布朗太太是唯一能够帮助他们的，可她现在在瓦利菲尔德，和她预应力混凝土专业的丹麦工程师在一起。

丽莎在埃里克身边蹲下，尽可能轻地把嘴唇贴在他耳朵上：

"听我说，这里没有别人，只有你和我。会好起来的。你要冷静下来。"

她继续这样低声安慰着他，直到漫长的几分钟后，埃里克虚弱地点了点头。他终于恢复了知觉，深吸了好几口气。丽莎默默地将他抱在怀里。危机结束了。埃里克站起身来，像个刚刚倒地一分钟的拳击手：面色苍白，受了伤，但技能正常。他擦了擦脸上的汗，重新把罐子扛在肩膀上，一语不发地向玉米地走去。丽莎皱着眉头看他走远。

他们终于来到分隔玉米地和牲口的电围栏边。两根电线中间颤动着一张硕大的蜘蛛网，上面还挂着露珠。埃里克和丽莎将材料从两根电线中间滑过去，没有触电，然后径直走入玉米地深处，穿过一排排玉米，像走在被许多围墙隔开的狭窄走廊里，清香的枝叶拂过他们的脸庞。

走到埃里克认为足够远的距离，他们开始压玉米地，直到压出一个整齐的缺口，边上立着一圈棉花，看着就像夜里落下的一个飞碟。

埃里克对结果还是比较满意的，可丽莎却直跺脚。她紧蹙眉头，竖耳倾听，只听见食米鸟和黑鹂的声音。埃里克刚想问她有什么不对，突然恍然大悟。印度大麻的收割季过两三个星期就要开始了，在这片孤零零的玉米地里很有可能踩到一个捕熊的陷阱，或被22毫米口径的枪打中。

他重新审视了一遍四周情况，像一只孟加拉虎在树苗中间不怀好意地转来转去。

丽莎匆匆做了个手势：时间浪费得够多了。

他们在地上摊开一张篷布，开始整理纸箱里的物品。丽莎先取出一个白色的一次性冷却器，冷藏捐赠器官的那种，上面布满弹簧钩。他们在冷却器侧面给勒·布朗太太的佳能相机开了一个舷窗，相机是以科学的名义征用的。埃里克成功地给它重新设置了程序，让它每15秒钟拍一张照，直到电池耗尽或存储卡饱和，以两个条件中先满足的那个为准。丽莎给相机包了一圈加热袋，防止电池结冰。

除了照相机，箱子里还有佳明车载卫星导航仪55，一个用来追踪汽车的GPS定位仪。只要启动装在汽车底部的这个小装置，定位仪的地理坐标就会传递到一台移动电话上——其实就是勒·布朗太太的手机——以一种指导性很强的形式出现，但是（必须承认）比较原始：

"佳明"（3:03PM）> 06-08-25-190231-UTC-0，44.9962973，-74.0864321

"佳明"（3:18PM）> 06-08-25-191808-UTC-0，44.9975719，-74.0866145

"佳明"（3:33PM）> 06-08-25-193354-UTC-0，45.0008417，-74.0867325

　　昨天下午，伊莎贝尔·勒·布朗在手机上收到这几条测试信息后，向她儿子投去疑惑的目光：

　　"是谁啊，这个'佳明'？"

　　"不是谁。"

　　"那这些短信都是什么意思？"

　　"意思是'佳明'运行正常。"

　　她耸了耸肩膀：这两个小鬼能策划出什么阴谋？

　　丽莎打开照相机和GPS定位仪，用3条胶带把冷却器密封起来，然后把降落伞用弹簧钩扣在箱子四周，小心翼翼地缠绕拉索。如果降落伞不能正确打开，冷却器将从3万米高空落下，勒·布朗太太的相机会被摔得粉碎，而两位年轻的科学家就得和父母进行一次谈话了，主题是"我们的孩子是否拥有过多的自由时间？"

　　最后，他们把气象气球接到罐子上，丽莎把阀门打开。过了几分钟，气球达到一辆小汽车的体积，一辆半透明的白色菲亚特500在清凉的空气中飘荡，从玉米海洋的上方远远就能看到。

　　丽莎将接口扎紧，拔出管子，松开指间的绳子。气球带着冷却器上升，在4米高的地方停住，依旧连着氢气罐。东边，天空已经变蓝，高远无垠，却纹丝不动。丽莎用眼神咨询埃里克，他一声不吭，把瑞士军刀递给她，丽莎展开锯子、锉刀、剪刀和锥子，最后终于找到了刀片，她拿刀片抵住绳子，屏住呼吸，干净利落地一刀划了下去。

气球以惊人的速度升空，它在平静的空中几乎是垂直上升的，接着微微转向东面。当它达到太阳已经升起的那一高度时，这个半透膜球体像中国灯笼一般燃烧起来。丽莎和埃里克目瞪口呆地看着发光的球体在幽蓝的天空中越来越小、越升越快，仿佛高空中有一阵风将它席卷而去，不到5分钟就在玉米丛后方消失得无影无踪。

后面发生的事远离了他们的目光：气球将穿过对流层，飞得比珠穆朗玛峰还高，超过商用飞机的巡航高度，并且——如果运气好的话——它将到达平流层，接近臭氧层，在稀薄的大气层里，膨胀到一幢移动房屋那么大，然后爆裂。那时，降落伞会展开——丽莎十指交叉祷告——冷却器重新回到地面，与此同时，坐标信息流将发送到勒·布朗太太的电话上。只需在傍晚的时候去收回冷却器就行了。

根据埃里克的模拟推算，飞行将持续两到三个小时。

目前，暂时没有什么可看的——气球已经飞远，现场空空如也，显得有些阴森恐怖。他们重新把器材收好，然后原路返回：植物隔离带、电围栏、布满牛粪的牧场。丽莎在想，气球在天空某个地方向上飘，记录下一连串的数字和照片。她朝东面望去，只看见空茫的天空。

埃里克在她身边大步往前走着，显然是急着回他的圣地去。

"你今天什么安排？"

丽莎停止看天。

"和往常一样，去巴斯金大屋。要漆天花板，我已经问过父亲傍晚能不能去取'一点东西'。"

"他同意了？"

"同意了，不过我没告诉他可能要开300公里才能取到。哎！你看到了吗？"

她用手指着一串五颜六色的气球，气球有气无力地从他们眼前飘过，从边境领地的屋顶掠过。

埃里克呆住了，把氦气罐放到地上——后来才意识到这不过是一束从小朋友的聚会中飞走的气球，飘了一夜之后，慢慢开始漏气了。

"有趣的巧合，不是吗？"

埃里克点点头。

"有那么一秒钟，我感觉有另一个你和另一个我也放了一个高空气球。"

丽莎微笑着想象，在附近的另一片玉米地里，有另一个埃里克和另一个丽莎，这不大可能。埃里克看着那串彩色气球飘远，仿佛很快能见到天空布满气球。人类发起对平流层的攻击。气球飘到森林上空，快要消失了。一小时后，人们会发现它们挂在某棵树的枝丫上。

埃里克将氦气罐扛在肩上，他们继续赶路。

－ 12 －

他叫帕维尔。

当年他在纳霍德卡工作的时候随便起了这个俄文名，后来到新加坡继续沿用，接着又到了蒙特利尔。这么长时间过去，他已经不再用他快要忘记的真名了。下星期他就80周岁了，有权忘记一些小细节。名字算什么呢？帕维尔知道自己永远不会回深圳去了。他将在这个北美城市死去。用这个俄文名字，他觉得无所谓。现在他有一堆废纸要归类，足有半个人那么高，上面压着一个装了冷面的餐盒以及一壶茶。

他抬起头。细雨落在停车场、拖车和铁锈色的集装箱上：一种地下交易的伪装色——甚至连帕维尔也看不见它们了。他的目光穿越了集装箱。

他喝一口茶，加了几个数字。

一辆白色的"道奇"出现在两部拖车之间，停在办公室前。帕维尔皱起眉头，他认得这类车子。与其说是辆车，不如说是一种无声的标识。过去，警察们开的是皇冠。现在是道奇，或装着有色玻璃窗的越野车。总是美国汽车，从不用亚洲或欧洲品牌，警方买车时有某些微妙的政治因素。

一个女人从车上走下来，西裙，皮夹克，高跟鞋。她脸色严肃而疲惫，仿佛漫无尽头的一星期终于挨到了周末。

帕维尔喝光杯里的茶。

她走进门来，扫视四周，然后向帕维尔走来。这女人穿着高跟鞋，比他高得多。她掏出一个皇家骑警的徽章，展示了足够长的时间，以便让他看清上面的野牛头和皇冠，环绕牛头刻着"捍卫法律"。

帕维尔点点头，没说一个字，如果不是被迫，他压根不打算说话，他的法语从来都不是太好。那女人打开文件夹——他瞥见一些被红色圆珠笔画掉的地址表，取出一页纸放在桌上。

他做出调整眼镜的样子，其实是为了拖延时间。那张纸上写着"洛克伏出口公司"和"PZIU 127 002 7"。她解释了一番，可帕维尔不是真的在听，他很清楚她要找什么。从她踏进办公室，从他看见白色道奇出现在停车场，他就知道了。是关于那个该死的集装箱。他知道早晚有一天会有人来问他这个问题。

他伸出一个手指，摁在纸上，装出若有所思的样子，然后收回手指。

他若无其事地倒了两杯茶，推一杯给那女人。她看了看茶杯，却没有碰它。帕维尔转向那台老奔腾电脑，摇了摇鼠标唤醒它，在键盘上输入一个指令。硬盘嘎吱作响，几秒钟后，在房间的另一头，打印机吐出一张抬头为"洛克伏出口公司"的发票。PZIU 127 002 7的历史都用行政人员的简洁语言记录在这张纸上：地址、转移日期、状况和形态。最下面，在"付款方式"一栏，选择的是"现金"。

那女人似乎要展露笑容了，问，是否经常有洛克伏出口公司的业务。帕维尔摇摇头，伸出一根手指："只有一次。"

接下来，在短暂的沉默之后，他举起茶杯放到嘴边。女人也效仿他这么做了——这微不足道的一口茶出卖了她。一个真正的便衣警察绝不会喝这杯茶。帕维尔盯着她的动作，两人四目相视，他随即明白她也知道他猜到了，可这都不重要。她终于还是笑了。

她喝光杯中茶，把那张发票塞进文件夹，一言不发地走了出去。

– 13 –

　　9月来了，多雨而丑陋的9月，勒·布朗太太的电话始终没有收到GPS坐标仪的信号。

　　丽莎被理论搞糊涂了：也许气球升高得太快，超出了手机信号的接受范围？相机可能掉进了河里，或落入一个电力变压器区或其他类似的糟糕地方？埃里克计算轨迹的时候考虑了速度、风向和气球的膨胀系数，可丽莎知道推算是不能作数的。方程式有太多的未知因素，气囊可能落到任何地方，距离升空地点30公里或者300公里，一块15度的馅饼碎就相当于几万块玉米地的面积。

　　埃里克一边等待天上发来的信号，一边整理笔记，他想编纂一本航天初学者的教材，一份详细的说明书，以简化另一个埃里克和另一个丽莎的生活。他们也打算在一个不知名的地方向大气层投放气球。不用在摸索中采集信息了，只需参考教材。想起另一个他躲在黎明的玉米丛中，手里捧着说明书，埃里克心中感到无比喜悦。

　　埃里克在编写笔记的时候，勒·布朗太太在到处找她的相机。到目前为止，儿子成功地避开了这个话题，可他能对她隐瞒真相多久呢？

这个糟糕的局面因为米隆先生那辆"达特桑"的复活被简短地——部分地——缓和了。

这辆汽车有15年没上过路了。那是格斯·米隆在谷仓后面的铁路枕木上发现的，多年来，他一直想让它焕发新生。

对丽莎而言，这辆无法发动的"达特桑"，像长在混凝土块上似的一动不动，应该在车辆万神殿中占据一席之地，和坦克、魔术南瓜、土星五号运载火箭、量子减压室、巫师的扫帚、软木木筏，还有会飞的越野小轮车摆在一起。说实话，丽莎开始好奇这部车是不是纯粹在扮演一个象征性的角色，她好几次撞见米隆先生坐在驾驶座上，手肘支在打开的车窗上，嘴里叼着香烟，若有所思，尽管天气已经很晚。也许他不是真的想赋予它新生。

无论如何，发动机能够越来越频繁地启动了，而且启动的时间越来越长，甚至给人以一种很可靠的印象，以至于9月的第二个星期天，刚吃过晚饭，米隆先生就来鲁提埃家敲门，问丽莎是否愿意，原话是，"出去兜一圈"。

在夕阳余晖的照耀下，汽车显得光彩夺目。米隆先生一改往常的简朴作风，花了两个小时给车身打蜡抛光。一些好奇者闻风而来，不想错过这难以置信的事件。它在这个街角刮起了一阵巴纳姆马戏团般的旋风。

驾驶员和副驾驶在驾驶舱就座，客套地握了握手。"达特桑"一下就启动了，米隆先生摇下车窗，竖起耳朵倾听。凡是了解过去几个月的试验和挫折的，都得承认发动机发出的是和谐的协奏曲。它好像调整了音域，440赫兹，精确无误，没有可疑的咔哒声，也没有刺耳的噪声。离合器：传动有些不大流畅。像大粒的糖晶体的沙砾在轮胎底下嘎吱作响。看热闹的人群一阵骚动，有腼腆的掌声，就差五颜六色的纸屑和彩带了。

格斯·米隆开动车子，往右转，上了"幸福路"。要爬一道平缓的斜坡，"达特桑"已流畅地换到了二挡。踩离合器的时候能感到一次短暂的抖动，不过发动机运转良好。太阳直射在驾驶室，他们做了本年度的最佳演出。两个小孩骑着越野自行车跟着他们。丽莎想象埃里克看见她停在他家门口时一副不屑的表情，胳膊漫不经心地搭在车门上。至少得摁一两下喇叭才能让这位修道士对街上发生的事情稍微有点兴趣。

在换三挡的时候，发动机"咳"了几声，熄火了。格斯·米隆立即换到空挡，试图重新启动它。没办法。车子停在街道中央一动不动。他们下车估算行驶的距离：充其量走了150米。米隆先生深情地拍了拍车身：

"我们好歹跑得比莱特兄弟①远！"

回程简直是一堂关于谦逊的教育课。在人们讥笑的目光下，两人把"达特桑"一直推回它平时的位置。大家叽叽喳喳地散开了。灌木丛里，夜晚的蟋蟀发出第一声鸣叫。

米隆先生去找提灯，当他第一万次注视着发动机的时候，丽莎突然产生一股钦佩之情。"重要的是精神"，她想着这句英文格言。遇到逆境绝不气馁，一定要回头与之一决高下。

她忽然觉得自己好傻，这么多个星期都在等待GPS定位仪的信号，仿佛这次行动的目的真的是为了拍摄高空照片似的。照片只是附带的小收获，放气球的真正目的是它的制作过程，设计、缝纫和调试，寻找问题的答案，寻找由问题的答案引发的新问题的答案。丽莎不该再想那个气球了，她还有一大堆计划要向埃里克建议呢！

丽莎留下米隆先生和他的发动机，踮着脚转身离去，准备全速跑向"欢乐胡同"。这时，她发现勒·布朗夫人走了过来——步行的勒·布朗夫人，这才是令人惊讶的地方——她神情果断，脸色不大好。

———————————

① 美国发明家，飞机制造者。

- 14 -

位于吉布森街230号的全球巴士公司老停车场，显然已经关闭有些年头了。一丛丛野花慢慢侵占了地面的裂缝，只有一大张贴在玻璃上的全球租赁的海报证明这地方尚未被完全废弃。停车场看起来不像一个危险的俄罗斯恐怖组织的总部——可怎么才能肯定呢？

镜头放大，可以看见圣劳伦工业园、那死气沉沉的仓库、机场空中走廊下面空荡荡的街道。再放大，能看见一幅谷歌街景图，然后是隐私浏览窗口，最后看见摆放在客厅地板上的笔记本电脑的屏幕。

电脑周围散落着一个黑皮文件夹、一张抬头为洛克伏出口公司的发票，以及一张沾满盐粒的包装油纸，这是它曾经包过的双层乳酪汉堡留下的唯一痕迹。

再放大一点，远离电脑的位置，有一条衣物铺就的通道：一双高跟鞋，一件皮夹克，一条毛料西裙和一件珍珠色的衬衣，甚至还可能挂着价格标签（特价39.95元）。两米远的地方，有一个皇家骑警徽章装在压花皮套内，徽章是以24.99元在eBay上买来的，48小时送达。这是收藏版，和蒙特利尔警察使用的徽章不完全相同，但外行是看不出区别的。

回来继续之前的镜头旅行。衣物通道还在继续——尼龙丝袜、内裤、胸罩——到浴室才结束，杰伊闭着眼睛，在里面泡了差不多有一个小时了，鼻子以下都浸在灼热的水里。水再高一厘米，她就需要一根通气管了。她的血液里，肾上腺素水平3天来第一次降回正常值。她体会到一种后高潮的亢奋感：想不到运输公司的一张发票能令她如此快乐。

水的高度随着她的呼吸节奏轻微地升高又落下，一切都很平静。杰伊隐约能听见电视连续剧的嘈杂声从一楼传来。

在她意识里的某个隐蔽角落，她在想以皇家骑警的名义介入调查是否谨慎。她只剩下2年3个月8天就解脱了，时间并不是太长。如果她被逮到——因为她会被逮到，他们会把她强行送回若利耶特服完剩余的刑期。究竟还剩下多少？假释委员会应该用的是一种等值算法，就像兑换航空里程的奖励积分一样。如果东窗事发，她还得再坐6年牢，不能减刑或申请新的假释——还要和新来的检控官开始一场新的诉讼。使用伪造物品、身份造假、违反假释条件、擅入他人房屋、妨碍司法公正、妨碍警方工作……

杰伊深深吸了一口气，感觉不错。

突然，她饿了，这个双层乳酪汉堡不够双嘛！

她从水里出来，后悔没有睡袍。人是从几岁开始穿睡袍的？她套上一条睡裤和一件旧的灰色袋鼠睡衣，接着，一边弄干头发，一边看着冰箱上的一堆菜单，然后像乐谱似的，将它们在柜台上摊开。三号交响曲：炸鱼和酸黄瓜。

当她正在比较肉汁奶酪薯条培根和蛋卷套餐各自的优点时，电话响了。显示器上出现450开头的号码。听到劳拉的声音，杰伊吃了一惊——她不记得自己给过她电话号码。缺勤3天，她的同事开始担心了。

"这么说你感染了病毒？"

"一种肌肉感冒，已经好些了，我星期一回办公室。我没错过什么重要的事吧？"

"看得出来，你没有失去你的幽默感。"

公寓的另一端传来浴缸排水的汩汩声。

"既然你问了，我就实说，我们有祖鲁爸爸的消息。"

"找到它了吗？"

"是又不是。"

这是劳拉的经典回答之一：是又不是，可是可否，这很复杂，这通常是一长串详细解释的前奏。

"你还记得他们在蒙特利尔港口干了什么吗？"

"操纵数据库？"

"对，著名的'左右开弓'，像马赫什说的那样。一边给集装箱重新定向，一边删除数据库信息。在考赛多港，他们又耍了一样的，一模一样的把戏。"

杰伊隐约有些厌恶，在17号的寿司天妇罗套餐和额外加菠萝的夏威夷比萨之间犹豫不决。

"他们花了一个星期的时间来确定这个？"

"因为是在磁带上的老式'备份'，而且可能也有些不情愿。总之，祖鲁爸爸到港的时候有一个发往巴西的转运代码，它在堆场停留了48个小时，接着被指引发往长滩，加利福尼亚。"

"你认为他们是想让它进入美国吗？"

"才怪。他们应该试过将它运往纽瓦克-伊丽莎白。反正我们很快就会知道，它应该在十几天前就已经被卸下船……"

"如果它在长滩下船的话。"

"……如果它在长滩下船，当然。所有人都得到了消息，美国联邦调查局、国土安全局、边境服务处，蒙特利尔处于外围，不过找到洛克伏的压力越来越大。"

杰伊推开菜单：地缘政治与她此刻的饥肠辘辘无法兼容。

"有一个问题。"

接着是短暂的沉默。劳拉都打算结束通话了，没料到会出现这个新的问题。

"什么问题？"

"根据马赫什的说法，海上运输行业是不可能遭到黑客攻击的。不是因为它很安全，而是因为它的系统太多样化。有好儿套不同的软件、不同的标准以及许多的冗余信息。信息被发送到许多不同的数据库，这些数据库隶属于不同的单位——海关、码头、装卸公司、边境安全局、运输部门、出口部门。所有单位都根据不同的软件和不同的规程运转。有许多标准。有的可以兼容，有的不兼容，还不算那些备份和复印件。"

"是的，马赫什跟我谈过这些。他说各个港口的安全操作都是不透明的。"

"对，他看到卡斯特港口的数据库被篡改，马上猜测是受到了入侵：有一个或多个同伙通过密码和安全认证，在现场修改数据库，但是……"

"……但是要说'洛克伏'能同时在蒙特利尔和考赛多码头入侵多个安全区域，这就有些牵强了。"

"完全正确。"

"牵强，但并非不可能。"

劳拉的声调变化暴露了她的犹豫，她会去研究的。

杰伊挂掉电话的时候，脸上浮现出一丝淡淡的笑容，仿佛之前在玩一个十分复杂的游戏，而她刚刚开始发现游戏的规则。

— 15 —

赤着脚正式踏进圣地的那一刻，丽莎就察觉到气氛发生了明显的变化。然而，一眼望去，似乎没有什么不同，如果有，也许是这里一切都井井有条。鹦鹉栖息在书架顶端，密谋着什么。

埃里克盘腿坐在床上，把一件长外套披在头上当帐篷掩体。电脑的电源线在外套下面缠绕着，像一条充满电的脐带，只听见手指敲打键盘的沉闷声响。丽莎没有征得同意就钻进了帐篷。

电脑屏幕的亮光和排风扇的嗡嗡声营造出一种安宁的氛围，让人以为自己身处高科技雪屋内。丽莎靠着埃里克，蜷缩成一团，埃里克停止敲键盘。屏幕上满是一行行紧凑的代码，伴随着不知所云的长篇大论。

"我刚刚和你妈说话来着。"

"她跟你说什么了？"

"没什么，一些基本信息，和安克尔订婚，两年的合同，哥本哈根。"

"哥本哈根。"

"你们什么时候走？"

他耸耸肩。

"今年冬天。"

"你母亲会说丹麦语？"

"还能对付吧。她学了几个月了。我压根不知道要走的事。"

"你是说她瞒着你在筹备这一切？"

"她发誓没有，说只是为了给安克尔一个惊喜。"

"你相信她说的话吗？"

"我不知道。相信吧，我想。"

帐篷外，鹦鹉咕咕叫着，绕房间飞了一圈，又回到它们习惯的栖架上。埃里克用指尖玩光标，画出许多纵横屏幕的优雅的8字，然后突然厌烦了。

"她对你说起我了吗？"

"没有。"

关于这话题再没有什么可补充的了，他们待在那儿，肩并肩坐着，一句话也没说。电脑屏幕进入休眠，他们忽然陷入了黑暗之中，只听见风扇的嗡嗡响和鹦鹉们叽叽喳喳的斗嘴声。丽莎想知道他们的氧气储备还能支撑多长时间。

"你说我们待在帐篷底下会不会二氧化碳中毒呢？"

"我可以上谷歌查查看，如果你想知道的话。"

他打开谷歌网页，输入"潜水+单座汽车+续航时间+'二氧化碳'"。丽莎瞥了一眼，看见他在笑。这就是他的答案吧！

－ 16 －

圣劳伦工业园安静得像一幅日本版画。只差些竹子和富士山的剪影。短短的吉布森街，整条街上都没有一丝生命的迹象，除了一辆白色的厢型小车往230号开来，然后消失在格里芬街的拐角处。

一切重又恢复平静。现在是早晨7点，11月的最后一个星期六。万籁俱静，连只麻雀都看不见，这是蒙特利尔的盲点。

过了一分钟，厢型小车又倒了回来，停在俄罗斯国际航空公司旧办公室的停车场内，230号的斜对过100多米处。发动机熄了火，街道又陷入死寂。

　　这距离很理想：从这个位置，杰伊能够将全球巴士公司的停车场尽收眼底，并且还保留了一定的回旋余地。她把座椅退后，调低收音机音量。

　　她一面心不在焉地听着新闻，一面拿起望远镜，仔细观察周围的破败情形。各种仓库、车间以及停车场构成了眼前的景象。北面是一长溜没有窗户的配送中心，但有一系列站台，固定着拖车。南面有一家酒吧，几个外星人一般的另类跑到这鬼地方开的。在它正对面是一大片空地，侧面立着一个孤零零的消防栓，像在期待远处的火警。

　　在黎明光线的斜射下，全球巴士公司的停车场显得特别陈旧。杰伊小心地观察建筑，没发现任何摄像机和有人活动的迹象，她不想冒险。玻璃上的反光让人看不清车库里面的情况。

　　她放下望远镜，陷入沉思。她在谷歌街景图上研究这地方太多遍，以至于有一种奇怪的似曾相识的感觉，仿佛是一段合成记忆。

　　杰伊微微放倒椅背，这辆租来的厢型小车干净得像个手术室，散发着溶剂和干净地毯的味道，从里到外没有一道刮痕。

　　收音机里在播关于黑色星期五的年度报告。有顾客在橱窗外等待商店开门时因挤压而受伤；几个小孩被踩踏，脚踝挫伤，肋骨断裂。为了够着叠成金字塔的打折电视游戏机，洛杉矶一名妇女喷撒烈性胡椒粉给自己开路。明年将流行泰瑟枪[①]，接着会出现燃烧弹、机关枪、火箭筒，什么也阻挡不了发展的步伐。

新闻播报以天气预报告终。预报是晴天，杜鲁多机场0℃。厢型小车像满是窟窿的旧罐头盒，将会变冷，何况，挡风玻璃已经蒙上了水汽。干这差事高尚与苦难并存。杰伊稍微开了点窗，把羽绒服的拉链拉上，取出保温咖啡杯。握着冒热气的杯子，她开始享受目前的状况。舒适地坐在座椅上，没有恋人，没有孩子，没有未来，她有的是时间来监视这些闹鬼的停车场。

~

几个小时过去了，十分平静。全球巴士公司那边没有任何活动的迹象。邻近的整片地区似乎都很荒凉，巡逻车经过也打破不了这里的宁静。加尔达保安公司、蒙特利尔市警、魁北克保安局、魁北克公路管理局——甚至加拿大皇家骑警都在监视这一片区，可能是因为它邻近机场。没有人注意那辆厢型小车。

奥拉西奥坐在副驾驶座上，摆弄着一根熄灭的科伊巴

---

① 美国泰瑟公司制造的一种非致命武器。

雪茄。

"那些汽车有摄像头吗？"

杰伊皱起眉头。这问题问得合理：巡逻车现在都装备了摄像头。她庆幸自己把厢型小车停放在这个位置，从街上是看不到车牌的。

除了这些漫无目的的巡逻车和偶尔经过的UPS送货车，整个区域死气沉沉。乏味而持久的平静。或许是周末现象。只听见从机场传来飞机起飞的声音，离这里很近，起飞的频率很有规律。听见一辆空中客车飞过时，杰伊想起几天前，她就在这一带租的那辆道奇。她从座位上直起身子，看见西面有机场外围停车公司的苹果绿路灯。租车公司就在这方向，往前走5到10分钟。奥拉西奥不断地轻轻咬他的雪茄，露出嘲讽的表情。

"真不凑巧啊，小东西。"

杰伊耸了耸肩。

白天过去了，太阳描出它惯常的曲线，落回机场塔台的后面。这个街区还是那么安静，似乎想用无聊把杰伊碾压得喘不过气来。算它倒霉：7年的皇家骑警生涯早已让她对单调习以为常。她咬着一个葡萄牙鸡肉三明治，眼睛没离开过停车场。

太阳下山后，街区陷入阴暗之中，像埃舍尔的一幅版画。

西面的路灯亮了，第一批卡车陆续抵达。酒吧的粉红色霓虹灯闪烁起来，停车场很快就满了。杰伊举起望远镜察看那些车辆。奥迪、梅赛德斯和捷豹。看来，酒吧充当了航空公司飞行员的非正式俱乐部。给副驾驶的星期三特惠是买鸡尾酒送航空里程积分。

全球巴士那边还是没有任何动静。停车场笼罩在黑暗中，一盏市政路灯给停车场洒下橘黄色的灯光，令它显得格外阴森。卡车和半挂车越来越多，来了又走，由神秘的调度员遥控指挥。

邻近午夜的时候，三明治的能量耗尽了。收音机里没完没了地播着对一位冰球分析员的采访。在橘色的天空下，杰伊下车舒展一下腿脚。她看看隔壁的仓库，排成一排的装卸台犹如星际门户。她算了一下：监视了17个小时，而230号的人类活动迹象为零。她可以进入操作阶段了——不过得先睡上一觉。

她回到厢型小车里，锁上车门，展开一个木乃伊似的睡袋——保温40℃。驾驶室的地面是波纹钢做的，不过她睡过更糟糕的地面。她钻进睡袋，蜷成一团，几分钟后，就在睡袋里沉沉睡去。

快到7点的时候，她醒了，因为又冷又不舒服。她坐起来，揉揉眼睛。几秒钟以前，她梦见了什么？事情发生在一片玉米地里。她想不起来。她想冲个热水澡，喝杯咖啡。保温杯昨天晚上就空了，她穿上衣服，冷得牙齿直打战。温度在夜里降到了冰点以下。

外面，街区又变得冷冷清清。新来的挂车和集装箱占据了装卸台。虽是不同的车辆，却难以区分差别。停车场里只剩下一辆汽车。

来自欧洲的头几班空客航班呼啸而过。机上，乘客们打着哈欠，扫去膝盖上的面包屑，收起耳机。他们很快要过移民局和海关；然后搭乘穿梭巴士，到停车场取回自己的车，重返正常的生活。

杰伊伸了个懒腰，动了动关节。她又冷又饿，还缺乏咖啡因，浑身发抖。她启动车子，去找一个星期天一大早能供应咖啡的地方。她停在一家咖啡连锁店的汽车购餐区。管它呢，这是文明。点了一大份双倍奶油的咖啡和一个面包圈。咖啡闻起来有焦味，面包圈简直是对人类犯罪。无所谓。她一边开车一边吃，回到了吉布森街。还是一个人影都不见。

她把厢型小车倒进全球巴士的停车场前，熄火，然后钻到车子后面。她把睡袋堆到一个角落，蹲在一个背包前，从包里掏出一件技师用的连裤工作服、一顶鸭舌帽和一个黑塑料盒。

她打开塑料盒。里面有一把塞尺、一个金刚钻、几把扳手——总之是一些常规工具。这是她临时在二手交易网站上买的，一眼看过去就知道它们和奥拉西奥的工具没法比。那个老强盗所有的撬锁钩都是自己做的，像弦乐器制造者，用汽车雨刮的零件和雨伞骨架为原件。不过杰伊有这套初级工具应该够用了。

她套上一双腈纶手套，飞快地向四周扫了一眼，走出厢型小车，做出一副忙碌而专业的样子。她有两个选项：要么撬开前台的玻璃门，要么去撬巨大的车库门。楼的背面也许另有入口，但杰伊想速战速决。

她走近前台的门，往里面看了一眼。没有键盘，没有指示灯。保安公司的贴纸可以上溯到20世纪70年代。她拉了拉门把手。当然，是锁的。她用拇指摸了摸门锁，是一款老式韦泽牌插销。没什么特别的，可杰伊还是有些胆怯。她打开工具盒，选了一把扳手和一根简单的撬锁钩，右手握住扳手。

杰伊试了试锁芯。逆时针。然后插入撬锁钩，轻轻触到了锁销，试了两三次。整个宇宙都浓缩在这把锁周围：杰伊的全部注意力都集中在细微的感觉和极小的撞击声上。她半闭双眼，咬紧牙关，深信奥拉西奥就在她身后监督她的每一个细小动作，她能闻到他身上烟草和朗姆酒的味道。锁头有些阻塞了，锁销不大灵活。杰伊往锁孔喷了点润滑油，然后轻轻地吹着口哨，拿起金刚钻。

在漫长的一分钟之后，锁终于开了。锁芯转动，锁闩滑动到横头的声响在杰伊听来简直如音乐般美妙。她转身向奥拉西奥投以胜利的目光，然而停车场里并没有人。

杰伊钻进屋里，随手带上门。

里边很暗，不透明的玻璃窗只能透进一丁点11月的阳光，杰伊感觉自己来到一个废弃游泳池的水下。她伸长耳朵，没有任何声音。气味很浓——灰尘、油，还有油漆。

她打开小手电筒，举着它在等候厅里转悠。这里就像民族产业学博物馆，柜台上散落着名片，上面蒙了一层薄薄的灰尘，角落里摆着一台半空的自动花生售卖机。墙上挂着壳牌2003年的日历，月份被撕到11月。柜台后面没什么有趣的东西：抽屉和架子都被清空了。洗手间里，除臭块干瘪成了一粒枣子大小，但仍散发着淡淡的樱桃味道。

很难相信这地方最近被使用过，可地板不会撒谎：灰尘被鞋子划出了痕迹。杰伊用手电筒照着柜台，柜台表面应该布满了指纹和基因物质。人体分裂后分散成数据——但是杰伊没有采集睫毛或指纹的装备，何况她也进不了皇家骑警的实验室和数据库。她今天的所作所为只能算是爱好。有人将船装进瓶子里，杰伊在追踪不正常的集装箱。

她屏住呼吸，穿行在车库里。

第一个发现：这地方的空间足够容纳一个装在挂车上的40英尺的集装箱。在蒙特利尔的本地同行中很难找出同等规模的停车场。大部分集装箱都停放在户外码头，这已足以避免打探的目光下。为什么将祖鲁爸爸存放在室内车库呢？显然洛克伏出口公司的人希望加倍保密。

沿墙摆放着一张大大的不锈钢工作台，上面散乱堆放着螺丝、电线、空的油脂管，车库角落堆放着一些建筑废料。杰伊立即注意到靠墙摆放的纸箱，上面用英法双语写着"魁北克苹果"。她把其中一个纸箱转过来。帝国公司出品。

杰伊有点恍惚，一时兴奋过了头。闭上眼睛，深吸三口气之后，她恢复了平静，大脑高速运转起来。

她开始清点废品。她数了数，有十几个打开的苹果箱，上边有用过的痕迹，应该是从某个批发商的废品中或者让塔隆市场收集来的。有许多各种各样的木材边角料，还有废钢铁：铁皮、钢段、铜管，以及电器配件。杰伊呆呆地看着这些废品，想不出它们能说明什么问题。废品边上卷着一些塑料布，上面沾满白色和黑色的油漆斑点。他们显然伪装过集装箱，改了编号。

杰伊打量车间的其余部分，马上注意到挂在墙上的一个钩秤，是屠夫用来给肉称重用的那种秤。工作台下绕着一根长长的浇花水管，还有一个红色塑料油桶，里面剩下一点液体。杰伊拧开盖子，凑近鼻子。是汽油。

到处都有修理的痕迹：钉子、螺丝、锯末。她拿起一管润滑剂，空的。把它放回工作台的时候，杰伊注意到管子上有一道红色的痕迹。她看看自己的拇指：腈纶手套被划开了一个3厘米的口子，沾满了血。应该是她在摆弄废钢铁的时候划伤的，奇怪的是伤口并不痛。

杰伊环顾四周，试图回忆过去几分钟她的手放在哪里。她翻了翻口袋，希望能找到一块旧手帕。什么也没有——拇指的血流得更多了，大滴的鲜血落到地上，在灰尘里生出猩红的写意图案。伤口开始发烫。

"见鬼！见鬼！见鬼！"

她跑进洗手间，高举着胳膊。洗手槽旁边只剩下一个卷纸芯，上边耷拉着一节卫生纸。

"见——鬼！"

她用牙齿咬住手电筒，尽可能轻地脱下手套，以免血溅出来，然后用手套把伤口包扎起来。划破的显然是她的左手。她把地上的血滴擦掉，仔细检查周围的物体表面。除了那管润滑剂，一切看起来都很干净。

她背靠着墙，又饿又冷，情绪突然变得很消沉。看着大车间里散落的种种物品，她泄了气。难道她真的以为自己能独立完成通常需要一整个化验团队才能完成的任务吗？透过肮脏的门窗玻璃，她隐约看见外面有动静，有发动机低沉的声音。她猛地趴到地上。该悄悄溜走了。

要走出车间的时候，她才注意到那个垃圾桶。

那是一个由拉丝钢做成的蓝色大桶，外观太平常了，以至于视线从它顶上扫过却视而不见。杰伊掀起盖子，发现满满一袋垃圾。她用没受伤的那只手打开塑料袋，纸张、边角料、包装用品。杰伊端详着她那只鲜血淋淋的手，还犹豫什么，她做出了决定。

她把袋子扎上，试图将它从桶里拔出来。这该死的家伙根深蒂固地长在桶里一般，因为膨胀得太大太重了。她狠狠踹了垃圾桶一脚，让它侧面翻倒，然后横着拉那个袋子——可仍然于事无补：垃圾桶跟着一起动了。她用脚定住桶的边缘，用尽全力拉那袋子。塑料被拉长，破了好几个地方，不过袋子最后还是被拽了出来，伴随着一声吸气般的声响。

杰伊松了口气，满头大汗，梦想着能有一件睡袍和一杯牛奶咖啡。

她像拖着一个人的躯体似的拖着那战利品穿过屋子，在灰尘中留下一条犯罪证据。出门前，她停了一下，扫视一下邻近地区。没看见有人。她把垃圾袋装进厢型车，袋子虽然沉却让人觉得有希望。她隐隐地笑着，想起她的预言正在变成现实：她真的变成了"包小姐"。

一分钟以后，停车场已空无一人，厢型小车早已远去。

– 17 –

蒙泰雷吉下了第一场雪，盖住了米隆先生的达特桑和残根林立的田野，模糊了美国边境，罗贝尔·鲁提埃终于在巴斯金大屋前竖起的"待售"广告牌上也积了雪。

从客厅窗户里，丽莎望着漫天落下的雪花。只能隐约分辨出屋前那棵枫树的剪影，在距离房屋20米的地方。

埃里克走了有两个星期了。安克尔圣诞节一过就得入职，而伊莎贝尔·勒·布朗希望缩短离别这场悲情剧。丽莎拒绝送他们到机场，这整件事如同爆破一般优雅地戛然而止。

过了不久，罗贝尔给巴斯金大屋添上了最后一笔：他彻底翻新了嵌入式书橱，在刷上新油漆和安上雕花玻璃门后，书橱给客厅带来一股豪华的气派。罗贝尔超越了过往的自己。

从第二天开始，在反常地睡了个懒觉，喝过第三杯咖啡，把"屋主自售"的牌子扎进土里后，他又埋头在地产报纸里寻找他的下一个工地了。如果问他，他会信誓旦旦地说，下一个目标野心会小一点，没那么多挑战和财务上的措手不及，或许会是一间老平房。

在等待买家出现的时间里，父女俩哆嗦着清洁屋子（为节省柴油，把锅炉关了，只剩下启动火苗）。罗贝尔在楼上用吸尘器仔细清洁每一个偏僻的角落，丽莎则在楼下用拖把拖地板。她最后拖到客厅，懒洋洋地绕来绕去，然后直起腰来欣赏自己的杰作。木地板油光锃亮，散发着醋和乳胶漆的味道。书橱很壮观，丽莎不由得想象它装满书的样子。他们要在窗户旁摆一张大大的扶手椅，安一盏台灯。火苗在壁炉里噼啪作响。

她要把桶里的水倒进厨房的彩陶洗涤槽里。擦地板的水旋转着奔向它未知的命运，丽莎看着食品储藏室的门。她想起那个秘密通道，藏在屋子的内腑中，封存在石膏和油漆之下，永远无法进入。她又想到玻璃杯边沿上的口红印迹、成堆的《生活》杂志。

她在想不知道哥本哈根下不下雪。

她立即将这个问题从脑中赶出去。她不知道丹麦的冬天是什么样，也不想知道。她从10月起就开始拒绝，拒绝了解哥本哈根的一切，哪怕是在维基百科的网页上。那个偏僻的地方与她无关，是神经衰弱的北欧海盗们的故乡。

她最后一次见到埃里克时，他正在打包他的个人物品。他们的大部分衣物已经被装箱，送进集装箱，通过海运寄走。一个可喜的意外收获是：在搬家的忙乱中，勒·布朗太太最终把那台佳能相机记入损益表了。尽管这次搬家显得声势浩大，丽莎注意到一些<u>迹象</u>，暗示情况或许只是暂时的：几件大家具，以及所有的碗碟和厨房用具，都被存放在瓦莱纳。伊莎贝尔·勒·布朗并没有孤注一掷。丽莎和埃里克试图说服彼此这次迁居只会持续一年，最多两年。但愿勒·布朗太太会厌恶哥本哈根。愿她的气球爆裂，她回到地面，或风向转变——以及许多诸如此类自我安慰的航空隐喻。

至少埃里克对一点感到欣慰：了不起的安克尔确实很讨人喜欢。这个有些腼腆的家伙十分聪明，喜欢啤酒、椒盐卷饼和深夜认识论。没有继父常有的抽烟问题，已经很不错了。

接着，突然，谈话变成了争吵。莫名其妙地，在不到一分钟的时间里。丽莎甚至不记得是为了什么——仿佛忽然冒上来一股蒸汽。阀门被压力顶开了。她从圣地摔门而出，直到出发那天他们也没有机会和好。

从那以后，她断断续续收到些消息。最新消息是，那蠢家伙连思乡之情都没有：他只是换了个房间，像穿过一个5000公里宽的走廊那样横跨了大西洋，在积雨云和镇静剂之间漂浮。鹦鹉们，至少，得以体面地死去。旅行打乱了它们的迁徙形态。可怜的小家伙们晕头转向了好几天，最终在72个小时内接连死去。

　　她把脏水倒进洗涤槽，拧干拖把，回到客厅。站在门口，手里拿着吸尘器，父亲出神地看着屋子的状况。她溜到他身边。他们躲在厚实的门框底下，像在等待地震的来临。丽莎叹了口气。

　　"我们可以在这儿庆祝圣诞。"

　　"这里？"

　　"在客厅啊。我们可以装饰一下，摆一棵圣诞树。"

　　"可这儿连家具都没有。"

　　"我们可以坐地上吃嘛。铺上桌布。"

　　"一顿圣诞节野餐？"

　　"我们还可以把壁炉的火烧得旺旺的。"

　　罗贝尔张嘴想表达他脑子里一打反对意见中的一两个，但他忍住了。他久久注视着他的丽莎，是她任劳任怨让这个不可救药的工地焕然一新。他伸出手臂绕住她的肩膀，用力地拥抱她。

− 18 −

　　杰伊洗了个热水澡，重新包扎了拇指。睡衣，咖啡（所谓的咖啡），抹了好多黄油的英式松饼。那个垃圾袋赫然摆在客厅中间，可是杰伊强迫自己不去看它。她要让喜悦延续。她边吃松饼边看着外面。蒙特利尔飘起了第一场雪。她把桌上的面包屑扫净，给自己煮了第二杯咖啡，第一杯不算。

　　然后她坐进沙发，双腿交叉，冒着热气的杯子随意放在一个膝盖上，开始端详那袋子。

　　她想起从前和奥拉西奥的一次讨论——老实说，是一场经常重复的讨论。她的前继父对于从他们家扔出去的垃圾是特别挑剔的。把垃圾篓里的东西倒进绿色垃圾袋，然后把绿袋子扔在街道拐角处是远远不够的。每一件垃圾都有它的地位、内容、意义。按照奥拉西奥的要求，有些垃圾应该被焚烧，其余的须仔细撕碎，还有一些得在新月的夜里扔进海里。他给垃圾袋内容分类的细致劲儿像个要在古根海姆博物馆筹备重要展览的视觉艺术家。

113

奥拉西奥·西亚·古斯曼回顾

30年的垃圾——*Thirty Years of Waste*

杰伊对此持怀疑态度，可继父固执地要检查离开他家的所有垃圾袋，嘴里叼着根雪茄。

永远不要忘记亚比玛利·古斯曼，小东西。这混蛋根本不在乎他的垃圾。

这个亚比玛利·古斯曼——没有任何血缘关系——是他最爱用的例子。在他被捕期间，"光明之路"的领导人躲在利马的郊区，一间舞蹈工作室上面，一段时间里，人们一直怀疑这里充当着"步行者"的总部。警察盯着那幢楼，不敢介入。他们监视了一年的垃圾。早晨，一辆假垃圾车由假清洁工操纵着穿街走巷收集所有人的垃圾。经过拐角后，舞蹈工作室的垃圾就往国家警察局办公室方向去了。调查人员看出垃圾数量与实际情况不符。舞蹈工作室的女主任宣称她独自一人住在二楼的公寓里；然而这些袋子里装了足足有一支突击队的生活垃圾。

几个月以来，戴手套的警察们对工作室住户扔出的哪怕一张面巾纸都仔细分析。他们不能允许自己出错。最终是一管治疗银屑病的软膏令他们确信古斯曼就住在那里。这个令人生畏的恐怖分子，患有银屑病。

"我说吧！"奥拉西奥一边说一边分拣着家里垃圾桶

的内容，"他们在全国安插武装力量，杀了几千人，威胁警察。眼看就要推翻政府了——结果一管软膏造成了他们的失败。"

奥拉西奥并不把亚比玛利放在心上，不过他坚持："这故事给我们一个教训。小东西。要当心你的垃圾。"

多年以后，坐在客厅里，杰伊突然发现自己脸上挂着贪婪的笑容，对一个巨大的垃圾袋垂涎三尺。

她一口气喝完咖啡，着手工作。她小心翼翼地解开绳结，克制自己扯开袋子将垃圾倒在地上的冲动。在塑料袋里，垃圾按时间顺序堆放：最近的垃圾在面上，最早的垃圾在底部。这样的一致性规律，即使是最粗鄙的垃圾，就算不刻意迎合，至少也得遵循。

杰伊开始甄别人工的赝品，一次一个，慢慢把它们分拣出来。袋子里取出来的东西，由于少了外力的挤压，体积一下膨大起来。杰伊必须快速将它们分成小堆，从四面八方把她围起来，就像一座新兴城市的波动模型。

从第一层样开始，她就感觉自己中了大奖：一张 Park'N Fly① 停车3个月的预订优惠券，从10月11日到次年1月11日。显然某人溜出了国。优惠券是匿名的，没有任何信用卡号或车牌号。或许会出现机票收据，在袋子深处。

---

① 加拿大机场外围停车公司。

正当她在专心研究一把巧克力棒包装纸的时候，门铃响了。她眼睛马上转向时钟。谁会在星期天早上9点出现在她家门口呢？

她还来不及摁下按钮，锁就被钥匙打开了。泽纳基斯先生的脸出现在楼梯下面。他比画了个手势像要问好，可终究不是，接着让路给亚历克斯·奥纳西斯和他的72颗牙，后面跟着一对年轻夫妇，是潜在的买家。即使隔着这么远，都能闻到奥纳西斯身上的牙膏味。

"早上好，我们是来看房的。"

"看房？"

不等她反对，一群人已经挤上了楼梯。杰伊退回客厅，客厅中央引人注目地摆放着——就算非常努力地想象也无法将其视作他物的——一个正在被翻捡的垃圾袋。在她身后，奥纳西斯已经开始他关于空间、光线以及大楼朝向的高谈阔论，而泽纳基斯则以赞许的目光审视着新的天花板顶灯。现在想隐藏任何东西都太迟了。

奥纳西斯绕到左边——"……宽敞的卧室……"泽纳基斯则一面扫视屋子，一面把他的钥匙串弄得叮当作响。他的目光停在了垃圾袋上，只见它被一小坨一小坨排成同心圆的垃圾围在中间。他用公寓的钥匙指着这堆乱糟糟的东西，试图找出一个词，或说一句话。"可怕，可怕。"杰伊摆出一副冷漠的样子。

"我不小心把一张支票扔进垃圾桶了。"

泽纳基斯伸长脖子，表情疑惑，这让他看上去尤其像一只加拉帕戈斯的象龟。因不善言辞——无论用希腊语还是法语——他挥着钥匙表示要尽快把这些打扫干净，以免……太晚了。奥纳西斯和年轻夫妇从卧室出来，正好站在面对客厅的位置。

"这里我们有，呃……"

奥纳西斯像费劲地在结冰的转弯道上开车那样，猛地横向侧滑。

"……客厅。客厅和它的天窗。"

他继续侧滑（且是比较优雅地）到公寓的后部，参观者假装没看见结垢的碗碟、脏衣服、空比萨盒子。3分45秒后他们走了出去。泽纳基斯走在最后。他下楼梯的时候，向杰伊投来阴郁的目光，杰伊神情欢快地朝他挥了挥手。

"欢迎你们再来啊！"

她花了将近一个小时将袋子里的东西全摊到地上。不同的小堆和小小堆垃圾分成一个个小区域，从客厅延伸出来，占据了走道。杰伊双手叉腰，以征服者的姿态审视这场面。她是垃圾堆里的公民凯恩。

在发票方面，线索寥寥无几。最早的发票是6月15日的，而最近的则来自10月的第一个星期。全都是现金支付。找不到任何信用卡号码。发票显示有过一些大工程：木材、螺丝、铆钉、焊条、压缩机和喷漆枪。从所有发票当中，杰伊列出30多张总值几千加元的五金制品发票。她试图想出哪个机构的建设会需要如此种类繁多的材料，可毫无头绪。什么都有可能。她感觉自己在努力组装一个立体拼图，而她既不知道它的功能，也不知道它的外观，甚至不知道它确切的大小。

杰伊把注意力集中到食物方面的线索上。真正的猎人追捕猎物都是通过对它们的食物和排泄物的观察。大小、质地和分布：小小一坨粪便就能出卖它的制造者。杰伊叠起一堆蒂姆·霍顿的纸杯（边沿被咬破，但没有展开），研究比萨店和超市的发票，记录软焦糖的包装纸。

过了好长时间，她得出一个令人难以置信的结论。

她自己也很难相信，可资料却是明确无误的。比萨的直径从不超过12英寸，而且总是夏威夷口味。所有发票显示只有一种咖啡，中份的，双倍奶油，永远是同样的BLT①三明治。菜单的内容和分量都是重复的，没有任何不同。

只有一个人。

在吉布森街230号只有一个人待过。

唯一的住客整个夏天把自己关在车库里，制造祖鲁爸

---

①B，培根；L，生菜；T，西红柿。

爸内部的秘密装置。

突然之间，围绕着杰伊的那些垃圾，有了不同的色彩。它们所记录的不是一群人，而是一个单一的个体的生活轨迹：隐秘，详细，而又抽象。杰伊分出那些最没有意义的垃圾。纸巾，油腻的抹布，一把旧牙刷——刷过某个特别脏的东西。没有任何一样能表明这个神秘个体的性别、年龄、外形或族裔。顶多那些BLT三明治能将范围略微缩小，至少他不会是一名"圣战"斗士。

杰伊觉得自己仿佛在听一位对话者的独白，不是通过莫尔斯电码或信号机传达信息，而是通过一袋垃圾——所有人之间的现代交流方式。她付出昂贵的代价只为了能隐约看见——哪怕只有微不足道的片刻——这位对话者的面目。

垃圾袋现在空了，像个泄了气的气球摊在那儿。杰伊正准备把它扔到垃圾回收桶的时候，感到在袋子底部，塑料褶皱的位置，有异物。她把袋子像袜子那样翻过来，在一阵如雨的碎屑中，一台照相机落到地板上，发出一声脆响。一片塑料碎片飞到沙发底下。

杰伊目瞪口呆，端详着这台佳能相机，它看起来像是出征过阿富汗战场。镜头保护盖是开的，像死去动物的眼睛。她本能地按下开关，可相机毫无反应。电池仓底部，一只陌生人的手取走了记忆卡。

杰伊把相机转过来对着自己，检查相机的黑色镜头。透镜反射出她的影像，呈弧形凸起，茫然不知所措。

– 19 –

时间过得飞快，仿佛一声叹息，而丽莎也在转变。长期以来的愁云惨雾不久就成了她的特色——带着些许母性的焦虑，以倾向于父亲的自我毁灭来强调这分焦虑。

除此之外，一切都和原来一样，一成不变，自从埃里克离开，日常生活笼罩着忧郁的色调。两个玩伴重归于好了，这总好过什么都不做，他们至少每周一次通过Skype[①]交谈。在边境领地的夜晚，无数微不足道的事构成平淡的美好，如今虽缺了这些微不足道的小事，他们的谈话内容却更深刻了。

如果说丽莎的生活平淡无奇，远在大西洋的另一端却发生了翻天覆地的变化。勒·布朗太太开始给埃里克制造一个同母异父的妹妹：小拉尔克·霍吉-勒·布朗已经6个

---

① 一款即时通信软件。

月，并长出了一对锋利的门牙。快速计算一下就可以估算出勒·布朗太太是在埃里克和丽莎往大气层投放气球的时候怀孕的。看来那一晚展开的计划并没有都失败。

自从抵达丹麦，勒·布朗家从草莓地旁的蹩脚移动屋换到入海口边缘一间舒适的小别墅里，他们的生活质量得到了很大程度的提高。埃里克从此有了一间顶楼卧室，位于一个19世纪的阁楼里，他把时间都花在强化学习丹麦语和完成几个编程合同上了。他能够如此快速地摆脱困境简直超乎常人的理解范围。不过丽莎有种感觉——尽管这问题依然是他们谈话的禁忌——他在工作中把某些东西掩埋了。

可每个人都试图掩埋些什么，不是吗？

丽莎到了有自己思想的年龄，更到了借爸爸的道奇车去给妈妈帮忙的年龄，妈妈要"运一个很重的东西，她的丰田Yaris（致炫）运不动"——这是尽人皆知的星期天到宜家家居闲逛的代名词。

在2号厂房关闭后，何塞·萨伏瓦一刻也没耽搁，开始到别处找工作。她现在在用注射塑料浇铸汽车零件。她的体面和她的购买力维持原样，同样保持不变的还有她前往位于卡文迪什大街上的双色圣殿进行的朝拜。

罗贝尔大度地同意了。他不需要那辆小卡车。他现正处于一个空窗期，上一个工程结束，下一个还没开始，下午他都在车库里度过，一边听着美国调幅广播里的爵士乐，一边磨刀片。

丽莎经过相当长一段时间才看出她父亲有多么厌恶宜家家居——它的摆设、家具，以及六边形螺丝，螺丝帽似乎科学地设计成能够承受精确次数的转动，一下也不多，然而一旦人们冒险拆除或过于频繁地重新安装一件家具，它们就坏了。

罗贝尔和何塞当年还生活在一起的时候，卡文迪什宜家家居蜿蜒的走道就是许多次争吵上演的舞台。罗贝尔一跨进商场大门就感到窒息，而何塞则欢喜得像一朵盛开的荷花。从电动扶梯开始，夫妻俩就进入"被动-主动"模式。逛商店不可避免地——而且通常是在地毯和靠垫部——以一场彻底的相互谩骂而告终。通过在商场地图中画出他们各自的路线就能概括出这对夫妻形成的巨大错误：罗贝尔走的是大直线，像一辆坦克，偶尔有些小变动，这取决于他迫不及待采用了哪条捷径；而何塞则走弧线或绕圆圈，蜿蜒曲折地来来回回，中间还得停个上千次。在此期间，丽莎坐在购物车里，摆弄商品。

这样的情节每个星期天重复上演，每年50多个星期。到最后，罗贝尔暴跳如雷，索性拒绝再踏进宜家商场半步。两个月后，他们分手了。从此，何塞一直认为是宜家造成他们关系破裂。这想法和其他一些小幻想让她保持坚强——而丽莎又怎么会反驳她的母亲呢?

因此,这个下雨的星期天,尽管所有的停车场都满了,丽莎依然试图找到一个足够大的位置把道奇车停进去。她离商场至少有3公里远。事实上,她甚至不确定这里是否——从严格的地籍角度来说——仍然属于宜家的范围。机场似乎离得很近,空客飞机从汽车顶上超低空飞过。

商场宣布人满为患,丽莎遗憾没有坚持今天上午早点来,在开门以前排上队。她母亲应该不会同意。经验告诉她,有发生踩踏的危险。和其他顾客摩肩接踵地进店还不够:要跟他们相互推挤着才能入内。在宜家购物是个激烈的文化行为——或者,反过来说,是根深蒂固保留在我们身上的昆虫属性。无论如何,何塞·萨伏瓦喜欢她那人潮汹涌的宜家商店。

一踏上自动扶梯,丽莎立即闻到店内那难以形容的味道,一种混合的气味,鼻子努力分辨出木头、树液和清漆、护理产品、油、香草和桂皮,还有胶水、溶剂、阻燃剂,以及远远飘来的一抹蜂蜡的味道。是令人愉悦的气味,好比汽油或者一辆新车的香味,没准是致癌的。丽莎好奇是不是在某个地方,有位实验室里的药剂师合成出这种味道。宜家5号香水。

两个女人的任务是买一个新书柜,替换客厅角落里的黑色Billy[①]——而Billy似乎状况还挺好的，据丽莎前几次到亨廷顿所见。

"你的旧书柜究竟有什么问题？"

"问题？"

丽莎等着后面的回答，可她母亲没打算往下说。这就是她的回答，就是"问题？"虽然这么想，丽莎甚至不确定她用的是疑问语调，因此她无法判断母亲是让她明确"问题"这个词的具体含义呢，或者只是答案的开端，甚至就是答案的全部——又或者，其实，这个模棱两可的伪答案不过是总体战略中的烟幕弹。老Billy书架或许压根没有任何问题。

宜家商店比往常更像迷宫了。扩建工程把原先的几何路线全都打乱了：到处都是塑料帘子挡住通道，遮蔽刚被打通的或正在被打通的走道。自从和罗贝尔分手，何塞·萨伏瓦逛宜家的时候就不再记路。她再也不怕迷失方向了：她想迷失方向。迷路是一个神秘的行为。不再辨认方向，就是不再有欲望。

到了书架区，她在购物单上潦草地写着。她记下产品代码和它们在仓库的编号，几号走道第几个货架，她在浅粉色和亮红色之间摇摆不定，低声咕哝，把写好的内容擦

---

① 宜家的一个书柜系列。

去，然后将产品标签递给丽莎。

"你能帮我听写那些数字吗？"

丽莎照做了。读起来就没完没了。一张标签是Billy的，另一张是玻璃门的，还有一张是矮柜的。铅笔芯断了。丽莎找到附近的一个铅笔分发盒。所有的铅笔，就像机关枪弹匣里的子弹。在宜家仓库里的某个地方，有个巨大盒子，里面装了成百上千万支深棕色的HB小铅笔，笔尖削得完美无缺。石墨润滑了资本主义。关于颜色，何塞改了5次主意，比较着白核桃木和仿桦木。每种颜色对应一个代码，每改一次就需要抄写，画掉，画着重线。

"你觉得怎么样？核桃木还是仿桦木？"

"不知道。"

"来嘛，帮帮忙。勃艮第红，也许？"

"你知道为什么宜家的家具都有名字，而不是只有号码？"

"嗯，完全不知道。"

"英格瓦·坎普拉德有诵读困难症。他觉得用名字构成的系统比较简单。"

"是谁呀，这个英格瓦·坎普拉德？"

"宜家的创始人。"

"宜家的创始人。谁会知道这种事？"

"我在学校里做过一份作业。"

在填完、重抄、撕掉3张购物单后，终于要想着离开迷宫了。两个女人看看四周。丽莎觉得她们就像中世纪日耳曼森林中的汉塞尔和格莱特。地上的箭头消失了，指示牌提供的信息相互矛盾。从各个方向看出去都只能看见一连串的客厅和办公室，仿佛几百间屋子的房间被合并成一片巨大的家居岩浆。而商店是一片俯冲带：现实在展厅之下，如在地质板块下坍塌。

丽莎在一个克里特岛风格图案的大瓷花瓶前停下脚步。

"我们曾经经过这里。"

"没有。"

"我见过这花瓶。"

"有好几个这样的花瓶呢，商店里。我看到过两三个。"

"我想我们抄了反方向的近路。"

"你真的这么想？"

她母亲无奈地看着一个毕加索风格的饰有公牛图案的软座墩，又重新看看那花瓶。有那么几秒钟，她试图把它当作定位路标而不是消费品来看待。然而终究是徒劳。她又把代码记在了购物单上。

她们最终能找到出口完全是凭着运气。到货仓抢了纸皮包装着的家具组件后，她们向收银台走去。你会以为这是在埃利斯岛。移民们推着他们一大堆的台灯和藤篮、椅子、抽屉、镜子，队伍一直排到入境窗口，窗口背后延伸的就是应许之地。成堆被丢弃的物品翻倒在一旁，蜡烛、整捆的衣架、靠垫、酒杯。

室外，天气十分恶劣。丽莎跑步去取小卡车的时候，硕大的雨点如弹片般坠落。

40分钟后，丽莎已经着手安装新书柜和受专利保护的玻璃门。母亲递给她一把螺丝刀，丽莎摆手拒绝了。

"我告诉过你。宜家用的是米字螺丝刀，不是十字的。"

"一回事嘛。"

"不是一回事。"

丽莎从包里抽出向罗贝尔借来的套筒，母亲在上了一堂古往今来螺丝刀的详细演变课程后终于让步了。反正，也该去瞅一眼电炖锅了。她顺便打开电视，以便制造一面音响挂毯。

丽莎大声叹了口气，继续专心研究安装手册，10个步骤，30个零件。她原以为会更复杂些呢！在她背后，LCN电视台在播报刚刚结束的黑色星期五的消费统计。长岛的沃尔玛一开门，玻璃门就差点被人群挤破，一名男子被踩踏致死。荧屏上，顾客们朝堆成塔状的Wii（任天堂家用游戏机）和iPhone蜂拥而上。

何塞在厨房里，搅动着勃艮第牛肉。能听见勺子和电炖锅盖子发出的咔哒声、抽屉的滚珠轴承声，接着又传来开启葡萄酒瓶的独特响声。一分钟后，何塞倚在客厅的门框上，手里端着一杯黑皮诺葡萄酒。丽莎以为自己会有什么药物反应，可一个字也没说。无论如何，母亲的状况是稳定的。单调、乏味而有时惹人生气，但是稳定。

"你父亲近况如何？"

丽莎皱了皱鼻子，眼睛仍然紧盯着安装图。需要12个118331号螺丝，她数好了放到一边，还要16个101351号木栓。怎么想起问父亲了？母亲很少问起他的情况，而每次问起都显得不自然，似乎是内心打的小算盘而非发自真心。电视里在说可能出现全球性氦匮乏，因为它似乎还不是一种可再生的能源。"生日气球会不会逐渐消失呢？"播音员用半悲观、半调侃的语气问道。

"爸爸挺好的。"

16个101532号金属栓和12个119081号夹紧垫圈。

"他很好，好像有点累。我觉得他现在翻修房屋不如从前开心了。他不想干了，可是……"

丽莎做了个手势当作解释。罗贝尔停不下来，他在财务上和精神上都被绑架了。18个101532号钉子和一个壁挂式固定角钢。数目都对，她可以开始安装了。

母亲抿了一口酒，眼神迷离，隐隐有些笑意。消费后的空虚：至少比锂好。

－ 20 －

还剩下2年3个月4天——其实是5天，如果工作日还不算正式开始的话。现在是8点53分，杰伊打开一部旧诺基亚手机，那是她刚刚从一家印度商店得来的，她已经忘了用的是哪个假名。她正忙着用一张电话卡给它充值，这时劳拉来到了"城中城"。

"真高兴看见你战胜了病毒。"

杰伊竖起大拇指，劳拉立即注意到上面的绷带。

"受伤了？"

"做饭的时候割了一下。"

劳拉做了个痛苦的鬼脸，打开她的电脑：

"有祖鲁爸爸的消息了。"

"这么快？"

"上周末发生了不少事情。"

"他们在长岛找到它的吗？"

"集装箱从来没到过长岛，它搭上一艘中国船运公司的船，被转运到了巴拿马，穿越太平洋，中途没有停靠，在周四到周五的夜里*可能*已经被卸在深圳了。"

"还是用同样的手法？"

"还是同样手法，这证实了你星期五所说的话。洛克伏不可能渗透到蒙特利尔、考赛多和巴拿马的所有港口，所以只剩下黑客这一种选项了。"

"这个选项同样令人难以置信。"

劳拉耸耸肩。杰伊意识到自己手里一直拿着那部诺基亚，于是交抱手臂，想遮住手机。

"但这还是很奇怪：祖鲁爸爸已经远离美国，而中央情报局依然在调查它。"

马赫什走进"城中城"，接过话茬：

"对于中情局而言，距离什么时候曾成为评判标准？"

"说得对。"

"劳拉跟你说了祖鲁爸爸的案子？"

"看来离它越来越近了。"

马赫什给咖啡壶加了水；这将是漫长的一天。

"没法保证，如果深圳方面拒绝合作的话。三四天后，'爸爸'可能出现在2000公里范围内的任何地方。"

"如果集装箱从深圳出发的话。"

杰伊说到了关键问题。没有任何迹象表明集装箱被（或将被）转往另一个港口——而几十名调查员的工作却都是基于这一假设基础上的。

劳拉耸耸肩膀：

"无论如何，祖鲁爸爸可能还没被卸在那儿呢！我们还在等港口方面的确认。深圳方面也许试图内部解决这个问题。或者他们压根就不想蹚这趟浑水。"

杰伊摇摇头。

"我不明白。深圳？我以为深圳是个免税区。"

马赫什用一个熟悉的经典手势示意：请向劳拉·维森博格咨询。劳拉翻了个白眼：

"我可不是中国地缘政治学方面的专家。"

"我们给你10分钟变成专家。"

"好吧，好吧，好吧！据我所知，深圳是一个拥有副省级权力的城市，位于广东省内，是一个经济特区，西方世界的半数消费品在那里生产。"

"这么说，它是个很大的港口。"

"是一个巨型港口，亚洲经济增长率最高的地方，每一季度往美洲发出几十万个集装箱——而我们，作为交换，给他们提供原材料。"

整个上午，杰伊都在等待独自身处"城中城"的时刻，可始终不能如愿。马赫什不离开他的咖啡壶半步，劳拉打了几十通电话，办公室助理来清垃圾箱，甚至加马什警官都短暂露面了（带来了面包圈，但没有新的信息）。

最终杰伊决定改变策略，把自己关进洗手间里。她从包里取出诺基亚。信号很弱，不过够用了。她坐在马桶上，拨打一个免费电话号码。"欢迎致电加拿大佳能。英语服务请按1；法语服务请按2。我们的客户服务电话时间是周一到周五9点到17点，东部时间。谢谢，我们正在将您的电话转接给客服代表。请注意，为了保证我们的服务质量，电话也许会被录音。"

"您好，玛丽安为您服务，今天我有什么可以帮到您？"

轻微的沙沙声，有英国口音。无法获知是和多伦多的印裔加拿大人通话，还是她的电话被转接到了孟买的郊区。

"喂，您好，我……我不知道您是否能帮我。我需要把我婆婆的相机送去修理。"

"哦？"

"她买了份延长保修，不过……我知道这很滑稽，可是她想不起来她是在哪家商店买的相机了，总说她是在西尔斯百货买的，可我知道她记错了，我确认过。"

"您的婆婆还留着购物发票吗？"

杰伊放低声调，换了一副苦恼的口吻：

"没有，您知道，她开始……就是……现在还没确诊，不过我们认为她得了阿尔茨海默病。我们尽量将她的物品归纳整齐，可您知道这并不容易。"

"我明白。"

"她丢了许多东西。"

"您有序列号吗？"

杰伊把相机翻过来，找到了序列号。她念数字的时候前臂都起鸡皮疙瘩了。电话的另一头，玛丽安在键盘上敲打着。

"您这台相机购买于瓦利菲尔德"的'相机专家'。"

"啊，我就知道。"

杰伊看起来笃定，其实内心一片迷茫。瓦利菲尔德？但凡是个恐怖组织，有谁会把总部设在瓦利菲尔德啊？她甚至不知道它的确切位置，她的地理概念止于各个桥的出口，在蒙特利尔东面还是东南面？不，她把它和格兰比混淆了。

"您需要商店的地址吗？"

"不，不用了，谢谢。"

"还有什么其他的事我可以帮您吗？"

"不，没有了，谢谢您。"

一回到"城中城"，她就在谷歌地图上展开搜索。出现了一张地图，地图中央有一个橙红色箭头指着一个肝脏形状的岛：撒拉贝利–德–瓦利菲尔德，魁北克，未来的全球模糊恐怖主义之都。

– 21 –

丽莎要去蒙特利尔了，不回来了。

在她眼里，边境领地变成了一种退化性疾病。周六的夜晚令人难以忍受，人们变得越来越消沉。米隆先生放弃了修复达特桑的努力，她父亲则陷入一幢接一幢平房的泥沼里，而她却无能为力。

与此同时，在格林尼治子午线的另一边，埃里克进步神速。出于谨慎，他从来不说，不想让丽莎厌烦。他以为受到距离和语言屏障的保护，可丽莎会用谷歌，她知道这一切有一段时间了：埃里克成立了一家软件公司，生意火爆。报纸用丹麦语长篇累牍地报道这位年轻的神童，就算通过自动翻译机的转换，仍有夸大的赞美之词。这小子将走得很远，已经走很远了。

丽莎迫切地要离开。

她注册了蒙特利尔的普通及职业教育学校，修电子学，因为不知道自己真正想学的是什么。她买了一辆老本田汽车，里程表显示已开了30万公里。她在维莱的一套公寓里租了一间房，和另外3个陌生人合租。她明天早上就出发，车里装得满满当当，好像是去俄勒冈州，有些零零散散的东西从打开的天窗伸到外面去。她坚持独自前往——不要父亲的陪伴——去征服电路、焊料和模拟信号。

埃里克会走得很远而丽莎每次只走一厘米——但她至少取得了巨大成功：离开边境领地。

67岁的时候，罗贝尔·鲁提埃突然又变成单身一人。

他是个见过世面的人，从来不需要别人来给他煮面或洗袜子。再说，他也几乎没意识到丽莎不在身边：他又有一幢房子要翻新，一幢很有发展前景的平房。他想给它加装一个桑拿按摩浴缸。

一月初，他感染了一种病毒，是一种比较常见的鼻炎，传播比较广泛的疾病之一。然而感冒拖了很久，转变成支气管炎，又成为三联鼻窦炎，再转为一种新型肺炎。罗贝尔的情况很罕见，三间实验室就他的肺部活检结果吵得不可开交。他被安排住院两星期，插管、上呼吸机、灌水和引流，然后被勒令（医生下了最后通牒）彻底休息一个月。他咕哝着遵从了。

丽莎这是头一回为父亲感到担心。凡事总有第一次。

罗贝尔在3月底恢复了工作，可已经不是原先那个人了。第一眼望去，什么都没变。然而，他开始犯一些以往不会犯的判断错误。从前他眼神锐利，动作平稳，现在犯错的频率令人焦虑。类似分心越来越多，以至于威胁到他原本就微薄的盈利空间。

然而，最终敲响警钟的是锤子。

白天，罗贝尔身边永远都是工具，它们就像是他身体构造的延伸，大部分都挂在他的腰带上，可另一些放在旁边，在两根横梁之间的横楣或撑木上放一会儿——只要有一分钟的疏忽，就可能在封上隔板的时候忘了一把螺丝刀、一把锤子或一把起钉器在里面。然而，这样的疏忽变得越来越常见。罗贝尔试图拿这些事开玩笑，可这玩笑开得越来越没劲了。

当10天之内在墙里封了第三把锤子后，他彻底笑不起来了。

他久久地看着那面石膏墙：他刚刚拧了100多个螺丝上去——他对着墙猛地一拳打过去，然后又一拳，接着第三拳，墙纸上留下4个指关节的血印。

这也没能让他平静下来。

他走出屋子，来到小货车那儿又走回来，在墙前站定，拿着他的木匠斧头：3.5英寸厚的钢刃如手术刀般锋利，安在核桃木的手柄上。罗贝尔把石膏板敲得粉碎，用斧子的背面拆开厚木板，直到把电线都拔出来。两个小时的劳动在5分钟12秒内化为乌有。

罗贝尔把斧头扔在一边，有点站立不稳，接着摔到地上。摔倒过程中，他感觉有什么东西撞在了地板上。是他锤子的手柄，锤子原来一直挂在他的腰带上。

– 22 –

杰伊被困在星期五晚上的交通里。严严实实堵了两公里，交通播报说从多瓦尔一直到屿飞湾都严重塞车。人们真的每天都经历这种荒唐的事吗？

她关掉收音机，置身发动机单调的噪声里。这辆微型紧凑的丰田Yaris和她最近租过的几辆车不能相提并论——招摇的道奇战马和一尘不染的厢型小车——可它配备有GPS。但杰伊还是买了一本道路地图册：她不可能往机器里输入任何地址。搜索和行驶的历史都被保存在高速缓存里，而高速缓存的内容是可以被询问、搜查、作为呈堂证供的。现代世界就是这样没落：充斥着缓存。

　　杰伊一上车就关掉GPS，如果这该死的机器不是被镶嵌在仪表盘上的话，她真想用三层厚厚的锡箔纸将它包起来。她这样谨小慎微其实或许也没什么用：这辆车上应该隐藏着另一个GPS定位仪，以便能24小时确定她的位置。不管怎么说，她的同事们顺藤摸瓜找到这一台GPS的可能性十分小。杰伊比皇家骑警要领先好几年。

　　她总算来到小岛的尽头，上加利博桥。她扫了一眼地图，又瞄了下时钟，一切正常。她掌控着时间和空间。现在是17点16分，这个星球上没人想到她。当她从一块写着"撒拉贝利–德–瓦利菲尔德，28公里"的巨大路牌底下经过时，她又想起她合同里的5（a）条款："受益人不得在未获提前批准的情况下离开蒙特利尔；可被要求提供行程路线。"

　　让行程见鬼去吧！

　　维多利亚街，行人们把头缩进肩膀里。距离圣诞节还有26天，可以感到人们开始惊惶。

　　杰伊把车停在"相机专家"对面，坐在方向盘前，观察这家店铺，心里做着准备。她不知道这扇玻璃门后面等待她的会是什么。小零售商已如此稀少。在Best Buy[①]购物

---

① 百思买集团，全球最大的家用电器和电子产品的零售和分销及服务集团。

最终膨胀了我们的世界观。习惯于无数麻木的雇员、不断的员工流失、迷宫般的店面。和一个真实的人进行实时交易成了某种令人恐惧的事。

杰伊把相机放进大衣口袋里，下车面对未知的世界。当她走进商店门口的时候，一个铃铛响了——真的铃铛，铜做的，不是电子门铃。杰伊已经被店里的氛围震撼，光线用近乎艺术的方式划分区域，仿佛置身于博物馆里，展品是三脚架、长焦镜头和镜头布。在一个角落里，玻璃后面有一个古董相机的展览。杰伊把手放在玻璃上，被这些粗笨而复杂的机器迷住了，它们的名字也很陌生：Ricohflex（理光），Asahi Pentax（朝日宾德），水星Univex，徕卡III。

"我可以帮您吗？"

柜台后面的这个男人有将近70岁，看上去像一位年老的摄影爱好者，在无声革命时期开了这家店。他经历过银版相机、偏光相机、110mm低价相机、最早的一次性相机，以及最初的数码相机。他留着小胡子，戴着绑着眼镜绳的老花镜，没戴结婚戒指。杰伊猜想他每个星期天都关在暗房里，冲洗从车库销售中淘来的旧胶卷。1967年世博会的开幕、圣劳伦斯海道的建设、1968年圣让–巴蒂斯特节的节日巡游、冬天的一次火车脱轨。

她从口袋里掏出那台佳能，尽可能小心地将它放在柜台上。

"我这台相机有延长保修期。"

那人困惑地看了看相机，评估赔偿数额。他注意到机身缺了一角塑料裂片。

"您是用它钉钉子了吗？"

杰伊紧张地笑了笑。

"是哪年买的？"

"2005年，好像是。"

杰伊庆幸自己来之前在谷歌上搜索过型号代码，并且记住了各种不同的信息——尤其是该机型投入市场的年份。她觉得自己信息量充分，资料让人感到真实，真实能产生力量。

"出了什么问题？"

"机子打不开。我摁了按钮，毫无反应。报废了。"

"就这样。"

"它原本能拍出好照片的。"

那人嘴上没说什么，可目光意味深长。眼睛仿佛写着"安乐死"的字样。他调整了一下鼻子上的眼镜，围绕这台废相机的问题兜起了大大的外交圈子。

"您说您有延长保修？"

"是的，好像有。我想原来应该有一张纸……"

"您的电话号码是多少？"

杰伊临时编了一个450开头的号码。那人在他的电脑上敲打着，显然没找到任何结果。杰伊拍拍额头。

"稍等一分钟……您存的也许是我的旧号码。是多少来着？"

"我们还有别的方法可以找到它。"

"我记数字真是太差了。"

"别担心。您叫什么名字？"

"南希·奎梅特。"

又是一通敲打键盘。

"您肯定是在这里买的相机吗？请稍等，让我看看序列号。7，4，5……啊，找到了。勒·布朗太太？"

"是我婆婆。"

"您是有一份延长保修，可是3年前就失效了。"

"真的吗？您是开玩笑的吧？"

他把屏幕转向她：

"您自己看吧！"

杰伊紧紧盯着屏幕，她有10秒钟的时间记住全部信息——姓名、地址、两个电话号码和出生日期。她真怀念25岁时那过目不忘的记忆力啊！

那人指着屏幕上的一栏：

"看见了？延长保修期的到期日，2009年10月18日。"

"啊，是的，3年了。好吧，算了，既然保修期过了，我就不修它了。"

"不过，我还是可以检查一下机器的。"

"不用了，谢谢。很抱歉打扰您。"

她趁自己身份还没暴露，收起相机走出商店。部队总撤退，所有人进战壕。

驾驶室已经冷了下来，杰伊打开电脑，对着手指吹气，接着一口气转录下她在店里电脑屏幕上看见的信息：露易丝·勒·布朗，幸福路5号，边境领地，亨廷顿，出生日期1972年5月14日（和杰伊同年，瞧瞧，瞧瞧）。但她没记住电话号码。

她发动发动机，打开道路地图册。找到了亨廷顿，但没找到边境领地。汽车在轰鸣，杰伊脑子在飞转。

选项一：直接开到亨廷顿，然后随便找个人问。选项二：在GPS里查出地址，让卫星导过去，然后在接下去的12个星期里忍受失眠的折磨；选项三：找个有Wi-Fi的地方，用谷歌搜索地址。

杰伊打开网络搜索功能。方圆50米范围内没有开放的网络，看来要到邻里去搜一搜了，至少现在有一个明确的任务要完成。她把电脑放在副驾驶座上，屏幕转向自己，松开离合器踏板。

这个街区的街道十分狭窄，房子都是两次世界大战期间建的。汽车在大片看不见的安全网络中开出一条路来，像鲸鱼行进在浮游生物中。人们似乎都学会了给家里的网络加密——但杰伊很有耐心。5分钟以后，她发现了特博格家的一台老式路由器802.11。信号很强。

她停好车，拉起手刹，打开解密器。只需几分钟就能破解密码。这家的密码简单得像一年级学生编的字谜。第一部分只有一半；第二部分表示干净；加起来是猫咪的俗称。答案是"Minette"。特博格家该买一台新路由器了。

一上线，杰伊首先搜索"边境领地+亨廷顿"。网速很慢，但毕竟在运转。谷歌给出一个微小地点的地图，位于亨廷顿（人口：2587）和美国（人口：3.17亿）边境中间。她调整了地图的比例，记下路线。犹豫了一秒钟之后，她截了图，以防万一。

她还得再开30公里，就算不堵车，也得算上通过拉洛克桥的时间，这座桥跨越圣劳伦斯海道，因有一艘船通过，被升起来了。十几辆汽车排着队，任由排气管冒出的尾气消散在冰冷的夜里。红灯旁边，一个数字指示灯显示还要再等7分钟。

杰伊双手抱头，陷入沉思。她到蒙特利尔四环以外的乡下去做什么？真的是在追踪一个冷冻集装箱？最新信息表明，人们在中国深圳看见它了——用动词"看见"有些言过其实了，众所周知，这个集装箱难以捉摸——而且，此时此刻，它可能正在菲律宾的海面上穿行。

加拿大轮船公司的一艘旧驳船终于从桥墩之间通过，开远了，留下一股未充分燃烧的气味。一分钟以后，桥面放了下来。杰伊闭上了眼，机械的嘎吱声差点让她睡着。当她重新张开双眼，灯已经变绿，其他车辆早已开远。

这座桥长得令人难以置信，仿佛连接着两个宇宙。杰伊听见汽车的天线在风中噝噝作响，轮胎撞击路面伸缩缝，发出心脏叩诊般的声音，接着开在坚硬的路面，又在沥青上发出沉闷的声响。远处，在两条曲线之间，其他汽车的尾灯几乎要消失，只剩下几个红色的光影。

副驾驶座上，计算机发出蓝色的微光。每隔两分钟，屏幕就进入休眠状态，像个患有发作性睡眠病的副驾驶员，杰伊得用食指激活它。而路其实很简单：一直向前开。

过了圣巴尔博，进入一片无边无际的平原。死寂的田野一望无垠，满是残根断枝。玉米僵尸的国度。乌云散开了，露出令人惊艳的星空。远处似乎有一座农场的灯光，一台谷物升降机的剪影。

亨廷顿市比杰伊预计的要大，不过，说实话，她也没预计什么。受到过多圣诞节装饰的干扰，她错过一座桥，又折回，断断续续地前进，穿过一个地图上没有标出来的希真波小镇，此后路牌便彻底难以捉摸了。从这边走是赫德曼，从那边走是埃塞尔斯坦，而往这个方向去是夏多盖、纽约。

圣诞装饰渐渐稀少，最后在一只表皮剥落、噩梦般的小鹿玩具那里戛然而止，接着是一长溜的地产公司广告牌。所有的房子都要卖。地产界的世界末日汹涌而来，卷走了平房和联排屋。

几公里以后，杰伊承认自己彻底迷路了。她在一家名叫"新荷兰"的零售店的院子里停了下来，研究地图。浅黄色的落地灯照亮了蛰伏在一旁的联合收割机。光晕边沿，一只黄色的狗尖叫着拉扯它的链条。地图上没有这只狗。杰伊把它忽略掉。她究竟在哪个地方出错了呢？她设定的地图比例不再适用，可又没有网络，无法下载新的版本。她查了查可用的网络列表，一片空白。在"无Wi-Fi之地"探险。

杰伊从电脑上抬起眼睛。道路的另一边不协调地立着一座已被废弃的小城堡，没有任何灯光，阴森凄凉。瑞麦地产公司的招牌似乎已钉在门上有些年头了。

一辆不知从哪儿冒出来的本田思域，以140公里的时速呼啸而过——车牌四周印着简短的黑色"DEL"字样——消失得无影无踪。狗不知疲倦地叫着，像节拍器一样有规律。

杰伊俯身盯着道路图册，食指塞在耳朵里，觉得自己没有迷路。说这地方是个迷宫，不是因为它的道路复杂，而是因为街道太相似无法区分。她重新发动车子，留下那只狗在夜幕中狂吠。

她越来越深入平原。玉米的残根，一丛丛树林，时间像塑料袋一般伸展。在瓦利菲尔德似乎停留了几个小时——然而，车上时钟显示，只过了35分钟。地平线那头，蒙特利尔的光污染缩成一道橘色的线。

终于找到边境领地的入口时，杰伊短暂停了一下，以研究邮箱。她数了数，有四十几户人家，邮箱上既没有地址也没有名字，只有与人无关的号码。在一株修剪过的云杉上，用铁钉钉着一块高速上网的告示牌。一串广告袋挂在一个用波纹板搭成的简易棚底下。垃圾箱附近，有人扔了一盏落地灯和一个生锈的煤气罐。静物第217号。

杰伊想知道在菲律宾的海上现在会是几点钟。

她潜入领地，在移动房屋中穿行。经过孤寂田野中那段旅程，她感觉又回到了文明世界。圣诞灯饰挂在修剪过的灌木上，几盏路灯照亮了街道，可以看见屋子里的居民忙碌的身影。

她沿着狂喜路开车，接着转到幸福路，减速，以便通过减速带，然后拐上喜悦路，开进欢乐胡同，出现了一个巨大的黑洞。光线很暗，但不可能迷路——这是死胡同的战略优势。她开得很慢，内心激动起来，感觉自己抵达了事件的某个中心，尽管仔细一想，她并没有任何作战计划。难道她真的要跑去敲门，天真地提出她脑海冒出的第一个问题吗：对不起，这里就是恐怖组织洛克伏出口公司的站点吗？您认识这台相机吗？6月12日到10月12日的夜里，您在干什么？

她经过1号和3号。与目标有眼神接触，她的脚松开油门，滑到了刹车上。

在门框左侧，还能看见5号的门牌，虽然门的周围已经什么都没有了。房子彻底烧毁了。火灾应该才发生没几天，只留下极少的废墟。四面墙壁和屋顶都塌了，剩下拖车裸露的框架。停在地里的挖掘机，即将展开一场清理工作。一块广告牌上写着"施工单位：瓦利菲尔德，西尼斯特，3000号"。

杰伊掉转车头，往蒙特利尔开去。

－ 23 －

几个月过去，罗贝尔瘦了。他的最后一座平房亏损卖出，这位不知疲倦的劳动者被迫休息不知多长时间，有可能要一直休息下去了。他看看电视，整理钉子，身体状况每况愈下。他总忘词，一次忘一个，就像沙漏中的沙子。很快，他连说出"刀锯""咖啡壶""门"都开始有困难。他的周遭陷入一片语义的迷雾。

后来，他就用黑色幽默来对付这种局面，这是丽莎所不熟悉的。"我忘了把斧头在里面。"他嘟囔着摸摸自己脑袋。

在丽莎看来，父亲的情况恶化得比她断断续续所看见的要快，她尽量每天晚上给他打电话，每个星期天去看他，可只要有一次没去，就几乎前功尽弃。罗贝尔变得像委内瑞拉电视连续剧一样，以近乎疯狂的速度发展。格斯和希拉·米隆时常照看他，每周还有一位社区服务中心的护士来探访他，但这些辅助关怀已经不够了。丽莎必须经常回家，陪他到周一上午，有时还得在一周当中急忙赶回来。

她很快就无法在这些往返奔波中兼顾全日制的学习，只得大幅修改时间表，每个学期只留下可怜的两门课。教育部因此取消了她原本就微薄的助学金。由于无法全职攻读学业，她今后只好半工半读——而这，其实什么问题也没解决。

11月的一个星期日，她带着包在锡箔纸里的一只葡萄牙烤鸡、薯条和白菜沙拉来到边境领地。罗贝尔吃得很少，情绪显得比平时更低落——或许更清醒。他们的对话持续了很长时间，空洞而零乱。罗贝尔现在过着一种平淡无奇的生活，对什么都提不起兴趣。他用手抓薯条吃，专心致志地完成这项任务。他出神了好几分钟，又回过神来，把他10分钟以前问过的问题再问一遍，也没认真听回答。丽莎仿佛来自另一个世界，他已经无法理解。

吃过饭，他花了好几分钟找茶叶罐，最后在老位置找到它，20年了，它一直在那儿。他丢一个茶包进茶壶，倒开水进去，什么也没说。接着，趁着茶在浸泡的工夫，他示意丽莎跟他出去，煞有介事的样子。

他们从后门出去，一直走到工作间。弗吉尼亚爬山虎爬满旧集装箱的四壁，仿佛被军用迷彩覆盖了一般。

车间里，空气很冷，但干燥。罗贝尔的所有工具都在这儿，有许多被装进收纳盒里，其余的呈扇形摆放在工作台上，放在闪烁的日光灯下。老式刀片，好几代螺纹夹子，能让人种学博物馆管理人员喜不自禁的各种角尺，不过也有去年冬天买的冲击钻、激光水平仪和轨道打磨机。这地方展示的是一个半世纪的木工剖面图。

罗贝尔走近它们，缓缓摩擦双手，郑重地拿起一把枫木长刨，长刨已被几代人的手掌磨得发亮。他轻轻抚摸上面的木头，把长刨放了回去，可手依然悬在工作台上方。他在找一样工具，找一些词。他用食指在空中比画着"S"的字样。

"最老的工具……长刨、横口斧、剪刀……它们属于西蒙，你的曾曾祖父。"

丽莎瞪大了眼睛：

"我的曾曾祖父？可是……你总是跟我说……"

她这句话像火柴般熄灭，留下一圈圈烟雾。罗贝尔以前总是声称这些工具来自车库拍卖、跳蚤市场、小广告。丽莎从没听说过西蒙。罗贝尔继续滔滔不绝：

"西蒙爷爷当年在船厂的干船坞工作。圣劳伦斯海洋工程公司，在老港附近。已经不在了。现在一条高速公路取代了它，你知道是哪条……高速……"

"15号？"

"不是，另一条。"

"博纳旺蒂尔高速？"

"不是，另一条。"

丽莎耸耸肩膀。罗贝尔马上接着往下说，他挥舞着一个巨大的手摇钻。手摇钻装着一根相当长的细绳，以便能从底部发力。

"这是用来安装销钉的，而这把横口斧，是爷爷亲自打造的。你瞧，这儿有他的签名。"

他指着刀刃的侧面，可丽莎没看见任何签名，只有磨损的痕迹。他继续细细解说着嵌缝槌子、公母槽刨、直尖凿、浇勺、平头凿、锉刀……一件工具接着另一件，他就这样让蒙特利尔老港已经消失的盆地复活了。词语就这样自然地从他口中流淌而出，看不出有任何吃力的地方。

丽莎惊叹于他这些记忆片段的完整无损，尽管与此同时其他的记忆已灰飞烟灭——她忍不住想知道在这段家族历史中有多少是虚构的。或许当生活沦为叙述力，回想遥远的过去会变得更容易一些。而最终，这些工具是来自某位神秘的祖先还是瓦利菲尔德的跳蚤市场，这并不重要。此时此刻，在这个冰冷的集装箱里，丽莎仿佛看到岸边锯好的树干、下水架上沉重的船体、在露天火盆里烧得通红的钢钉，和水面上漂浮的机油虹彩，闻到机油的气味。水面上不时漂来一只死老鼠，翻起肚皮朝着天空。

罗贝尔还在说着，对于工作间寒冷的景象无动于衷。他继续追忆，谈到曾祖父让·查理，及其磨刀石细木刮刀、辅刨片、平面规、整套的角尺和量规。

丽莎越听越心不在焉，她并非对这些工具不感兴趣了，而是突然意识到她的三代祖先都在船厂工作，建造和修理蒸汽船和纵帆船，直到她的祖父艾米尔在1950年关闭船厂——而罗贝尔成了四代鲁提埃中第一个从事另一项职业的人。

就在这时候，罗贝尔将一把锉刀放回原位，大口喘气，他已经好几个月没有这么长时间地高谈阔论了。从他嘴里和衬衫领子处冒出的水汽在他周围形成了一圈银色的光环。

他画了个半圆的手势指着那些工具：

"现在这一切都归你了。"

丽莎仿佛感觉横膈膜受到了一击。而罗贝尔说这句话的时候可毫无夸张的表情，他现在对戏剧性的效果是淡然的——或者说，超然处之的。

"我没有地方放这些，爸爸！我和3个室友住在一套两房的公寓里。"

"你会找到地方的。"

"这是你20年的生命，你不能把它们都给我了。"

"我有权给你任何我想给的东西。"

罗贝尔用手掌拍打工作台，接着又更用力地敲了一下，仿佛想加上什么东西，但最后放弃了，看起来已在瞬间忘记了谈话的主题。

丽莎感到自己的体温骤然下降了几摄氏度。米隆太太提醒过她，说她父亲在晚餐以后会变得容易暴躁。社区服务中心的护士称之为黄昏综合征。要避免让他烦恼，巧妙应对。丽莎决定采取拖延战术：如果她假意答应下周把工具带走，父亲在下周之前就会忘了这事。可是罗贝尔摇摇头。

"反正你得分几趟跑，等下我们就把你的车装满。其余的你下星期来拿。"

丽莎叹了口气：

"好吧，如果你坚持的话。这会儿茶应该已经准备好了。"

"什么茶？"

－ 24 －

一回到家，杰伊依次取出她的电脑和四分之一只超辣烤鸡，盘腿坐着，铝箔纸摊在地板上。她一边用手抓着鸡狼吞虎咽地吃着，一边盯着电脑的充电指示器。回来的路上电池彻底没电了，杰伊只好凭记忆摸索：亨廷顿、圣劳伦斯海河道、瓦利菲尔德。返程的路似乎比较短，已知的路程永远比未知的路程过得快。

她咬着一只掌骨，总结这一晚上的行程。从瓦利菲尔德回来，她记住了一个名字：伊莎贝尔·勒·布朗。她还不清楚这女人和洛克伏出口公司之间的关联，不过会找出来的。在这场调查中，还有许多小骨头要啃。

她舔了舔手指。鸡好吃极了，辣到刚好让人迸出几滴眼泪。

下一步该怎么办？等到周一上午去皇家骑警继续查？

不。平民不能直接进入数据库，得拜托一位同伴帮她搜索。非常糟糕的主意。

她把吃剩的鸡骨头重新用铝箔纸包起来，擦掉手上的油脂——键盘和葡萄牙烤鸡可合不来。杰伊打开一瓶啤酒，激活电脑，进入"脸书"主页，注册了一个假账号，然后马上开始搜索伊莎贝尔·勒·布朗。勒·布朗两个词是分开的。这应该不太常见。

结果汇总：至少15个伊莎贝尔·勒·布朗拥有"脸书"账户，包括连在一起写的"伊莎贝尔·勒布朗"，还有虽然连在一起但首字母分别大写的"伊莎贝尔·勒布朗"，伊莎或伊莎贝尔–勒·布朗也属于潜在的候选人。谁都有可能受到拼写不一致的困扰，尤其是在"脸书"上。

杰伊翻看着列表，长得没有尽头。她觉得自己踏进了另一个平行的世界，里面充斥着伊莎贝尔·勒·布朗——也可能只有一个伊莎贝尔·勒·布朗，却有着许多衍生和变异，像一种智能分布，身兼多重角色，已婚，单身，未成年，同性恋，处于更年期；年轻，年老，看不出年龄，戴着草帽，穿迷你短裙；曾就读于圣·亚森特普通和职业教育学院，拉瓦尔大学，巴黎第四大学，麻省理工学院；讲法语、英语、英法双语、菲律宾语和意大利语，甚至还会一点越南语，吃柑橘配黄瓜沙拉，喜欢干酪浇肉汁薯条和腊肠犬，制作陶器，玩悬崖跳伞，骑自行车，刚刚在拼字游戏中填了一个字赢得83分。伊莎贝尔有许多朋友，不同年龄、不同肤色的朋友，有些很老，有些很妖；有沉默寡言的，有多嘴多舌的，有喜欢伊莎贝尔发布、宣告、披露、接替的一切的。伊莎贝尔尤其喜欢到处居住：三河市、蒙特利尔、巴黎、伊魁特、纽约、哥本哈根、突尼斯、里昂、凯奇威克、隆格伊和莱维，又一个住隆格伊的（杰伊注意到伊莎贝尔·勒·布朗们在蒙特利尔南岸的1平方公里范围内的集中程度令人惊讶）。

总之，到处都有伊莎贝尔·勒·布朗，除了（这一点毫无疑问）在瓦利菲尔德和边境领地这一轴线上。它就像是针对伊莎贝尔·勒·布朗的禁飞区，一个恼人的统计空洞。

如何将伊莎贝尔从同名的人当中区分出来——尤其是如何将她们一个个排除，直到最后只剩下唯一的那个呢？除了地理方位，杰伊没有任何头绪。

她喝了一口啤酒，弹着手指。必须用上三角测量了。

她输入搜索"伊莎贝尔·勒·布朗"+"亨廷顿"或"瓦利菲尔德"或"边境领地"。她重新组织了好几次这一要求，谷歌才开始搜索——几分钟以后，在一行的末尾，她感觉出现了第一个亮点。在结果的第35位，一堆家

155

谱和约会网站之后，杰伊发现一个通往LinkedIn[①]账户的链接。一个伊莎贝尔·勒·布朗曾于2003至2006年在瓦利菲尔德的一家工程咨询公司担任行政助理，接着又到哥本哈根的一间工程师办公室接受新的挑战。

杰伊摩擦着双手。从吉布森街到哥本哈根有一定的路程，虽说不是多么远的距离，但这已经是她最扎实的线索。照片上，伊莎贝尔显得聪明而轻松，是位容光焕发、四十出头的女人。

这就是她的目标了。

回到"脸书"，杰伊快速将这位伊莎贝尔从众多的伊莎贝尔中辨别出来。这就像一场火山喷发吞噬了所有多余的人，只在冒烟的火山口中间留下唯一的幸存者。这么说，伊莎贝尔·勒·布朗住在哥本哈根，有两个孩子，埃里克和拉尔克。她和一位相貌英俊的土木工程师安克尔·霍吉生活在一起（快速搜索表明，他是预应力混凝土专家，发表过几篇关于低温添加剂的文章）。

伊莎贝尔喜爱冬季运动、探索频道和抹了醋栗果酱的司康饼。她使用英语和丹麦语，偶尔也用法语。鉴于她搬到丹麦只有6年时间，她似乎很舒适地融入了这个新国家。她最近一次度假是去帕尔马，她经常在丹麦一个关于

---

① 领英，全球最大的职业社交网站。

广场恐惧症群体的网页上参与互动。浏览着她的网页，杰伊注意到猫的照片出现频率高于平均值。相当高的出现率，应该说，虽然还不到病态的程度，也算不上明显异常，但至少说明她对猫的喜爱显而易见。

杰伊的脑子突然开了窍：这个伊莎贝尔·勒·布朗不可能参与到祖鲁爸爸的漂流事件中来。杰伊也说不清为什么，可她就是觉得不可能。也许是因为猫吧！在"脸书"上发布猫照片的数量和它的用户是恐怖分子的可能性是成反比例的。"脸书"公司确实研究出一些算法，以甄别此类社会偏差：研究爬行动物照片和精神病理学之间的关联，发布信息的频率和偷窃癖，饮食习惯与抑郁症。将来就靠研究数据了。

杰伊又开始看照片，突然惊讶地发现了一个事实。相册"2012暑假"表明伊莎贝尔7月在帕尔马的海滩度假，然后8月去了小镇斯卡恩。相册"埃里克的生日"，时间是9月份，显示她正在准备一个生日蛋糕。她不可能于6月和10月之间出现在蒙特利尔。

伊莎贝尔·勒·布朗解脱了。

杰伊伸了伸懒腰，掏出大衣口袋里的相机，翻来覆去地看。它在吉布森街车库里的垃圾箱里干什么呢？也许伊莎贝尔·勒·布朗只是在某个公共场所把它弄丢了，或者通过小广告把它卖了，或许被人偷了。也许融合了所有这些可能性。有一堆脚本可以解释相机是如何从伊莎贝尔（除非有证据表明有罪，否则她应是无辜的）的手上落入洛克伏团伙（很有可能是罪犯）之手的。

杰伊把啤酒喝光后，遏制住自己再开一瓶的念头。她有些乱了头绪，还不如关了电脑上床睡觉。也可以再开一瓶啤酒，再次尝试阅读《海底两万里》。她心神恍惚，再过两个星期，她就40岁了。她不知哥本哈根的天气是怎样的，下意识地刮着蒙着水雾的瓶身上的标签。

她又做出第五种假设：伊莎贝尔可能把相机借给了她身边的某个人，不知道那人拿相机去干什么了。

杰伊把伊莎贝尔的朋友重新看了一遍。许多丹麦人，很少有叫勒·布朗的。这个账号显示他们是一个涣散的家庭，相互之间没有交流。也许伊莎贝尔是独生女——个人描述里没有叔叔、阿姨或表兄妹。一个现代家庭。不管怎么说，伊莎贝尔周围的朋友看起来并不怎么像一个激进的组织。这位海尔士看上去完全像个交谊舞爱好者，那位卡尔肯定喜欢钓三文鱼，还有这位比约恩，一定爱收集曲棍球卡。

杰伊一下一下地点击着，来到伊莎贝尔儿子的主页。埃里克·勒·布朗，最多20岁，很像母亲，是她的年轻版本，用同一个姓，这意味着安克尔是他继父。年轻的埃里克应该是和伊莎贝尔同时离开魁北克的，当时他还未成年，也就是说，他的生父完全不会出现在他的个人描述里。他是失踪了，还是吸毒？英年早逝？单单从"脸书"中想得出答案是很困难的。再说，埃里克显得相当谨慎，他的自我介绍是用丹麦文写的，他有一家名叫Weiss PSL的公司。

杰伊机械地打开了那家公司的网站——突然，天空撕裂成两半，房间沉浸在阳光里。Weiss PSL公司是做联运软件的，主页上轮流展示着各种集装箱、桥式起重机、卡车。又是集装箱，真是一场集装箱的狂欢。集装箱在夜里，在夕阳下，在薄雾中，有着精准目光并对工业怀着诗意情怀的专业摄影师，将它们的影像捕捉。

杰伊颤抖着看照片一张张滑过，惊愕得笑不出来。这些集装箱、集装箱船、叉车和桥式起重机，她从来，没有，见过，比它们，更美的，东西。

－ 25 －

丽莎从此就在工具的环绕中生活，在一套墙上布满裂缝的一房一卫的公寓里。

过去几个月里，她每次去探望她父亲的时候，都希望他忘了这件事——可他没忘。他忘记吃药，忘记吃饭，忘记换衣服，忘记邻居的名字，忘了他在哪里，忘了年月日——可每次丽莎来看他时，他从来没忘记往她车里装一把斜切锯、一整套套筒、夹子、一箱螺丝钉、一台气焊机。现在，对他而言，什么都比不上这个最后的任务重要：把家传的这些五金工具传给他的独生女。

12趟，15趟，丽莎开着被装得死沉死沉的本田车从瓦利菲尔德回来，减震器被几百件工具、仪器和刀片的重量压塌了。父亲的工具渐渐侵占了她那间小卧室的所有可用空间、客厅的一个角落和阳台上的工具棚，直到她的室友们给她下达了最后通牒：不能再这样下去了，工具必须搬走。

所以，丽莎现在住在离诺特丹圣母大教堂两步远的地方，一幢摇摇欲坠的多层公寓的三楼。她的活动空间不见得比原来多，不过也不算太糟糕。

搬完家还不到24小时，她甚至还没有时间把洗手间的卷筒纸挂上去。她抱着最后一个箱子走上台阶，步子有些蹒跚。她白天刚去边境领地看医生，父亲趁此机会又塞给她最后一批工具。工作间已经空了，除了工作台和一台半吨重的铸铁制成的板材平整机。

父亲第一次显得那么平静，近乎安详。他刚刚完成了一个重要的篇章，终于可以松口气了。

丽莎打开公寓的门，用肩膀顶开电灯开关。到处都是工具：过道上，卧室里，一直堆到客厅天花板，空气中弥漫着松脂和机油的味道。丽莎反复对自己说，这种情况是暂时的——然而，事实上，她脑子里没有任何解决方案。她在地库里有一个储物空间，可那地方太潮湿了，什么也不能放。

她从过道走进厨房，跨过工具，踩进被旋下来的加热网格中。她的电脑摆在柜台上，微波炉和堆成金字塔状的保鲜盒之间。她给自己倒了一大杯牛奶，启动Skype。一分钟以后，埃里克出现在屏幕上，头上戴着一个几乎看不见的耳麦，那是从一部科幻电影中学来的。他一边喝着他的第二杯咖啡，一边等丽莎的呼叫。

"医生的诊断出来了吗？"

她摇摇头，一口气把杯里牛奶喝光。

"这种病好像在解剖时可以诊断。"

"可笑。"

"他们给开了一种新药，不过我没法屏住呼吸。"

短暂的沉默。丽莎本打算再倒一杯牛奶，结果还是打开了最后一瓶啤酒。埃里克抬高一边眉毛。

"你的新公寓怎么样？"

"保暖性很差。"

"是电暖？"

"不是。是一种中央锅炉，在地库。不过，我现在想，它应该没在工作。你能等我一分钟吗？我要去拿件毛线衫。"

她返回过道，跨过工具，踩进卸下的取暖器网格（她默默记住了要把它装回去——但要先找到螺丝刀），套上一件毛线衫，回到电脑前。

"这幢楼属于一家空壳公司，听邻居说已经10年没有维修过了。他们收购一些摇摇欲坠的建筑，等它们塌了就拿保险公司的赔款去盖新的公寓楼。"

"灾难性的投机。"

"嗯。"

"我不明白你为什么要搬家。"

"因为工具，亲爱的。工具。"

"你可以租一间仓库放工具，自己还住原来的公寓。这样即使算上仓库租金，你的开销也比现在少。"

丽莎不知如何回答，她的生活不是一份Excel文件，收支不必总是平衡的。或许她只是想，终于可以拥有自己的一个空间。工具提供了一个便利的借口，开销则是次要因素。再说，她拒绝了埃里克多次提出的经济帮助：公寓虽然破烂不堪，她的自尊心却如钢筋水泥一般强大。

埃里克也搬家了，两个星期前搬的。尽管丽莎多次请求，他始终拒绝带她参观新房。不过她还是注意到他有许多玻璃屏幕墙以及巨大的圆玻璃窗。像动物被关进了控制塔。

"我也不理解你为什么要搬家。你在阁楼的房间很棒呀。我喜欢那些横梁。你和你妈妈处得不好吗？"

"我和我妈妈相处很好。我是由于税务原因搬家的，如果你想要完整的解释，我可以把我会计师的联系方式给你。"

埃里克说他要去煮第三杯咖啡了。他消失了一分钟，可以听见杯子撞击的声音，蒸汽咝咝作响。一只鹦鹉飞快地在视野中掠过。他回来时端着一杯热气腾腾的玛奇朵咖啡，丽莎赞许地吹了声口哨：

"美好的生活，大家不会说你统治着一个帝国吗？"

"我授权给别人了。"

"你随口说说的，不是吗？"

"我发誓。我的两家公司没有我运转得都很好，我到现在还很惊讶。我每周开三四次视频会议，通过邮件接收需要签字的无聊文件，差不多就是这样。一切都以自动驾驶模式进行。"

"真好啊，退休生活。"

退休问题是他们之间经常开的玩笑，尽管，这话题没什么可笑的。埃里克感到厌烦，他缺乏新的动力。几个月以来，他把自由时间都拿来建立一个新公司，起了个有趣的名字，叫eQ，不过目前还只是个空壳。埃里克只请了一名助理和一个程序设计员，两人都是兼职。这个新公司主要给了他借口，可以让他在一块白板上乱涂乱画，天马行空。

丽莎不知道一个人怎么能管理三家公司，拥有数百万身家，却感到厌烦。她怀疑这是18岁就功成名就的弊端之一。

~

星期一，8点30分：丽莎惊醒过来。没时间吃早餐，也没时间搭公交车了。她套上一条牛仔裤，跨过一盒螺旋灯头，抓起背包、电脑和学习笔记。

屋外，温度又下降了几摄氏度。好像要下雪了。丽莎在路边一家杂货店买了一杯咖啡和一个松饼，登上她的车，启动器喘着气呻吟着，而且越来越严重。故障列表上又增加了一项。

到达五金店时，已经迟到5分钟，她手上拿着栗色纸袋，明确感到没有人在乎她。她其实可以迟到10分钟、20分钟或者40分钟，随她便。这段日子生意不景气——"这段日子"指的是最近这10年。

"早上好，埃德！"

"早！"

丽莎在这家名为哈德考的五金店工作9个月了，她始终不明白她为什么会被录用。施瓦茨属于那种既不需要员工也不需要顾客的店主，具有先知的特征和艾萨克·阿西莫夫般的怪相，整天待在店面上方夹层——他那间极小的办公室里，他上午一早就来，傍晚很迟回去，只在迫不得已的情况下才离开办公室。

五金店自1954年起就在这个地方。尽管设施从来没有更新过，店里还是因为售卖罕见的紧固系统而声名远播，这保证了它拥有稳定的客户群，这些客户都是迷恋飞行器和缝纫机的修理者。收银台后面，一个磨砂镜框里，有一张太空探测器"先驱者"12号的照片，引人注目。根据传说，施瓦茨父亲曾于1976年春天向美国航空航天局提供过3个钨-钴合金螺丝，这些螺丝从此沿轨道围绕着金星运行。

一楼的货架上没有什么特别的：所有特殊商品都位于地下一层的一个隐匿部门里，丽莎也没有资格进去。当有客人要买10个17毫米的6号双线梅花铌螺丝，埃德温便拿着钥匙串，嘟囔着《圣经》里的诅咒，离开夹层阁楼，拔开门闩，走下地窖。

丽莎也很想时不时地去底下冒冒险，改变对一楼的厌恶。

她挂上大衣，喘了口气。她有预感，这一天将和从前的每一天一样。在五金店工作8小时，整理货架上的螺丝，准备数学考试，洗碗，去亨廷顿，帮父亲，加油，从亨廷顿回来，和埃里克聊天，慢跑5公里，给母亲打电话，保证很快会去看她，在五金店待8小时，撒点谎，吃拉面，喝咖啡，往返亨廷顿，和社区服务中心的护士谈谈脏衣服的事。一星期就这么过去了。接着是几个星期，几个月。问自己生命的意义在哪里？心情忧郁。

丽莎的生活一成不变。

她来到收银台。几代人的前臂和无数盒螺丝抛光了古老柜台的木头，坐在这柜台后面，就像坐在历史的操纵台上。她看了看今天的任务表：傍晚以前要把昨天送来的货物整理好。没什么重要的，否则埃德温早就开始忙了。可以再等10分钟。

她把纸袋打开，取出松饼。她还来不及掀开咖啡杯的盖子，就听见手机响了。私人号码，电话另一头，一个女人用嘶哑的声音要求和伊丽莎白·鲁提埃–萨伏瓦通话。

"我就是。"丽莎一面咬着松饼的边缘，一面答道。

"我是魁北克局的佩罗警官，您是罗贝尔·鲁提埃的女儿吗？"

– 26 –

在泽纳基斯家那一层楼，争吵越来越频繁，也越来越激烈。连带的，好几天都没有一个买家来看房了，价格似乎有下调的趋势。

杰伊什么也没觉察到，一心扑在埃里克·勒·布朗的案子上。看来这小伙子还是个名人，不仅在丹麦，在全球联合运输的副文化中也是如此。杰伊刚刚花了两天时间，从八卦报纸和经济类网站上挖掘出十几篇文章，有英文的、葡萄牙文的、德文的、荷兰文的，以及许多丹麦文的，她把所有文章都用翻译引擎翻译了出来。现在，她知道在丹麦语里，"集装箱"叫"skibscontainer"，"portalkran"是一种龙门吊，而"bolgede galvaniseret stal"指的是镀锌波纹钢。

埃里克·勒·布朗——不论"埃"字上有没有重音符，有时依记者个人偏好将其拼写为"Erik"，偶尔也会被写成"Erik Weiss"以迎合当地人喜好——他很早就作为程序设计方面的奇才而备受关注。他15岁来到哥本哈根，尽管对当地语言几乎完全不了解，还是很快就签下了好几个合同。几年后，一些客户承认，他们从未见过这位神秘合作伙伴的真容，对他几乎一无所知——尤其是他的年龄。

埃里克边玩边工作，二者对他没太大区别。通过最初的一个合同，他发掘出自己对于海运工业的热情。他利用空闲时间设计出一套介于现实和虚拟之间的管理工具。人们认为他的工作堪比一个虚拟城市联运网，在那里，集装箱、堆场和轮船成了一座巨大移动城市的街区。

两年以后，他放弃这份工作，创办自己的第一家公司——XYNuum，提供一套软件，让"持续联运在时间空间维度上能够实现纵向与横向的整合"。依然是虚拟城市，不过用了生意上的行话表述。金融危机不但没有给他造成损害，反而为他打开了更广阔的市场。在世界各地，几十万集装箱进入冬眠，叠放在堆场内。行业需要将操作的方方面面都最优化，而年轻的埃里克很快就能成为像他一些客户那样的庞然大物，如马士基和达飞航运。

一年以后，小伙子庆祝他的18岁生日，并将XYNuum公司以1.8亿欧元的价格出售。他可以退休了——可他偏不。

随后的几年里，他创办了好几家公司，其中有Weiss PSL（管理堆场），T2T（冷藏集装箱追踪），以及eQ：一家角色不明晰的微型企业。杰伊在网上找了半天，也没找到关于这个公司的任何讯息：不知道它是干什么的，甚至不知道它的办公室在哪儿。没有网站，没有邮寄地址，没有电话号码。好吧！

除了专业活动，埃里克·勒·布朗还慷慨参与众多丹麦机构的活动，以帮助年轻的无家可归者、吸毒者和患有精神疾病的人，并设立了好几项奖学金和基金，激励科学技术领域的新兴人才。

尽管乐善好施，埃里克似乎生活在世界的边沿。好几篇文章都指出，他没有参与任何政治团体，也从没听过他就该国的公共或经济事务发表任何见解。他拒绝大部分的会晤，从不举办演讲，不属于任何俱乐部或商会。

总之，他是一个有些乏味的年轻人——假如没有关于他的谣言和都市传说。

唯一被证实的是，他的广场恐惧症多年以来让他无法离开住所。他所有的操作都在私人空间内进行——而且，由于人们很少见到他的照片，造成有些荒谬的情形：他名列丹麦30岁以下年度名人排行榜的第八位，然而走在大街上却不会被人认出来。

文章读得越多，杰伊越是焦急。这位埃里克·勒·布朗如果能离开家，就成了她理想的嫌疑犯。还需要知道的是，为什么住在哥本哈根的年轻软件天才会跑到圣劳伦斯工业园的旧车库去度假。

媒体报道看到最后都是重复的内容，而杰伊却在网上深入挖掘出关于埃里克·勒·布朗的一切细枝末节。他在一个博客（已废弃）上发表了一篇如何向平流层投放气球的指南；一个Flickr账户（已废弃）里满是用红外线相机拍摄的鹦鹉照片；一个GitHub账户（已废弃）里有一个操作无人机的应用程序项目；一个推特账户（已废弃）里有三篇平淡无奇的推文。这整件事越来越像一连串的死胡同。

杰伊只好转向这位年轻奇才的103位"脸书"好友。相对于他的名望，这真是个微不足道的数字。这103位好友如今意味着许多不同的线索需要搜索、挖掘、分类。如果杰伊不愿意进行体力劳动，这份苦力活她也无法让它自动完成。她将范围缩小，在一堆斯堪的纳维亚姓名中间开辟出一条道路。她对一切持怀疑态度，包括那些显而易见的事——比如这位阿斯罗格，用一棵巨杉做头像，本人究竟是男是女呢？

再说，一位众所周知的广场旷野恐惧症患者，怎么会有旅行家那样多的相片呢？杰伊看到有一张在香港国际机场的"自拍"照，有一大杯在迪拜星巴克点的大豆拿铁，还有在里约热内卢的万豪酒店写的心理状态。她越来越觉得自己在不同的语言里转圈。Hvad har du pa herte？No que voce esta pensando？没完没了地回到起点：每个人都很相似，直到差异产生。再过20年，"地理城"^①"汤博乐"^②和"脸书"才能得出全部结论。

在埃里克·勒·布朗这103位现代而全球性的朋友中，唯独有一个账户来自西方世界内陆的一个穷乡僻壤，那地方名叫蒙特利尔：账户主人是一位名叫丽莎·巴斯金的年轻女子。

她朴素的主页显示，年轻的巴斯金出生于亨廷顿，地理细节本身应足以让杰伊相信这只是个大写的"个人"而已——然而她不相信地理，也不相信大写的"个人"以及所有来自网络的东西。说实话，她都不知道丽莎·巴斯金是否真的是个年轻女孩，而不是个大腹便便、留着色狼般络腮胡子的哲学老师。有谁值得信任？现在已近午夜，经过了48小时的深入研究，喝了四壶格雷伯爵茶之后，杰伊开始感到妄想症更加严重了，眼圈边出现了不同的色彩。房间里的所有物体都显示出红-蓝双色光晕，像那些老3D电影。杰伊倍感煎熬。

如何才能找到这个丽莎呢？根据黄页，最近的巴斯金住在卡尔加里和迈阿密。杰伊可以侵入丽莎的"脸书"账户，但无法保证能找到有用的东西。与现实世界唯一确定的关联，就是进入账户的IP地址，而为了获取IP地址，必

① 最早一批提供个人主页服务的网站之一，创立于1994年。
② 目前全球最大的轻博客网站，也是轻博客网站的鼻祖。

须查询"脸书"的寄存器和互联网服务供应商，这就需要通过正式调查，获取多项授权。

到目前为止，杰伊没找到任何具体的东西，除了一台破损的相机和一堆物证。她很机灵，这毫无疑问，可她的个人资源和皇家骑警这台机器比起来显得那么微不足道，她开始感到有些力不从心。

她躺在地板上，反着看摆在客厅桌子上的佳能相机。相机的镜头无情地挡住了她的目光。

— 27 —

罗贝尔·鲁提埃被科维山海关拦住的时候是早上7点，他穿着睡衣，开着他那辆黑色的老道奇公羊。米隆先生把钥匙藏起来了，但应该还有一把应急钥匙，放在某个储物盒或抽屉底部。

当海关关员来到他的车窗前，罗贝尔无法提供任何身份证件。何况，他从来就没有护照。后来，海关关员描述他有些"迷茫，但彬彬有礼"。问他要去哪里，他说想"去1978年"，这显然引起人们很大的困惑。

"对不起，先生，您必须把车停在那儿，然后跟我进去。"

一切都很平静、顺从。海关关员们把罗贝尔安顿在等候大厅，给了他一杯咖啡和一本旧的垂钓杂志，然后致电魁北克保安局，说有一位语无伦次的加拿大侨民来敲美利坚帝国的大门，希望他们能好心地接他回去。罗贝尔就这样来到了瓦利菲尔德医院。

丽莎以她那辆本田允许的速度尽快赶到了，听魁北克保安局一位警员向她叙述罗贝尔与海关关员之间的对话。

"他说什么？"

"说要去1978年。"

丽莎感到茫然失措，不仅因为这一段插曲表明她父亲疾病范围扩大了，还因为她根本不知道1978年意味着什么。那一年发生了什么，让父亲想要回到当初？当时他刚满37岁。他做了什么，去了哪里？遇见了谁？

显然，罗贝尔·鲁提埃在墙里也藏了些秘密通道。

一个小时后，在翻找他的抽屉的时候，丽莎又想起父亲的这些话。她根据味道，把衣服扔进一个旧运动包或者洗衣篮里。罗贝尔显然越来越难以区分脏衣服和干净衣服。她给他带上牙刷、几本杂志和——犹豫了一会儿后——一个相框，照片里父女俩手握刀锯，自豪地站在巴斯金大宅巨大的枫木楼梯上。

丽莎甚至不知道父亲会离开家里多久，也不知他何时会回来。他们在医院里的对话让她感到不安。起初他似乎认出了她，可随着谈话的继续，丽莎越来越觉得父亲其实是对着一个一半是丽莎一半是何塞·萨伏瓦的混合体说话。

她抬眼看见镜子里出现的是一个筋疲力尽的年轻女孩，额头上有皱褶，看上去仿佛在一天之内遭了10年的罪。她有着她母亲那样的眼睛，这是肯定的——可她长得像谁呢？人很难超越自己，像观察别人那样居高临下地客观审视自身。她在自己的线条里寻找父母的影子，好像这样就能证实她性格中某一面的出处。她会像何塞那样两极分化，还是像罗贝尔那样患上阿尔茨海默病？

她准备好所有的必需品，看看手表，开始收拾屋子。她无法相信在短短几天之内就能乱成这个样子。她洗了三桶衣服，拖了地板，擦净灶台。冰箱简直成了毒理学的案例，她清空了所有过期或即将过期的食物，最后只留下一瓶梅子酱和一管强力胶。

打扫卧室的时候，她发现床头柜抽屉里散乱丢弃了几百粒白色的小药片。丽莎估计，这里应该有十几瓶"易倍申"药片的量。一整年的处方量，她父亲拒绝服用。这解释了一切。

第三桶衣服在烘干机里转的时候，丽莎着手整理储物盒，邮件是米隆太太每天早晨从信箱取来放在里面的，而罗贝尔忘了拆开来看。什么都有：宣传简介、比萨店广告、两张圣诞卡、新民主党议员发来的新年祝愿信、几张未支付的发票（丽莎突然惊讶地发现电话和供电居然没有被切断）、社区服务中心的文件和一些随机简报，甚至还有一封给她的信：赠送白金信用卡（最少的费用，优惠的利息）以及一张加拿大邮局的送件通知。

丽莎看着那张通知单，既惊讶又烦恼。她为此要绕到亨廷顿邮局，而其实这不关她的事。一天很快就过去了，她想在回蒙特利尔之前再陪父亲一个小时，可她还得复习高级电路的笔记，为明天晚上的考试做准备，她不知道哪儿还有时间和精力去办这件事。

窗外，飘起薄薄的雪花。

离开的时候，本田车到了报废的日期，这一次看起来很严重。再也想不出更糟糕的时刻，丽莎气恼得无法思考。她狠狠折磨了启动器几分钟，直到一个灰暗的身影出现在她的车旁边。丽莎叹了口气，降下车窗。米隆先生朝她弯下腰，胡子上挂着的雪花很快转化成细小的水珠。

"你父亲怎么样了？"

丽莎比了个手势，不错，还好。米隆先生伸出食指，上面摆动着一串钥匙。

"开他的道奇走吧，你的车交给我。"

丽莎觉得自己快要瘫倒了，她把太阳穴抵在米隆先生粗糙的手背上。她可以就这样睡着，任雪花缓缓飘落在头上。

当她终于抵达亨廷顿邮局的时候，干燥的大团雪片落在"道奇"的挡风玻璃上，像飞机残骸。还剩十几分钟就关门了。邮局里死气沉沉的，大雪和圣诞音乐让气氛变得柔和一些。角落里，一位老太太正在寄五十几张贺卡。有名员工在组装一棵粉红色的人造圣诞树，一次装一根枝条，非常非常慢。这样的场景不再让丽莎感到沮丧，因为她脑子里突然只剩下一个念头：缩在家里，手握一瓶啤酒，电脑放在膝盖上，看一部功夫电影。她掉头看看车窗外，不知道在这种天气开车是不是明智。街对面隐约有长老会教堂的剪影。

要是她母亲还住在附近，丽莎倒是很愿意去她那里过夜，可何塞如今住在南岸，她的新男友不喜欢宜家。

"下一位！"

丽莎把送件通知递给邮局职员，后者调了调眼镜。

"这是9月份发出的。"

"我知道，我父亲忘了把它拿给我。"

"通常情况下，我们只保留包裹3个星期的时间。"

"哦，好的。没问题。"

"我还是去查一下吧。"

他用拇指和食指捏着那张通知单像捏着一张用过的纸巾一般，消失在柜台后面，丽莎听见他翻动箱子的声音。他再次出现时，面带惊讶的表情，举着一个大大的泡沫信封，翻来覆去地看：

"没有寄件人地址。"

丽莎看着黄色信封上那些歪歪扭扭的字母：

鲁提埃夫人收

喜悦路46号，RR5

亨廷顿，魁北克

这人的笔迹她完全不认识。她把信封夹在腋下走了出去，外面的天气越看越像一场暴风雪。待在邮局里短短5分钟的时间，皮卡车已经完全被雪花盖住。丽莎没清理积雪就坐进驾驶室，发动发动机，将除霜器开到最大挡。然后，在这个蚕茧内的幽暗灯光下，撕开信封，扯掉一些泡沫塑料，把所有看起来像包装材料的东西都拉出来。

她的手指首先触碰到了什么东西，那种触觉既熟悉又陌生，以至于丽莎以为是触电了。她左手抓着方向盘，像在找接地线。她从信封里把包装物取出来，原来，是浅灰色的丝绸，是一位歌剧演员以前穿的几件衬衫。降落伞慢慢滑出信封——突然，里面装的所有东西都落到丽莎腿上：勒·布朗太太的佳能相机、GPS定位仪和一块纸板，上面有丽莎当时写的自己的地址。背面用同样颤抖的字体潦草地写着："9月9日寻获于塞特福德矿城。"

她难以置信，把相机颠来倒去地看，下意识地按下启动开关。没有任何反应，机身底部的电池因腐蚀而粘连在一起了。丽莎把记忆卡弹出来，检查接口，一切如新。

她打开包，取出手提电脑，将记忆卡放入SD卡插槽。弹簧发出令人满意的"咔哒"声，表明部件各就各位了。电脑运行缓慢，终于显示出记忆卡里的内容：许多文件夹，一层套着一个，有253张照片——253张照片啊！——都是相机拍摄的。

丽莎摁下"⌘-a"，开始播放幻灯片。

埃里克和她出现在玉米地里，在黎明时分。照片有些曝光不足，不过还是能辨认出两位飞行员的脑袋：年轻、头发蓬乱、忙碌。接着是几张玉米的照片，一片白鹭和叶子的海洋。然后，田野缩小了，在风的吹动下，气球自顾自转着，相机把什么都拍了下来。奎梅特养猪场、边境领地、209号公路。她依稀认出了他们各自的房子，还有一个细微的橙色小点，应该是格斯·米隆的那辆达特桑。

现在丽莎让照片飞快地滚动。气球升高了，可以看见该地区的整体形状。亨廷顿被灰色和黄色的拼图色块包围着，克莱恩-丹克公司的二号厂房、佛蒙特。广袤的森林带，一条河流从中间穿过。拼图越来越不清晰，边界和细节逐渐模糊，已经看不清道路和建筑。风吹得相机四处摇摆，地平线变得越来越弯曲。时不时地，镜头捕捉到太阳的耀眼光芒。

在最后一张照片上，气球飘得很高，可以清晰地看到地球的真实面貌：一个蓝色的保龄球，四周点缀着云朵。图像上方的空白处，天空变成了深蓝色，那是太空开始的地方。

－ 28 －

杰伊从里奥内尔-克鲁尔地铁走上楼梯。来到路面，这是星期一的早晨。整个周末都在下雪，现在又下起了雨，行人四处逃窜，像气候灾民。

她沿着停在站点轰隆作响的一溜公交车往前走，拐上她平时走的那条往西山方向去的路。她每天早上都要对抗地心引力去工作，每天傍晚地心引力又拽她上地铁，她尽量让头脑保持直来直去。

她走到格林大街，那里的房屋门面都是由沉积岩做成的。她仰着头从玛丽城高速公路下穿过，如果桥跨了，要被碎片或死鸽子砸中，她宁愿抬头看着它们落下。她和每天早晨一样，仔细观察高速公路损坏的腹部和缺失的混凝土板块。早高峰车流的震动穿透桥墩，一直延伸到她脚下。在她头顶，南行车道缓缓经过她的视野，接着是窄窄的一线灰色天空，然后是北行车道，再往后是圣雅克悬崖的林带和加拿大太平洋铁路的高架桥。每天上午，她都目睹相同的画面，一幅接着一幅——水泥、天空、树林、铁路……好像一组条形码锁住了城市的秘密。

来到多切斯特转角时，遇上了红灯。她抬头望着C区的总部大楼，纯属20世纪70年代粗犷的风格，天然混凝土和模板线的一曲赞歌。欢迎来上班。

门厅地板上都是褐色的水，门房先生不紧不慢地擦洗着。高峰时段已过，杰伊独自搭乘电梯，她晃了晃门禁卡，上到8楼，再晃晃卡，通过几道玻璃门。她现在正式剩下2年2个月28天。

她走向咖啡机，漫不经心地和一个缉私处的同事打了招呼，顺手装了杯咖啡，转个弯，穿过复印机的小丛林，最后向右转，走向"城中城"。

距离20米远的时候，她知道所有人都到了：加马什警官、劳拉和马赫什。大家都站在马赫什的电脑前面。加马什警官在讲电话。越往前走，杰伊越能看清电脑屏幕上的内容，甚至可以在100米远处认出谷歌的页面：图标、搜索结果列表、超级链接的皇家蓝、URL的苹果绿。马赫什刚打开一页由灰色和黄色图块拼成的地图，又点击了几下，出现了谷歌街景。

杰伊僵在了"城中城"的入口处——然而，即使隔着那么远，她还是认出了图片中的地方：全球巴士公司，位于吉布森街230号。

第二章

– 29 –

在医院的炼狱里待了48小时，经过一系列抽血、拍片、磁共振、采集尿液和黏液样本、检查、会面及处方汇集，罗贝尔·鲁提埃很显然哪里也不能去。他不理解为什么不让他回家，或者，回1978年去就更好了（当问起他这个问题，他的回答总是含糊不清）。

医生们无法准确说出罗贝尔得了什么病，好像是"侵入性边界僵化和时间分区退化"，但这依然是单纯的推测。

无论如何，下一步都是去长期护理中心。丽莎觉得对于一位已经忘记午餐吃了什么的老人而言，"长期"这个词相当不合适，永久的当下护理中心，这才是她父亲所需要的。无所谓了。在等待空位期间，他被分配到韦斯特马科中心，在圣阿尼塞-德科斯特卡，位于瓦利菲尔德西面25公里处。

她父亲的病房陈旧而狭小，前任住客已去世或被转移到别处去了，只留下一棵小小的圣诞树摆在窗台，还有一个人工芳香剂分散器插在电源插座上。门厅里循环播放着《绿袖子》，丽莎觉得自己在经历一部慢动作的恐怖电影。不过她低下头，咬紧牙关，做她该做的事，确保父亲有足够的袜子、内衣、汗衫。她鼓励他进食，还种了一株凤尾草，虽然知道养不活。死了再换吧！

12月的寒冷袭向圣劳伦斯河的低陆地区，丑陋而灰暗。丽莎思考着生命的意义，拒绝了母亲三番五次去宜家采购的邀约，她在抵制入侵者的干扰。埃里克已经3天没上线了，想必是节日期间事务缠身。丽莎热切地想给他看那253张由探测器在空中拍摄的照片，从玉米地一直拍到平流层。看着这些壮观的照片，她不由得感到某种认知失调——仿佛，他们在边境领地令人忧伤的少年时代一下子蜕变成《国家地理杂志》上的报道。而且，埃里克看见它们的时候反应也很滑稽。

埃德温·施瓦茨决定将五金店歇业两周，既没有提前通知也没有解释，丽莎暂时变成了无工资无职业的人。她吃白通心粉，相当有条理地拟了一份长长的待完成任务列表：给父亲买拖鞋（任务第3号）；与魁北克总检察长办公室沟通（第11号）；准备期末考，出于"家庭原因"将其推迟到了12月底（第23号）；开始清空父亲的房子（第8号）；停掉电话和支付电费（第15、16号）。单子越来越长，每天、每个小时又生出新的分岔，一切都那么沉重而复杂。

12月24日，将近午夜，丽莎独自待在她的一房一厅公寓里，拒绝了母亲的邀请，借口说要到边境领地去庆祝平安夜。何塞·萨伏瓦对这个大谎言毫无察觉：并不知道前夫住院的事，而丽莎也不打算告诉她。她宁愿不同的生活区域保持泾渭分明，每个人都各就其位。

楼上传来阵阵尖叫声，是住户们在拆礼物。丽莎坐在床上，盖着好几层棉被和毯子，无数次查询着到哥本哈根的机票价格（任务第74号）。节日期间价格飞涨，1月底才会回落。搜索结果表明，丽莎可以买到价格合理的机票，前提是要在多伦多、纽约、巴黎和布鲁塞尔转机，在机场共待47个小时，加上15个小时的飞行时间，搭乘由4家不同航空公司的飞机——而即便是这样苛刻的条件，她也支付不起飞往丹麦的旅行费用。她把价格换算成欧元、美金以及日元，寻找能让总价看起来显得比较低的货币。啊，坐在游轮上一边享受美食一边横跨大西洋的年代一去不复返了。

再说，别幻想能马上出发：丽莎甚至还没有护照，对获取护照的流程深入研究（任务第73号）后，她得出结论，获得加拿大护照的繁杂手续是阻止人们离开这个国家的原因。

丽莎关掉所有标签页，接着关闭浏览器，看了一眼

Skype，心存侥幸。埃里克依然不在线，他应该正在大吃丹麦油条，搅拌一锅热饮料，或者趴在一沓沓五颜六色的钞票前面教拉尔克玩强手棋。

她扣下电脑屏幕。临近午夜，楼上又传来一阵部落般的喧哗。有人刚收到一台iPad，或一个暖手套，或一台程控炖锅。丽莎不禁自问，冷落母亲的邀请是否是个错误。

透过窗户——她还得给它安个窗帘（任务第31号），能看见对面邻居家圣诞装饰的粉红色灯光。她哆哆嗦嗦地从被子底下爬起来，把额头靠在冰凉的玻璃上。细细的雪花飘落在街区里，圣母大教堂的大部分轮廓都罩上了一层白色。大楼前面，一辆老"道奇"在雪中缓缓消失了。

– 30 –

"这是辆道奇公羊，"加马什警官重申，"我小舅子有一辆一模一样的。"

马赫什表示怀疑，根据维基百科，也可能是一辆普利茅斯航行者，或者雪佛兰G系列。劳拉保留意见，杰伊显得微不足道。

　　"城中城"里已经群情激奋了3天，先是通过魁北克水力公司的一个账户（欠费）追踪到洛克伏出口公司，48小时密切监视吉布森街230号的全球巴士公司旧址后，皇家骑警启动了"马刺"计划，包括用刷子和镊子清空停车场，将几千个塑料拉链密封袋里的东西打包。照片储存在皇家骑警的服务器里。劳拉带着不满的表情执行任务，行动是由一位她不怎么欣赏的同事负责的，她一面翻阅定罪案件索引，一面摇头。

　　"应该辨别得更仔细些，他们好像在清理科利尔兄弟①的房子似的。"

　　目前，最激动人心的收获是隔壁仓库监控摄影的硬盘，他们从中调取出3700多个小时的监控内容，但没什么重要信息。马赫什由于掌握了一项神奇应用的秘密，得以将所有监控视频汇集成一部长得没完没了的影片，在他的电脑屏幕上持续播放着，像一部用网络摄像头和劣质广角镜头拍摄的黑白实验电影。变化无比缓慢的场景展示的永远是那4个装卸码头，时不时地，有一些拖车进进出出。屏幕的左上角，几乎在视野之外的位置，可以看见全球巴士公司车库的一角，门前停着一辆黑色的皮卡——黑色，或某种很深的颜色——根据目前的距离和解像度，它的车

---

① 一对有储物癖的美国男子。

牌是绝对看不清楚的。

加马什警官认为是一辆道奇公羊，然而马赫什可没打算这么轻易就让步。他的电脑屏幕上满是各种皮卡车的照片，他用来和监控录影中的车辆作对比。

"这也可能是一辆GMC萨瓦纳，或者范杜拉。或许是一辆斯波万·博维。"

加马什警官拍拍大腿：

"一辆斯波万·博维！为什么不说是辆威斯法利呢？反正都很像。"

劳拉盯着那辆皮卡，眯起眼睛：

"它一个夏天都在那儿？"

"可不，每天早晨7点前后到，傍晚很迟才离开。"

马赫什的食指放在鼠标上，将片子快进。屏幕上日夜相继而过，卡车和拖车在码头来来去去——在此期间，那辆皮卡在吉布森街230号的停车场出现又消失，始终由同一个人驾驶（1.93米高，白人，短发，性别未知），搬着箱子、袋子、厚木板、仪器和工具。

录像一直持续到10月9日，皮卡在那天消失了。10月11日上午，来了一辆拖拉机，倒车进了车库。10分钟后，它拉着一辆拖车出来，拖车上载着一个雪白的冷冻集装箱，隐约可见集装箱侧面的号码是PZIU 127 002 7。

"知道集装箱在车库里多久了吗？"

"视频从7月开始的，不过我们知道洛克伏出口公司从6月1日起就租下了车库。租期6个月，提前付款，用现金支付的。啊，早呀，米舍利娜！"

"早，港区的同事们！"

米舍利娜·圣洛朗走进"城中城"，四周的磁场都变了。这位头发灰白的小个子女人是司法机制单位的创始人、灵魂和智囊。她是出了名的人体电脑，能够毫不费力地分析轮胎的痕迹、背后开的一枪或车身剥落的一片油漆。

她的到来泄露了"城中城"内微妙的等级制度。她起初面无表情地点了点头，向所有人打招呼，接着飞快看了一眼劳拉，然后和加马什警官用力握手。马赫什伸出两指在太阳穴处向她致意，杰伊则扮演隐形人。劳拉最终匆匆地行了个日本式的礼：米舍利娜是她的师傅，她的导师，她的榜样。劳拉进入皇家骑警的时候，是个天真的实习生，她是在司法部门得到最初的锻炼的。在她眼里，米舍利娜·圣洛朗就是至高无上的尤伯杯①。

致敬结束后（历时：整整5秒钟），米舍利娜扫视着全体人员，嘴角带着嘲讽的微笑。

"我闻到了打赌的味道。"

① 尤伯杯由伦敦著名的银匠麦皮依和维伯铸成，1956年由英国羽毛球选手贝蒂·尤伯捐赠给国际羽联理事会，象征羽坛的最高荣誉。

"其实，是莫里斯和马赫什的意见略有不同。"

"怎么回事？"

"是道奇公羊。"

"你确定？"

"百分百确定。进气格栅的形状，大灯和保险杠之间的对角线，挡风玻璃的角度，我对比了10项参数，错误的可能为零。道奇公羊B系，1976年或1977年出厂。至于颜色，可能是黑色、酒红色或蓝色。我个人倾向于黑色，有九成把握。"

加马什警官神采飞扬地说。马赫什马上在谷歌上找出一张图片，跟视频作对比后不得不承认，他错了，啤酒钱由他来付。劳拉心里算了一下：

"1976年或1977年的道奇公羊，这样就把范围缩小了，不是吗？"

"应该是吧，上你们这儿来之前，我查了一下，目前在魁北克还有223辆在行驶。如果算上在曼尼托巴省东部注册的那些车辆，总数差不多400辆了。这车真是结实耐用啊。"

"我小舅子去年还在开呢！"

"好了，莫里斯，我们都明白了。"

"至于第二辆皮卡，那是2007版的福特·伊克诺莱恩。"

所有人都齐刷刷地转向米舍利娜。

"哪儿来的另一辆皮卡？"

"你能快进到11月25日吗，马赫什？"

马赫什将滚动条移动到11月。日期快速地翻过，然后慢下来。25日那个星期天终于升起灰色的太阳。屏幕中没什么活动，以至于画面似乎静止不动了。7点17分，一辆白色的伊克诺莱恩停在全球巴士公司前面，然后倒车进了车库。

杰伊站在马赫什身后，感觉自己如同自由落体般下坠。

谁都没说话。3分40秒过去了，没有任何动静。接着，在7点20分，有个人从车里出来，穿着一件罩衫，戴着鸭舌帽，脸看不到，消失在车库一个角落后面。画面又回到静止状态，一动不动，马赫什摁下"快进"，7点39分，那个人从车库出来，拖着一个垃圾袋，把它放进伊克诺莱恩。60秒后，皮卡开动，从屏幕上消失了。

马赫什回放图像，而后准确停在一个位置，是那个人拖着垃圾袋的画面。

"很奇怪，不是吗？"

"奇怪。"

"一辆黑色小卡车，接着是一辆白的，好像在下一盘国际象棋。黑棋总是先走。"

"在国际象棋中是白棋先走。"

"你确定？"

"也许是同一个人开的另一辆车。"

困惑的马赫什又开始用慢进方式播放影片。

"他袋子里能拖着什么？"

"不知道，他也许是去收拾。"

"收拾？你看见车库的状况了吗？"

"他待了20分钟。"

"反正袋子看起来很重。"

他们看到那人把袋子扛上车，慢得像在搬地球板块似的。画面不断重播，简直要变成一部滑稽电影。当马赫什停止播放时，米舍利娜耸了耸肩。

"2007版福特·伊克诺莱恩。也可能是2008版的，不过没什么太大区别。像这样的白色，私家车市场上几乎看不到了，85%是租来的车。"

她没再多说一个字，例行道别之后，离开了。

马赫什继续用慢镜头回放影片，看着嫌疑人极其缓慢地从车里出来，前面是那个巨大的垃圾袋。他整个人完全趴到屏幕前，皱着眉头，一幕一幕地分析画面，好像在试图认出什么人。杰伊感到急需找到一个能分散他注意力的事情。

"哎，呃……搜查车库方面有进展吗？"

劳拉在她的电脑屏幕上展示了一系列照片。犯罪现场被全方位存档了：工作室、洗手间、前台、屋顶以及20米范围内的所有地方，就差卫星照片了，甚至还有一张工作室的全景图，在杰伊看来异样眼熟，尽管她只在里面待了20分钟。有一些时刻来得格外惊心动魄。

"到目前为止，他们找到了什么？"

"一些垃圾，木材和钢材的边角料，沾了油漆的篷布，帝国牌苹果的空箱子，一些脚印，许多指纹，不过和数据库里现存指纹的吻合度为零。他们还寄了生物样本去实验室。"

杰伊整个人僵住了：

"生物样本？"

"我想是一点头发和血迹。周末应该能收到分析结果。"

杰伊往门厅的方向后退了几步。

"我要下楼去餐厅，要我带什么吗？"

"不用。"

"焦糖奶油蛋糕，如果还有的话。"

杰伊倒退着走出"城中城"，两腿颤抖。千万别慌，她要到楼下餐厅买一大杯咖啡和两个奶油蛋糕，做出若无其事的样子。她下意识地确认一下自己的磁卡是否挂在腰带上，然后走向电梯。她要去餐厅。一杯咖啡，两个奶油蛋糕。

也许，认真一想，她应该去一楼，十分镇定地从正门走出去，轻吹口哨，叫一辆出租车，然后让司机一直开去温哥华。

－ 31 －

丽莎和罗贝尔在韦斯特马科中心唯一的走廊里踱步，在米色地毯上缓步走了至少3公里，断断续续地说上几句话。他们已经谈尽所有的话题了，罗贝尔生活在封闭的圈子里，他提不出关于时事的问题，关于女儿的日常生活，甚至关于天气预报都提不出什么问题。他时不时地会冒出一些有关往事的谈话片段，虽不合时宜却完整无缺，如同史前的冰芯。

丽莎傍晚的时候走出门外，相当疲惫。圣劳伦斯海道上，太阳刚刚下山。停车场空无一人，她坐进"道奇"的驾驶室，长长地吸一口气，闭上眼睛，渐渐恢复了平静，接着发动车子往亨廷顿开去。

新月下，景物一片漆黑，不过丽莎对这条路上哪怕一个最小的转弯都熟记于心。她开过欣欣布鲁克，穿过小铁路桥，横穿黄灯闪烁的无人街口。隐约能看见田野的更替和大片的树篱，远处农场的灯光衬得它的筒仓像准备发射的火箭。她不自觉地在巴斯金大宅前微微减速，屋子一片漆黑，贴满告示，如果是白天，可以看见大门上挂着房地产中介公司的招牌，几个月下来已经发黄。丽莎对这破败的庞然大屋轻轻摇了摇头。

边境领地的居民为了给周五晚上养精蓄锐，都已经睡着了。把道奇车停下的时候，丽莎发现在米隆家门前有一个别致的圣诞装饰：那辆达特桑被装上了灯串，圣诞老人坐在驾驶座上，鼻子上架着仿雷朋眼镜。丽莎笑出声来：达特桑这是为"火人节"做好了准备呀!

屋子里散发着霉味，死气沉沉。厨房里的水龙头在滴水，所有被抛弃的房屋都会自然而然往废墟的方向发展。丽莎必须尽快把这房子卖了。等她拿到她父亲的残疾证明，等她有时间。等。

她关掉厨房水槽底下的阀门，把温度控制器调高几度。等温度升高的工夫，她开始折纸箱。在第一个箱子上，她写着：给爸爸；第二个：给米隆家；第三个：给救世军。然后，她停下来，把记号笔放在第四个箱子上，从这个箱子开始，就是垃圾了。

她打开收音机，仔细擦拭表面。收音机只能收到一个乡村音乐台。这总比一片沉寂来得强。

带着"给爸爸"的箱子走向卧室的时候，丽莎停在一个相框前。照片里是女儿和父亲，一个8岁，一个58岁，挥舞着刀锯和电钻，像一对不法之徒。照片是在亨廷顿拍的，那是罗贝尔的第一个工地。拿相机的是谁？也许是何塞。她把相框收进箱子，也许能唤起他的一丝回忆，一个微笑。丽莎已经不知道如何才能在父亲的大脑中开辟出一条道路来。

夜晚就这样过去了，不时有些无足轻重的发现。清理浴室的时候，她无意在两瓶洗发水中间发现了一对骰子。它们放在这儿干什么？丽莎想象她父亲坐在马桶上玩骰子的情景。也许他放松时，用它们来帮助自己做决定。

箱子装满了，厨房的时钟指向22点。在丹麦已经是星期六了。天即将拂晓，埃里克也该和她联系了。丽莎把箱子都装到"道奇"上，把房子的温度降下来，关了灯，锁上门，头也不回地走了。

回到家，她迫不及待地换上睡衣，钻进那堆棉被里，手里端着电脑。埃里克一个星期以来第一次在线，她不假思索地点击他的头像。连线了，小伙子出现在屏幕上，他坐在办公桌前，房间被早晨的阳光洒满。丽莎对着摄像头伸出食指做指责状。

"先生，这一个星期以来，您去哪儿了？"

"我已经3年没出过门了。"

"你在玩无法接通游戏吗？"

"我接待家人、看书，人人都需要时不时地断线。你要和我说话？"

"对，不，没什么特别的。"

"你这么晚还没睡？"

"我从圣阿尼塞–德考斯特卡回来，在边境领地停了一下。"

"你父亲怎么样了？"

丽莎比了个手势：别提了。何况，让她说什么呢？房间很小，工作人员看起来很称职，她父亲的大脑在衰退，已经有好几个星期没叫丽莎的名字了，她现在怀疑他是忘记了。

"打扰你吗？"

"不，周六上午很安静，拉尔克白天在我这里玩。"

小女孩的脑袋出现在屏幕的一个角落，头发乱蓬蓬的，鼻子上长着雀斑。她仔细研究了丽莎，在好奇心得到满足后，回去忙她自己的事了。

"你后面的图画画的是些什么？"

埃里克向一块巨大的白板半转过身，白板上画满了草图和潦草的句子。

"没什么，工作的笔记。"

"我还以为你的公司不需要你了。"

"这跟公司无关，是研究与发展方面的事。"

拉尔克在背景里走过，挥动着一辆玩具车，一边是飞行的雪茄[①]，一边是苏联鞋盒。

"你新公司的研究与发展吗？新公司叫什么来着……Iq？"

"eQ。小写的e和大写的Q。"

"什么意思？"

"是Encefaliseringskoefficient的缩写。"

"Encefal……再说一遍？"

"我开玩笑呢！没什么意思，我让市场部随便给我编了个名字。"

"你的新公司打算做什么？"

"你听说过无人机吗？"

丽莎静静地躺在枕头上：故事一开始听起来就挺复杂。

"在新墨西哥州，有一家生产太阳能无人机的公司，那种飞机可以在3万米的高空飞行好几年而不用加油。"

"一架永恒的无人机。"

"不仅如此，它还是一架自主无人机，通过微波和

[①] 指纳粹德国在二战末期使用的多尼尔Do 335型战斗机。

操作中心连接。只要上载原始数据——天气预报、压力系统、风速——无人机就可以自己做出判断。给它一个目的地和相关数据，优化算法会把剩下的工作完成。"

"哇噢！"

"是的，它很快就会对低轨道运行的卫星构成强大威胁。听说山景市的一家大公司打算对此进行大规模投资。"

"OK。这和eQ有什么关系呢？"

埃里克啜了口咖啡。

"我去年读过这方面的文章，当时我在忙T2T的事……"

"你喜欢简短的名字。"

"……这让我有了一个主意。"

他又啜了一口咖啡，要为长篇大论预热：

"现在，冷冻集装箱位于发展阶梯的顶端。一个常规集装箱，其实就是一个波纹钢制成的大箱子。冷冻箱就先进一些，它们装有GPS定位仪、网络摄像头和运动传感器。气压和温度根据环境变化进行控制，数据实时传送给出口商。如果有海关关员在汉堡的码头打开一个冷藏柜的门，警报器马上会在香港的办公室响起。出口商能知道门打开的时间是不是太长，如果柜内温度下降很多的话……"

"聪明的集装箱。"

"市场服务部应该也是类似的说法，不过说到底，那就是一个有着无线网络的大笨箱子。"

拉尔克从埃里克肩膀上方冒出来，脸蛋红扑扑的：

"我饿了！"

"吃麦片。"

"我可以吃杏子吗？求求你了。"

"在橱子里。自己拿吧！啊，你想象不到一个4岁的孩子有多能吃。她总是吃个不停，真是一台工业碎纸机。每过10分钟她就跟我要点东西吃：水果、玉米片、牛奶、香肠、火腿、酸黄瓜——还有香蕉！一天12根香蕉！好吧，我刚刚说到哪儿了？"

"大笨箱子，无线连接。"

"啊，对了，大部分冷冻集装箱走的都是周线，时刻表超级有规律，从来不会有变化。工业和农业区有固定的生产周期。气候学家可以提前10年预报西柚的收成日期。不过……"

"不过什么？"

"不过有时难免会有意外。船晚点了、台风、装卸工人罢工、一场H5N1流感就足以让人收紧进口条例。你的出口商只能看着他那50个装着巴西冻鸡的集装箱在检疫站接受隔离检疫，每天每箱的花费是100美金。"

"总而言之，从理论上来说，时刻表是固定的，但总有些调整。"

"完全正确。对于一家每天发出6万个集装箱的公司来说，这真是个棘手的问题。最理想的状态，就是集装箱能够自我管理。"

"一个有主动性的集装箱。"

"一个半自主无人机。"

"这可行吗？"

"几乎一切都已经自动化了，用机器人搬运集装箱已经有许多年，整个行业就像一个三维的数据库。最后还没自动化的，就是消费者。"

"我妈妈正在研究相关资料。"

"现在回答你刚才的问题：是的，从理论上来说，这是可行的。集装箱可以连接上码头的网络，结合环境参数管理自己的时刻表——天气情况、堵车、海难、延误、罢工、检疫。遇到甲型H1N1流感？集装箱会计算费用，评估风险，自动转往另一个市场，或另一个不那么昂贵的中转港口。连文件也要由集装箱生产和发送——提货单、报关单……见鬼，等我一秒钟！"

埃里克一晃不见了，背景中，传来瓷器的声响和夹杂着法语和丹麦语的关于万有引力定律的对话。屏幕上只剩下写满笔记的白板，丽莎利用这段时间试着破解那些杂乱的句子和方程式，可是图像清晰度太差了——或者，是埃里克的字迹越发潦草了。她做了个截屏，以便在有空的时候研究它。

埃里克端着满满一杯新咖啡回到摄像头前坐下，抿了一口，然后有些担心地看着丽莎：

"你还好吗？"

"我冷。"

"你看起来很沮丧。"

"我又冷又沮丧。"

"为什么？"

她把毯子一直拉到下巴底下，这是这套该死公寓里唯一暖和的地方。要不是正在视频，她一定会将那堆被子盖在头上——就像从前，拿着一支手电筒在毯子底下扮演潜艇。

屏幕上，埃里克还在等她回答，丽莎又一次笑了。

"每次你和我说起集装箱……我都觉得你描述的是人类的一项伟大成就，好比罗马帝国的道路，但比那更伟大。有点像我们的文明创造了一个人造的大陆，可是藏在墙壁里看不见。"

"这个想象真不错。"

"你说的半自动化集装箱……是个高科技。需要优化算法、风险管理系统。这让人想到某个先驱者太空探测器。你明白我的意思吗？"

"明白。"

"所不同的是，你的集装箱–无人机不是去探访土星，而是运输比克笔和马桶刷。我所认识的最聪明的男生绞尽脑汁，就为了让奎梅特夫人能买到印花靠枕和香蕉……"

"你低估了香蕉在我们社会中的重要性。"

"我是认真的。我们生活在一个混账年代，所有杰出和非凡的发明最终都变得毫无意义。科技应该挑战人类认知的极限，不是吗？"

长长的沉默。埃里克的头轻微动了一下，似乎在思索她的问题。

"好，我同意，不说香蕉和靠枕的事。假设半自动化集装箱是列奥纳多·达·芬奇的主意——即使我告诉你，列奥纳多·达·芬奇当年研究的也就是香蕉、靠枕之类的东西。假设他要用eQ来挑战人类认知的极限，依你看，该怎么做呢？"

丽莎深吸一口气，望着天花板。首先要准确定义什么是人类认知。她想到了母亲站在偌大的宜家家居店中央，想到父亲长时间待在他的小卧室里昏昏欲睡，想到边境领地，还有米隆先生试图修好他的达特桑，甚至想到埃德温·施瓦茨待在他的夹层里；接着又想到她自己，闷闷不乐地坐在一间没有窗户的教室里，学习方程和常数——

突然，"它"开始敲打她，从一处到另一处，从头顶一直到脊髓，像项链上的珍珠那样穿过她的椎骨，滑落到她的右腿，从大脚趾窜了出去，留下一阵麻痹的感觉和一股皮肤烧焦的味道。

丽莎默不作声地待在那儿，张着嘴，瞪大眼睛，僵住了，嘴唇做出一些词的口型，她显然在丈量大脑中一个偏远区域里刚刚打开的新空间的大小。

埃里克趴在屏幕前，抬起一边眉毛，等着她重新开口。拉尔克指着花园方向，看起来挺固执，嘴里咕哝着"我又饿了"，转身对着电脑屏幕，发现石化了一般的丽莎。

"她出了什么事？"

埃里克摩挲着下巴，也很困惑：

"她在想一个主意，我猜。"

– 32 –

杰伊清楚记得他们给她建档的那天：刚到机场，就有人给她拍照、取指纹。当然，这些资料"国家警察"都有，可是驱逐出境不包括法律数据的传递，所以皇家骑警必须从头开始再做一遍。各个部门的售后服务都没落了，杰伊凝视着指尖的蓝墨水想道。

这还没完，还要提取DNA。杰伊耸耸肩，她回到加拿大了，他们爱取什么就取什么。整个操作只花了一分钟。一位戴着橡胶手套的女技术人员取出一根长长的木柄医用棉签，要杰伊张开嘴，用棉花刮了刮她面颊的内侧。杰伊厌恶医用棉。

那天下午，杰伊见到她的新律师时，提起这件事。那位争强好胜的小个子女人当即火冒三丈，声称要取消这个"过分的、欺人太甚，而且非法的"程序。杰伊不确定自己是否弄明白了：她已经在牢里了，不是吗？那这么做又能改变什么呢？

她的律师去咨询了，发现法官批准这个程序的理由是罪犯曾经犯下"剽窃"和"颠覆罪"，而加拿大法律允许采集这一类罪犯的DNA。然而对于发生在国外的判决，法院的解释就不够明确了，女律师打算利用这种不明确性申请撤销命令。案子当然到了上诉法庭的地步，可是有点晚了：杰伊的细胞已经被采集，制成了样本。虽然没能让他们销毁数据，女律师至少成功地暂时阻止它们被录入国家基因数据库。

杰伊的DNA就这样冬眠在一个硬盘里，等待可能永远也不会有的诉讼结果。7年以后，杰伊不知道这些数据具体在哪儿，而在不确定的时候，最好认为皇家骑警还是将它们录入了系统——这就意味着在全球巴士公司找到的血迹会造成一系列因果，就像一颗钢球射进毕达哥拉斯的一台巨大机器里，从法医实验室进入数据库，又从数据库联系到杰伊。

审问她只是时间问题——尤其是搜查她的公寓。调查员很快会发现那个装满罪证的大纸箱，被她像一位饱含深情的博物学家那样仔细分了类：一沓沓被摊平的发票，按时间顺序分拣整齐；陌生人的手写下的潦草的单子；特别是那台破旧的、报废了的老"佳能"。

这将是一个时代的终结——也许是件好事，杰伊上楼回公寓的时候这样想。她的生活重新回到她被捕的那一刻，7年前，监禁、调查、司法程序，以及起诉。她终于可以用回她原来的名字和真实身份。她几乎迫不及待地想看对她逮捕的报道。被皇家骑警雇佣的前黑客，被怀疑参与一项恐怖主义活动。这一次，她绝不会被冰球比赛抢去风头。

来到楼上，她按下开关。毫无反应，马来顶灯已经坏死。透过地板，传来一长串滔滔不绝的希腊语和打破瓷器的声音。

有那么一秒钟，杰伊想放手，任由事态发展。然后，她又镇定下来，把装罪证的箱子从壁橱里拿出来，一直搬到厨房的垃圾桶旁。

箱子里，二十几个信封扎在一起，用分隔器整齐归类。杰伊把信封一个一个抽出来，平静地将它们扔进垃圾桶，就像再也用不上的拼板游戏。别了，神秘的草图和图表；别了，模糊不清的发票和列表。别了，珍贵的佳能相机。你们来自垃圾，又将回到垃圾。

垃圾桶很快就满了。今天晚上，杰伊要把垃圾袋扔到附近的垃圾箱去，但愿能找到一个没上锁的垃圾箱。

在纸箱底部，只剩下写着"杂物"二字的信封，杰伊记得里面放的是些无法归类的资料、碎片、边角料。她正准备扔了它，突然住了手。她打开信封，在一堆纸片中翻找，抓出了一张3个月的停车收据，长期价格，时间是10月10日。

杰伊跳了起来，浑身颤抖，她看看手表，还有半个小时可以跑出去买一个旅行箱。

– 33 –

埃里克说他会考虑——他应该在考虑，只是这家伙考虑得太努力，因为他的答复像选举中的承诺般姗姗来迟。

到明天，丽莎被那个世纪好主意电击就整整10天了，两位主角10天来在大西洋的两端共同思考着，说明这两个小孩已经成为（至少在理论上）成年人了：3年前，两人都是当场、当时做出决定的，后来一切变得复杂起来，每个问题都像个迷宫。他们也不再是15岁。

丽莎独自一人在脑海里描绘着计划和图表。这主意24小时不停地啃噬着她，在淋浴房，在工作中，在去圣阿尼塞–德考斯特卡的路上，甚至在一连串的梦境中，纠缠她，直到天明。

至于埃里克，谁也想不到他的脑子里在策划些什么。

情况其实也没那么复杂。丽莎的主意绝妙也好，平常也罢——全面考虑后，埃里克的犹豫不决是个决定性的指数。他为什么犹豫，这真的是个绝妙的主意吗？不，没完没了的等待只预示唯一可能的结论：这件事做不了。他的公司会执行他最初的计划：将智能集装箱投放到全球经济中去。人类认知的极限不会得到挑战。丽莎诅咒香蕉和印花靠枕。

反正，她也没时间可浪费在这件事上。她得监视她父亲的织袜机，背天书一般的电子设备的历史，迎接哈德考五金店里成群的顾客，给"道奇"深不可测的油箱加满油——何况，她粗略计算了一下要实现她的主意得花多少钱，要在eBay上卖出几百台状态绝佳的徕卡III相机才够资助这计划。说真的，还是算了吧！

埃里克不喜欢她的主意，时间和金钱也不允许——好吧，明白了：所有人都反对这主意，所以丽莎不再等待答复。在她脑海里，计划和草图变得苍白，像太阳底下被丢弃的售货收据。今天晚上，她要发起蒙特利尔–哥本哈根之间的视频通话，给她的忧郁正式做个了结。

可是，见鬼，她为什么会忧郁呢？

这问题在她思想深处浮动，她站在房门口，注视着她那看着窗外的父亲。透过玻璃，可以看见132号公路，火药厂和河流画出的暗淡线条。看不见一艘船，圣劳伦斯海道结了硬硬的冰，要一直关闭到3月。

丽莎好奇她那些建造船舶的祖先是怎么过日子的。她四处张望着，内心一阵刺痛。这，绝对算不上奢侈。她每次来探访都会发现一个新的问题：墙壁的一角剥落，一片瓦片脱落，踢脚线变形，浴室水龙头漏水。一切都散架了——而罗贝尔和他的影子，并不在意。

瞧，暖气罩的螺丝松了，只要轻轻拉一下就能打开。在墨菲定律的帮助下，罗贝尔最后一定会把脏丝袜塞进去，再把疗养中心烧着。要把问题报告给门房——可另一方面，谁知道他会不会花3个星期来修理这个小毛病？最好还是自己动手吧！

在中心入口处，前台女子正在专心致志地玩填数字游戏。丽莎等在柜台前面。

"能借我一把螺丝刀吗？"

那女人惊跳起来，仿佛人家向她要的是等离子焊机或工业铆钉机似的。她打开一个抽屉，这抽屉早就被用来储藏物品，丽莎看见里面有麻线球、手表、铅笔、假牙和贺卡。那女人抓起一把小小的螺丝刀，面带喜悦的表情。丽莎看了看它，没伸手去接。

"只有这个？"

"不满意？"

"这是个罗伯逊。我要的是一个菲利普。"

"一个菲利普？"

"一种星型螺丝刀。"

"螺丝刀有很多种吗？"

丽莎叹口气，做了个放弃的手势。还是改天再解决这个问题吧，如果在此期间她父亲没把疗养中心烧着的话！

~

太阳下山了，丽莎以无产阶级的速度回到蒙特利尔——汽油价格又上涨了。她感觉自己像跑了一场超级马拉松。她应该是感冒了。对一月份来说，天太热了，散发着瘴气的味道，街道很脏，一层褐色的雪粘在汽车上。

刚踏进大楼门厅，丽莎就迎头撞上一位UPS快递员，从头到脚地打量她。

"您住哪套公寓？"

"6号。"

"丽莎·鲁提埃？"

"是我。"

他递给她一个大大的栗色纸质信封。用瑞士红标注的"特别加急包裹"字样占据了信封下方三分之一的位置，寄信人一栏出现的是埃里克·勒·布朗的名字，地址里满是"Ø"符号。在海关存根一栏，登记的是"礼物——价值$20"。

一件礼物？这可是头一遭。圣诞节已经过了挺久，而离她的生日还差6个月呢！

她心不在焉地在快递员递过来的仪器上签了字，摇一摇信封，像是空的。上楼梯的时候，丽莎和信封上的细带子做斗争，它原本是用来简化拆封程序的，却有一个不怀好意的设计者将它设计出来破坏同时代人的生活。她用手指怎么也打不开，最后用上牙齿。

最后，她嘴里像尼安德特人那样嘀咕着，总算打开了信封，在三楼楼面上呆住了，头顶的日光灯在闪烁。这该死的信封的确是空的。开这种玩笑是什么意思？丽莎干脆站在顶灯下面，把信封的每条边都拆开。仔细看，也许最底下会有些什么。

丽莎把信封翻过来——从中落下，在空中飞舞，在楼面上散落开来的，毫无疑问，是她等待良久的答案。

－ 34 －

那女人把租来的车停在杜鲁多机场的时候是早上6点。她穿着一身灰色套装，戴着雷朋眼镜，拖着一个滚轮行李箱，箱子上还挂着"旅行箱王国"的标签（24.99加元，再加税）。

她进入航站楼，下楼走向到达区。第一批国际航班开始抵达，走过的旅客均呈现不同程度的疲态和时差。空姐们在喝咖啡。一名男子走过，举着一束巨大的玫瑰。

女人穿过到达区，又从旋转门出了航站楼，跟着Park'N Fly 的指示牌走。穿梭巴士停在过道的尽头，司机在抽烟，冲女乘客点了点头。

"哪个停车场？"

"快速A区。"

他没要求她出示任何票据，女人于是登上了巴士。收音机低声播放着。长凳上已经坐了3名乘客，都在专心致志地打电话。其中一个人长得像甘地，在谈论芳纶每米的价格和补货频率。

人行道上，司机在看表，他手指一弹，烟头飞了出去，撞到柱子又弹开来，火花四溅。他坐上驾驶座，发动汽车。他一鼓作气地超过一辆出租车，进入出口连接道，调高收音机音量。正值新闻播报时间，在换挡的两次轰鸣声中，听见关于无人机在巴基斯坦的报道片段。

他们先经过快速B区，一个小小的停车场，位于"欢乐海岸"高速公路的边沿。甘地在这里下了车，坐进一辆捷豹XK。看来芳纶的生意挺好。

巴士重新启动，几分钟以后，他们来到快速A区，面积比B区大多了。穿梭巴士绕着停车场整整走了一圈。女人坐在窗户旁边，用目光搜索着监控探头。最好还是假设停车场的每一个角落都被摄像头覆盖。

突然，女人一手抓起行李箱，拉了一下停车拉绳。

"我在这里下车！"

司机低声咕哝着刹了车。女人走下巴士，差点崴了脚——见鬼的高跟鞋——车门在她身后关上。片刻之后，她独自身处停车场，和那辆黑色的旧道奇面对面。看它那两个圆圆的大灯和做成讥笑表情似的散热器护栅，简直可以肯定它等的就是这位女乘客。

她走上前，手搭凉棚，从窗户往里看。假木装饰，仪表盘，塑胶座椅用电工胶带修补过，八轨磁带播放器，杯架上有一个纸咖啡杯，后排座椅被拆掉了，以腾出空间，而工具箱下面的底板不见了。车主是做修理工作的人。

女人拉了下门把。锁上的，显然。在副驾驶座一侧，门锁也落下了。她打开行李箱，取出一节裁断的衣架，仔细地把它折弯。她有好多年没有开过这种车的门锁了。幸好，有YouTube。

她整理了手套，活动活动手指，因全神贯注而脸部扭曲。她将别针插进橡胶和窗玻璃之间，直到车门里面。机械还在抵抗，不过女人的手艺还没太生疏，试第二次的时候，轻轻地多转了一些，门上的按钮弹了起来。

她片刻都没耽误，将行李箱放上副驾驶座，坐进驾驶座，关上车门。

这辆皮卡在这个停车场里停了将近两个月，可还是能闻到咖啡、木头、油和旧地毯的味道，还有一种久远的味道，更温和，难以描述：是人的气味，车主的嗅觉签名。

她打开手套箱，仔细翻找里面的东西：一支手电筒、一包保险丝、一支牙刷、一张蒙特利尔的公路地图和一张脏兮兮的车辆登记证。车子登记在伊丽莎白·鲁提埃–萨伏瓦名下。

她轻轻抽出这份文件，面带着狡黠的笑容，将它放到唇边，印上了一个吻。

– 35 –

罗贝尔·鲁提埃的眼睛，从前，当他在四处搜寻破败的平房时……

他的躁狂症总在相同的时间发作，即当他仔细研读报纸和地产目录的时候，手边是黑咖啡和红铅笔。然而，罗贝尔在报纸上从来找不到他想要的东西，所以最后总是开着道奇车跑遍整个地区，像个拦路强盗似的，长时间停在出售物业的门外，跳过围墙，或从栅栏的木板缝间向内窥视。这一次，他终于找到了一单世纪好买卖，"一幢令人难以置信的平房"，它将拯救他的储蓄账户，让他得以进入更高的层次：豪宅市场。

一种令人不安的贪婪在他眼中发光，像一名病态赌徒坐在赌桌前玩二十一点。他心神恍惚，与世隔绝。为此茶饭不思，日夜不眠。

只要罗贝尔没买到一所房子，投身工作，这些症状就将长时间地持续。在间歇中，他做高空飞行，用自动驾驶仪。当然，他的人在家里，可以煮通心粉，洗碗洗衣服，支付该死的账单，接电话，但心却似乎是空的。

今天早晨，丽莎没去上"运用数学2"的课。她给五金店的答录机留言，说她今天不去上班，今后也不会去了。她不再回她母亲的电话，尤其是有关宜家家居的事。

她觉得很轻松。她走在墙壁和天花板上，在客厅里飘来飘去。

她把厨房（她公寓里唯一没被工具堆满的地方）改造成了运营中心，把椅子折叠起来，桌子推到角落，用图钉把各种纸张揿到墙上，有草图和神秘的单子，从她备忘录上撕下来的几页纸，形形色色的小纸片，她要将其转化成矢量、航位、图纸。每天10个小时，丽莎用一种神秘的方言在电脑上扫射般地查询要求，谈论瓦特、卡路里、CFM和流明——当她偶然把目光落在烤面包机的镀铬部件上时，她看见的是她父亲的眼睛，狂热、严肃而又专注。

而她的眼睛也被同样令人不安的贪婪所吞噬。

－ 36 －

杰伊有12年不曾踏足这片街区了。

她把车停在圣母大教堂的阴影里时是7点15分，她依然穿着那身灰色伪装套服，雷朋眼镜架在鼻子上。她关掉发动机，在接下来的一片安静中，她的肚子长长地咕嘟了一声。她刚刚消化了凌晨5点吞下的西柚的最后一个分子，她本来应该在机场吃点东西的。她在街道拐角处找到一家便利店。"皇家杂货店，啤酒、红酒，以及配送。"应该能解决问题了。

女售货员听着广播里的意大利语节目，打着瞌睡。杰伊听懂了概要——来自安大略的失望情绪，云层越来越厚，大蒙特利尔地区降雪20厘米。她在便利店里转了一圈也没勾起真正的食欲，她拿了10个不同款式的糕点，在干制香肠前停顿了片刻，研究了一袋醋味波浪薯片，最后选中了一份奶油焦糖咖啡和一盒Whippet饼干，还查看了饼干的保质期。

她来到收银台，说自己没有现金：

"能用卡吗？"

"能用。把卡给我，读卡器坏了。"

售货员在柜台后面完成了转账，把收据递给杰伊，杰伊漫不经心地签了名。

回到车上，她拆开Whippet的盒子，咬了口饼干：巧克力太甜，泡沫棉花糖和红酒味的果酱，吃着像是1983年的酒，柔软而伤感。她吃了块Whippet饼干，喝了一口咖啡。她自问这样的早餐对于即将40岁的人是否仍然合适。接着，她戴上手套，下了车。

街区还十分安静。她的眼睛随着门牌号移动，转向北面，看见一幢摇摇欲坠的多层楼房。丽莎住在6号。

走进门厅，她还以为到了贝鲁特，里面散发着潮湿的石膏和香烟的味道。6号公寓的信件有一阵子没收了。杰伊摁下门铃，没有回答。通往楼梯的门没锁，杰伊决定上楼一探究竟。整座楼里听不见一点声响，除了她的高跟鞋踩在碎纹水磨石上的声音。

公寓的号牌已经被从门上拔下，只剩下一个螺丝孔和数字"6"清晰的轮廓。杰伊检查了门眼和插销。是一个老式的四杆锁芯，很容易撬开。她试了下门把，然后敲了敲门。回音在楼梯间里回响。

回到人行道。杰伊不打算空手而归,她一直走到小巷出口,这里的积雪还没有清扫。尽管穿着高跟鞋,她还是走了过去。

这幢多层楼房没有后院,只有一条简单的沥青带,被Frost牌的栅栏隔开来——一台烧烤炉和一辆自行车被挂锁锁在一起,占据了沥青带——还有一个变形了的垃圾桶。由锻铁打造的逃生楼梯一直通到阳台。这地方暴露在来自四面八方的目光之下。

杰伊推开栅栏的门,看着楼梯。踏板被雪覆盖了,穿着高跟鞋登梯无异于自杀。她本该在机场换衣服的,可现在后悔也没用了。她紧紧抓着栏杆,犹豫着,打算就此折返。即便她已经39岁,现在死去还是太年轻了吧!

这时,她注意到一些足迹。在她之前有一只猫登上过楼梯,在雪上留下浅浅的肉垫印子。杰伊觉得这是个好主意,于是脱掉鞋子,穿着尼龙丝袜,登上了楼梯。雪上结了一层薄薄的冰,感觉像走在毛玻璃上。

杰伊四级台阶并一步地爬到三层楼,在雪上留下了清晰的脚趾印。6号公寓的后门从入冬起就没打开过。手搭凉棚,杰伊往屋内看。看不见一个人影。厨房很整齐,台面上没有碗碟,铺了瓷砖的地上也没有空酒瓶。

门边的阳台上,有一个垃圾桶(空的)和回收箱(满的)。杰伊拂去面上的雪,翻出饼干包装盒、酸奶瓶,在箱底发现一叠废纸。她的眼睛落在一个UPS信封上，是埃里克·勒·布朗寄的，来自哥本哈根，丹麦，收件人是伊丽莎白·鲁提埃–萨伏瓦。

信封是空的，但海关清单上显示是"礼物——价值$20"。

杰伊感到一阵狂喜，以至于几乎忘了自己身处的微妙处境。西面，暴风雨前的炭灰色乌云滚滚而来，像席卷着几百万吨的雪。小巷的另一边，人们在吃早餐。下一分钟，可能就有人从装麦片粥的碗里抬起眼睛，发现这个穿浅灰色套装的疯女人在对面的阳台上翻垃圾箱。

她抓起箱子，故作淡定地走下楼梯，仿佛要出门上班（这倒也不完全是假的）。她左脚的尼龙丝袜破了洞，露出的大脚趾慢慢变成了蓝色。平安抵达楼梯底部后，她重新穿上鞋子，一瘸一拐地走出巷子，把回收箱放进汽车后备厢里。

接着，她发动车子，将暖气调到最大，确认没有任何爱管闲事的人靠近后，便脱下套装，飞快地换上她平常的衣服。她的脚抵在暖气出风口上，吃着Whippet饼干，小口抿着温咖啡。尽管脚趾失去知觉令她担忧，但她的斗志如火炉般炽热激昂。是啊，毕竟，并不是一切都那么糟。

她到单位时稍微迟到了点，不足以引起任何注意，她把Whippet的盒子夹在胳膊下，轻轻地吹着口哨走进"城中城"。迎面撞上了披头散发的劳拉，她异常兴奋，一副要开香槟畅饮庆祝的模样。

"深圳把数据发过来了！"

－ 37 －

蒙特利尔的2月到来了。正值隆冬，而楼里的中央暖气却没什么效力。

丽莎小口喝着鸡汤，身上穿了好几层毛衣。她现在将出门的次数严格减到最少：采购生活必需品，扔可回收材料和垃圾，给道奇车除冰。她只在星期六才去圣阿尼塞-德-科斯特卡，罗贝尔似乎完全没注意到。她也不再回边境领地。电话里，格斯·米隆向她保证会清扫楼梯和门口台阶上的积雪。了不起的米隆叔叔。希拉在旁边问小家伙需不需要什么东西。不，小家伙拥有一切必需的物资。

丽莎每天累死累活工作15个小时，靠一支小突击队工作。草图减少了，在厨房的墙上，取而代之的是电子图表和电脑绘制的图样。整体环境看上去越来越像工程师办公室了——有脏碗碟的工程师办公室。

　　斯堪的纳维亚前线的形势也令人振奋。埃里克组建了一支程序员队伍，从早到晚地编写代码，草拟出领航软件的不同系数。他向丽莎保证，而丽莎惊讶于他竟把如此重要的工作罪证转包给别人去做：除了签下像《旧约》那么长的不公开协议，程序员之间相互并不认识——或者说，至少，不在同一个地点工作——每人负责一批独立的系数。只有埃里克能够纵览全局，而且亲自负责最关键环节的编码，汇编所有系数并调试结果。

　　无论如何，他们别无选择：要想在9月拿出一套操作系统，就得交给别人做。根据初步估计，这个软件总计约有1500万条代码，其中好几万条需要定制，这么一大堆数据不可能自己产生。最新消息是，他们还没有让自动操作系统自动化，埃里克应该已经知道了。

　　在此期间，UPS的信封依旧很有规律且从不间断地从哥本哈根寄来。内容一成不变：20张美联储发行的钞票，每张钞票上印着本杰明·富兰克林的头像，给风筝施电刑的伟人。他的头像四周印着的文字就像手抄本小说上的"护符"。"100美元！"富兰克林似乎在喊。而且，用含沙射影的口吻："此钞票为可用于所有公共及私人债务的法定货币！"

　　"私人债务"，这个词总能让丽莎发笑。

　　每隔一周的星期二，她都会选一家不同的货币兑换

点去兑换她的储蓄，把钞票用绳子捆了放在一个Cheerios[①]
盒子的底部，在装麦片的袋子下面，她的食品储藏室的一
个角落。银行转账可以简化程序，但埃里克寄来的每一个
信封都包含着一句潜台词，丽莎心里明白：这不是为了洗
钱，而是为了把钱弄脏。他们两人用通过合法手段获取
的金钱来资助非法的（至少是疑似非法的）活动，并尽
量避免在过程中弄脏自己的手。因此接下来该项目的一切
开支都必须用皱巴巴的旧钞票支付，尤其不能用任何银行
卡——时至今日，一张信用卡，不就是个复杂的地理定位
工具吗？

　　丽莎7岁的时候，她父亲买东西都是用现金。即便在
当年，罗贝尔·鲁提埃的现金夹也算得上是个过时的玩意
儿，是从另一代人手里继承来的小物件，也许是从他的父
亲手上接过来的，他不知出于什么原因坚持使用它：觉得
它优雅或是出于怀旧，纯粹因为对银行不信任，或只是
因为这东西能激怒何塞。无论如何，他还是向银行卡屈服
了，和所有人一样，现金夹被放在一个抽屉的深处，和一
把墨西哥比索放在一起，还有一些从未戴过的袖扣，最后
从地球上消失。

　　丽莎好多年没见过她父亲的现金夹了，她甘愿用一

---

① 美国一谷物类食品品牌。

个大大的8字形回形针。她很喜欢一小沓微微隆起、十几张对折的钞票放在她左腿上的感觉。每次拔下回形针，她都感觉自己无比强大而又没有人能看见她——仰仗的却是一种古老的科技。"一件优雅的武器，给一个更文明的年代。"本·克诺比如是说。

而更重要的是：有生以来头一遭，丽莎再也不用担心钱了。一切看起来都有可能，仿佛物理定律被废止了。在一定的临界质量之外，钱能够创造自己的现实，就像一台机车能安置它自己的铁轨——而事实上，是些奇怪的铁轨出现在丽莎面前。几个小时前，她不会知道在哪个地方有勇猛的消费者可以弄到一个40英尺的制冷集装箱，而现在，她自如地游弋在小工业广告的海洋中，就像过去人们的食指在地球仪上任意移动那样。

在她的电脑屏幕上展示着一些模糊的照片，它们来自世界的四面八方，是用廉价手机拍摄的。集装箱的外壳在纽瓦克的雨中生锈，油漆在圣保罗港口剥落。不知名的白色集装箱在重庆、阿布扎比和突尼斯；冷冻集装箱在青岛、深圳、天津和鹿特丹。一些尺寸过大的集装箱在汉堡，或者巴基斯坦、科威特。损坏了的箱子是很好的废钢铁，有的被改造成豪华公寓、食堂、办公室或医务室。有多种尺寸供选择，许多诱人的色彩，可以购买或长短租，单买或批发，法律文件齐全，有一定的条件限制，交易安全、保密，可通过银行转账、信用卡和PayPal①轻松支付。18个月免利息，保证满意。把它们全都拿走吧！

视频连上了，埃里克只是耸了耸肩膀。

"金融危机的副作用，同志。还有50万个集装箱躺在东欧的各个码头，香港每天收到几千个空箱子。航运公司的巨轮舰队停在马来西亚外海上。几百艘集装箱船、散装货船、油轮，几个月都没有人在船上。整个行业停摆了。"

"我感到迫切需要购买一个冷冻集装箱。"

"可别冲动消费啊！"

— 38 —

得到消息的时候是中午，北京时间，那会儿蒙特利尔所有人都在睡梦中：深圳港务局同意透露一些战略信息。

将近8点钟，劳拉来到单位，在一堆信息中发现一条概括了当前形势的信息：祖鲁爸爸的确带着转运代码于11

---

① 贝宝，国际贸易支付工具。

月24日抵达了深圳。根据官方记录，它3个小时后被装上长荣公司的"海洋大师"号——但船长肯定他的船上从没收到过这个箱子（这一点还有待证实）。深圳港务部门"确信"PZIU 127 002 7已经不在他们的堆场，这个恼人的集装箱一定已经乘搭这几个小时中停靠在岸的7艘轮船中的一艘离开了。

杰伊几乎感到失望。

"就这些？"

"已经很不错了，这大大缩小了搜索范围。深圳港每天接待15艘左右的集装箱船。每过24小时，搜索范围以40%的系数扩大——包括约5%的重叠。"

她打开一个Excel文档，里面都是名字和演算公式。

"我分别追踪了那7艘船的行踪。它们自11月24日以来总共停靠了19次。中情局应该能拿到每个港口的数据——甚至都不需要。只要证明这个集装箱具体在哪一艘船上，就可以将搜索范围缩小到三四个港口。"

"这么说，调查进展顺利咯？"

"多么激进的动词，还是说它没有后退的好。"

在"城中城"另一头，马赫什静静地在谷歌地球仪前忙活着，他追踪了祖鲁爸爸过去58天内走过的路线，从蒙特利尔到考赛多，再到巴拿马，接着穿过西半球，一直到阿留申群岛和日本海域。从深圳开始，分成好几条可能的路线，不必太费力就能看出它们像一束触手，在区域内的各个港口活动，触角伸向马尼拉、新加坡和雅加达。

马赫什把地球仪弄得四面乱转，神情疲惫。

"这行不通！"

"什么东西行不通？"

他180度转过身来，略有失态。

"这些是Whippet饼干吗？"

杰伊把饼干盒递给他。永远不要挡在一个程序员和他的猎物中间。她用下巴比了比屏幕。

"什么东西行不通？"

马赫什嚼着一块Whippet饼干，显然在想该从何说起。

"我们追踪祖鲁爸爸有3个星期了吧？"

"22天。"

"22天……"

又一块Whippet饼干消失了。

"一开始，这不过是蒙特利尔方面一个微不足道的小调查，就连莫里斯也没拿它当回事。22天后，美国国土安全局和中央情报局都在查它的资料。依您看，这是为什么？"

"有很多人认为下一次'9·11'将发生在工业领域。"

"恐怖炸弹的脚本。"

"经典。"

马赫什又抓起一块Whippet饼干，然后若有所思地，从各个角度观察它。

"国土安全局希望控制进入美国领土的所有集装箱，但这是不可能的。劳拉，北美自由贸易协定所覆盖的面积上每天有多少集装箱在活动？"

"大约15万个。"

"15万个，而这些，还仅仅是'正常生意'的集装箱。在正常贸易中，这里或那里夹带着一些可卡因或古巴人。国土安全局实在忙不过来，他们跟不上节拍——想象一下，出现一个能从数据库自行消失的变异箱子时，他们会如何想……美国人不想找到祖鲁爸爸：他们要抓的是那些掌握操纵杆的大胡子。他们认为洛克伏出口公司就是加拿大的阿尔·卡伊达。"

"他们太不了解加拿大了。"

"如果是真的，祖鲁爸爸将从纽瓦克–伊丽莎白进入美国，对吗？"

马赫什皱着眉头，轻巧地摘下一片Whippet的顶盖。

"不一定。祖鲁爸爸不引人注意是因为对转运集装箱的安全控制没那么严格。没必要检查一个48小时后就要离开的集装箱。而让一个集装箱进入内地，就是另一回事了。"

"也许他们对美国并不真的感兴趣。"

"那他们对哪里感兴趣？"

"问得好！"

马赫什向屏幕转回身去，用那片缺了半环的Whippet饼干指着谷歌地球仪。

"祖鲁爸爸走的是巴拿马运河。"

"然后呢？"

"走苏伊士运河和马六甲海峡其实路途更短。我刚刚算过，走巴拿马运河的路程多出了4000公里。"

劳拉摇摇头。

"在海运行业，最短的路线未必总是最佳选择。要考虑班次时间、价格，还有……"

"对于一个正常情况下运输的集装箱来说，的确如此。可洛克伏出口公司并不需要操心时间或价格。无论如何，就算有一定的回旋余地，选择绕道巴拿马运河只能是因为它的最终目的地是东亚或东南亚……比如说中国，或者印度尼西亚……"

他嚼了一大口巧克力。

"可是，既然美国中央情报局发现祖鲁爸爸继续往新加坡方向去了……我们能得出什么结论呢？"

"结论就是它在环游世界。"

"或是一种试验航行。"

坚决持怀疑态度的劳拉举起了手。

"他们避开苏伊士运河也许是有原因的，比如，地区问题。"

"你指的是也门？"

"或者苏丹。这可以解释美国中央情报局为何如此卖力地调查它。我看看能在这方面找到些什么。"

劳拉回到她的键盘前，开始编写优雅的请求。"城中城"又恢复了沉静。马赫什神情凝重，咀嚼着Whippet的头盖。

杰伊一上午都在没完没了地破坏信用卡和强压怒火。她徒劳地试图在脑子里把过去24小时内发生的事件梳理清楚：线索搜集得太快，以至于她来不及从中得出什么结论——而且她担心在实验室的分析结果将她扫地出门之前都无法得出结论。

窗户前，几位高管站在那儿喝咖啡，望着冷锋缓缓降临蒙特利尔。

晚餐时间，利用大部分人走神的一分钟，杰伊套上大衣溜了出去。她把车停在离办公室足够远的安全距离外。一层从天而降的雪花已经覆盖了车窗玻璃。杰伊从后备厢取出那个回收箱，坐到后排座上。车里又冷又安静，但够隐蔽。

首先，可以确认的是：这个回收垃圾箱勾勒出的人物肖像比吉布森街230号的垃圾要具体得多。伊丽莎白·鲁提埃–萨伏瓦吃麦淇淋、面包圈和蓝莓果酱。她在7月取消了她的上网套餐。她不看广告手册的内容，近期遭受过头痛或痛经的折磨。她是干性皮肤。

杰伊一边翻着，一边想，不知道人们会怎么评价他们自己的垃圾箱。垃圾一直是划分社会阶层的重要标志，从前，一堆堆粪肥见证了一个农场的兴盛；今天，所有的人心里都不愿产生恼人的垃圾，以免显得生活平淡无味。垃圾箱是个人的终级表达，马克·扎克伯格应该有所行动：发布吃吃喝喝和音乐的状态该退场了，未来要展示他垃圾箱的内容。

杰伊在头脑中记下了这个主意，她应该为它申请专利。这样，将来一旦被关进牢里，就有项目可以忙了。

眼下，还得继续整理伊丽莎白·鲁提埃–萨伏瓦的回收垃圾。有些发现真是让人莫名其妙，比如这张发票，买的是一双合成羊毛拖鞋、三套XL号的男士内衣，以及一打牙刷。而这些UPS信封又说明了什么，总共有十几个，都是埃里克·勒·布朗寄的，附带的海关清单上显示为"礼物——价值$20"。

而最奇怪的，无疑是这些数不清的药品包装盒。这姑娘仿佛打劫了一家药店：止痛药、抗组胺药、软膏、抗生素和抗痔核药、复合维生素、维生素D、欧米茄-3、滴眼液、质子泵抑制剂、抗真菌剂。杰伊开始怀疑她在与忧郁症做斗争。没有人会一下子买这么多药，甚至还有些晦涩难懂的药，是杰伊从没听说过的，比如这些眼药水，又或者这些东莨菪碱膏药。

杰伊突然呆住了，手里拿着东莨菪碱的包装盒。她简直就要休克过去，把纸盒上印着的红色句子读了又读：*ScopoMax*——快速有效地治疗晕船。

− 39 −

丽莎5月底的时候从退休状态走了出来，苍白而虚弱，可眼角的光芒遮也遮不住。

现在，她在全球巴士公司前面勘察，在一块破招牌底下，那是辆正在环球旅行的观光灰狗巴士的广告。她把道奇车停在裂开了的沥青路的边沿，不时地看看街上，看看时间。她在等待一个事件的发生，或者一个人的到来，或者兼而有之。她再次走进车库，从窗户往里看了一眼，玻璃在污垢之下基本是不透明的了，黑暗中勉强能看出些模糊的轮廓。幸好不透明。

租下这个场地出人意料地简单，尽管一开始费了不少劲才找到它。在蒙特利尔的租赁市场上，能容纳一个40英尺集装箱的大车库并不多。她在MVGR全球租赁的网站上一看到这个车库的照片就马上租了下来，甚至没来看过。照片把实地美化了。租赁合同是通过传真机签署的，丽莎预付了6个月的租金。

只剩下一个细节要解决——这细节现在刚刚出现在地平线处，沿着吉布森街全速开过来，开进全球巴士公司的停车场，轮胎因摩擦地面发出声响。这辆小巧的汽车漂亮地转了个弯，停在丽莎旁边。女信使降下车窗，面带微笑，有点像拉斯特法里派成员：

"伊莎贝尔·布彻–博瓦万？"

"是。"

那女孩向后排座椅伸长胳膊，取出一个信封递给丽莎：

"需要签名，在这儿。"

她递给她一台终端机和一支塑料笔。丽莎在屏幕上胡乱写了几笔，那几笔"鬼画符"立即被推送到位于曼谷或图森的服务器上去了。

"我需要看一下身份证明。"

丽莎心里一紧：她当然没有伊莎贝尔·布彻–博瓦万

的任何身份证明。为了签租赁合同，她在桌子的一个角落编出这个假名。她还取笑埃里克和他的洛克伏全球进出口公司。伊莎贝尔·布彻–博瓦万，惨了。她装模作样地在口袋里摸索，可是女信使摆摆手制止了她。没关系，同志，一点关系也没有。丽莎从后面口袋里掏出现金夹，抽出皱巴巴的20加元。那女孩把小费收进口袋，眼神里隐约闪过一丝贪婪的意味，随即驾车扬长而去，奔向新的奇遇。

丽莎看着汽车渐行渐远，琢磨着那个眼神的确切含义。她开启信封，里面掉出一串钥匙，落在她手中。她打开玻璃门，这里原来是辉煌时期的全球巴士公司的前台。锁需要上油了。

她还以为进了一个考古学博物馆。请参观二十世纪的奇迹：它的自动花生贩卖机，它的候见厅，它的行政文化！请欣赏它的油布和塑胶吧！

丽莎打开开关。没电。

她在车间里穿行，脚步声在室内回响。这地方空荡荡的，一架起重机放在正中央，还有一辆只剩下沿天花板铺设轨道的绞车。所有能用的机械都尽速出售了，不过还剩下一些结实的钢板，一个巨大的垃圾桶，一个相当厚实的钢制钳桌——足以撑住一辆坦克的回转炮塔，还有一个大洗手盆，边沿上放着一块干瘪了的肥皂。丽莎扭开水龙头，它水花四溅地喷出一股浅褐色的水流。她让水继续流。

地上的印迹表明下大暴雨的时候可能漏过水，而水泥块之间的裂缝暗示结构有问题，多半无法修补。总体来说，用来拆除刚刚好。真是完美。

丽莎摁下开关车库门的按钮。毫无反应。对了，没电。看来必须着手解决了。她拉着链条，手动把门打开，然后把道奇车倒到门口，卸工具下来。她只带了绝对必要的工具：五个工具箱、接线板、一个电钻、一个斜切锯、好几公斤各种各样的螺丝、钻头、刀片、一个提灯、她的电脑和夹子。她临时拟了一个遗漏物品的清单：工作台灯、收音机、一些支架、一个铁砧、一把虎钳、一个咖啡壶。

她从道奇车里取出一大卷图纸，从中抽出十几张打印的大尺寸图纸，将它们固定在车间的一面墙上，按时间顺序排列，像电影里的"故事情节发展图"，以便清楚地展示工地的进展。

图纸A、B和C是最有技术含量的：它们表明如何改造制冷机组，让它能够供电，安装中央电器面板、排线、自动断路开关、插座和灯光。

图纸D是专门针对法拉第笼问题的：如何从一个波纹钢制成的箱子内与外部世界沟通呢？答案在一张分立天线

的复杂图表上，天线安装在集装箱的6个面上，能够满足Wi-Fi、广播和GPS的一切需要。

图纸E是关于空气循环的：强制感应和排气，在系统两端都安装碳过滤器，以及冷气、暖气和除湿设备。

图纸F和G规划的是大生活区域：起居室、厨用角、储藏间、饮用水、废水水箱、垃圾角和洗手间，还有用假帝国牌苹果纸箱堆起来的一面墙，以掩人耳目。这份图纸还通过制冷机组预留了一个紧急舱口。

图纸H和I规划的是细节的布置。丽莎受到帆船船舱的启发：一切都很紧凑而且可以转换，床铺可以变成座椅，海图桌虽小，但很实用。在厨用角，每一立方厘米都被算了又算。集装箱的端头，就在苹果箱墙前面，会摆一个旱厕（隐藏在一个高雅的木柜里），通过垃圾压缩机将废物压制成高密度的漂亮小方块。

最后，图纸J更多是对前景的展望，展示了集装箱最终呈现的模样，就像抽掉它的一面侧墙看到的样子。可以看见一台电脑放在海图桌上、一个甚高频收音机、充足的光谱照明、书架、折叠床、一个衣物箱。电路上在煨花生酱，面包机和电饭煲在安静地工作，发芽箱在紫外线灯照射下生机勃勃。这份图纸并没有展示一切：它给丽莎预留了很大的想象空间，她可以根据自己的喜好给它添置美好的巴洛克风格的细节——绒球靠枕、一个茶炊、一张北极熊皮，甚至还有一张软垫扶手椅，就像维多利亚时期伟大的探险家们坐在上面摆姿势的那种椅子，他们留着浓密的大胡子，眼睛明亮有神，但后来悲壮地葬身于北冰洋冰川了。

丽莎将图纸J钉到墙上，后退几步，双手握拳插在腰上，审视着整体效果。这些图纸意味着7个月高强度的工作：过去的3个月以及未来的4个月。

说到未来，她看了看时间。没闲工夫胡思乱想了，她和彼得还有约呢！

— 40 —

尽管戴着北极人用的羊毛帽，穿着3件厚厚的粗毛线衫和橡胶靴子，杰伊还是冻得瑟瑟发抖。现在是子夜一点，凛冽的风扫过"加拿大盾牌"。

小姑娘刚满10岁，一直住在距离蒙特利尔1000公里远的下游地带，她出生的村庄。现在是10月中旬，和每个10月中旬一样，她都会陪父亲去看最后一艘"北方快船"经过这里。船要到明年3月冰融化了才会开回来。在此期间，还有滑雪斗可以玩。

杰伊从来没有乘过"北方快船"，她羡慕地看着全体船员、船长，甚至上面的三四名季末游客，穿着紫红色风雨衣昏昏欲睡，抓着栏杆以免被一阵风吹走。

舷梯还搭在岸上，杰伊在想偷偷溜上船是不是很难。偷渡的旅客，这真是个有趣的想法。

杰伊一边哆嗦一边跟着操作工走。工人们正在将一个旧集装箱装上船。

杰伊突然感到沮丧，回到小卡车里坐下，躲避风的吹袭。"北方快船"起航的时候，她已经睡着很久。

− 41 −

丽莎的手机在副驾驶座上响起的时候，她正开在雅克–卡地亚桥上。她的手轻轻握着方向盘，害怕这样的铃声。自12月以来，人们一般不会打电话给她，除非是为了宣布她父亲：

（1）试图穿越美国边境；

（2）回不了家；

（3）将被送到一间偏远的过渡中心去；

（4）失去了一部分记忆并且损坏了电视机。

另一天，他会：

（5）逃跑；

（6）制造一起心血管事故；

（7）把胯骨摔裂。

丽莎瞥了一眼电话，看到何塞·萨伏瓦的名字。她把手指放在按钮上，有一瞬间不想接了。

"妈妈？"

"真高兴你还记得我。"

声音中有些许责怪的口吻。丽莎有几个星期没给母亲打电话？她记不清了。

"你很忙啊。"

"我在路上。"

"总是很忙。"

"啊，对。是的。差不多吧，是这样。"

丽莎心不在焉地看了眼速度仪：时速95公里。她的思想在被动地挣扎，希望摆脱这场谈话。

"昨天下午我去了蒙特利尔。经过哈德考五金店，你老板说你冬天已经辞职了。"

"换工作。"

"啊？你现在在哪里工作？"

"我将要换工作。很快。我想先完成我的课程。"

蓄意的短暂沉默：何塞啜了一口什么饮料，决定说出打这通电话的真正意图。

"你星期天陪我去宜家吗？"

丽莎压抑地叹了口气。她母亲遭到了十足的因果报应：和她的前任男友、前前任男友，以及从前的罗贝尔一样，她的新男友不喜欢宜家。何塞·萨伏瓦始终保持着这样的趋势，无论生命中经过多少男子，她依然央求丽莎陪她进行周日的宜家购物，这大概要一直持续到她生命的尽头。

这一次她又想换什么家具了？

"我客厅的茶几。"

"你客厅的茶几？"

"面上都刮花了。"

"我们一起去买的，多久……两年前？"

"我知道。"

"我现在正在开车，还有别的事要跟我说吗？"

"我星期天上午去接你。"

"我得挂了。"

"好的，星期天见。你跟我们共进晚餐吗？"

"我没说同意。"

"九点半。"

"我没说同意!"

"彼得工业剩余园"在各方面都和丽莎想象的一模一样:位于蒙特利尔外围的一片广阔荒地,停满了老式农机、加拿大军队的M35卡车和钢筋混凝土的管子。没有任何东西是新的,所有成分里含有铁的材料都慢慢染上了橘红色,一种介于Pantone①色库中色号27163和39484之间的颜色,公司办公室所在的一辆旅行挂车也是同样颜色。

彼得的英语口音只有斯拉夫语言学家才有可能在欧洲地图上找到它的出处。他开车载丽莎来到场地的最里面,要找的对象放在圣兰伯特市政府吹雪机和一组PVC蓄水池之间。那是一个白色的大集装箱,上面有马士基的七角星标志,锈渍斑斑。丽莎认真研究制冷机组,样子有点夸张。彼得用拳头敲了敲钢板。

"和新的一样!"

他小心翼翼地打开门,仿佛开启的是一辆华丽的四轮马车的门。丽莎打开手电筒走了进去。

"和新的一样!只有一个前任业主。需要CSC证书吗?我可以安排。"

丽莎心不在焉地听着。在她脚下,塑料波纹已经被

———————————————

① 彩通,一家专门开发和研究色彩的全球权威机构,提供色彩交流的国际标准语言。

磨得像舞池地面一样光滑。丽莎想象几百万个货盘的西柚和白菜在这块表面上来回旋转着。她吸了口气，相信自己闻到了淡淡的草莓味道。内壁很干净，没有任何发霉的迹象。有几个地方凸起，可以忽略不计。她用手电筒来回照着通风机的栅格。没生锈。

外面，彼得在跺脚。他接到一通电话，用克罗地亚语或保加利亚语讨论着什么。他点燃一支香烟，中断谈话，向丽莎指出油漆问题，还有铰链和铆钉。她表示同意。

开始下雨了。彼得弹掉燃着的香烟，躲进集装箱。草莓的味道中又增加了一股潮湿的烟草味。

讨价还价十分激烈，还是用3种语言进行的。电话响了，彼得没接。丽莎出价2500加元。彼得做出撕心裂肺的表情：单单制冷机组的价值就超过3500加元了！别吹牛，丽莎用微笑还击，这个破箱子几乎和我年龄一样大……电话又响了。用斯拉夫语讲脏话。又开出新的价格。撇撇嘴，比手画脚。最后，他们以3100加元成交，当场付款。

外面，烟头在雨中执意燃烧着。

他们关上集装箱，快步跑回旅行挂车，去完成支付和签署表格。即便在这里，工业化世界的小肠，也有文件要填写、盖章、签字。文件统治全世界。丽莎在雨里冻得直发抖。该死的文件。

雨后，阳光明媚，全球巴士公司的车库里闷得人透不过气来，尽管车库门开得大大的。到喝开胃酒的时间了。十分钟前一辆FedEx（联邦快递）的卡车经过，此后，再也没见到一个人影。

丽莎喝掉了第二瓶矿泉水，穿着套装坐在车库门口，看着停在街对面的集装箱。一个家伙坐在装卸码头的边沿，抽着香烟。丽莎好奇他们在这个浅褐色的连公司名称都没有的仓库里究竟在酝酿什么，集装箱表面上都千篇一律。他们也可以在里面装电子产品、冬天的靴子或是罗马尼亚侨民的印度大麻。怎么知道呢？不透明是现代资本主义的拱顶石。

太阳火辣辣地烤着，丽莎感觉快要睡着了，突然上面画着星星的白色集装箱——她那个画着星星的白色集装箱——出现在街尽头。它看上去很大，比在彼得工业剩余园看到的要长两倍。半挂牵引车几乎要径直开过去了，但毕竟还是减速，停在了街道上。卡车司机看上去像个家用电器修理工，留着浓密的小胡子，穿着蓝色制服，头戴配套鸭舌帽，衬衫口袋里插着圆珠笔。他看了看别在他小夹板上的文件。

"洛克伏出口？"

"是我。"

丽莎的脸有些微红，她没办法严肃对待这名字。是埃里克提议用"洛克伏全球进出口有限公司"这个名字的。不知为什么总让他感到好笑。大约是出于合作精神吧！她没有反对。打那以后，每次用到这名字——租仓库、在魁北克水电公司开账户或寄运集装箱——她都觉得自己像是穿着小丑的服装，手举一串气球，去申请银行贷款似的。

司机用他的小夹板指着全球巴士的招牌。

"被它骗了。"

"我们很快要把它换掉。"

他们相互握了手，司机把帽檐往上推了推，看看车库的门。

"我把车倒进去？"

"进得去吗？"

他没吭声，回到驾驶座坐好，开始操纵车辆。在丽莎惊叹不已的注视下，挂车画出一道完美的弧线，一下就进了车库门。司机把车停在车库正中央，车倒得非常精确：刚刚好留下打开集装箱门和丽莎在它四周工作所需要的空间。丽莎抑制住自己，怕幽闭恐惧症发作。

司机使劲转动手柄，收回挂车的支架，拔掉压缩空气管子和电源线，清理垫板。没有一个多余的动作，丝毫没有对自己能力表示怀疑或迟疑。同一件事做了几百万次的人就是这么利落。即将离开前，他递给她一个小夹板，不可避免地需要签字的文件。

"这里和这里，还有这里都签。"

他把黄色的那份留给丽莎，并祝她今天愉快。

拖车消失在街道拐角处，车库重新恢复安静。丽莎久久地注视着集装箱，强迫自己相信它真的就在这里，在她面前。关闭车库门的时候，她想起埃里克的特别要求：给这家伙拍张全身照，"不要特写"。

2月份，从他们最初的讨论开始，埃里克就声明他要把这项目的每一个细小步骤都记录下来。他什么都想要：CAD文档和纸巾上的草图、图纸的所有版本、技术观察、使用的零件和工具清单——当丽莎宣布车间正式开工的时候，他让她发誓把一切都拍下来。丽莎后退几步，拿手机对着车库，用肖像模式和风景模式给那个大笨箱子拍了照。她看着拍摄结果做了个鬼脸，这个老诺基亚从来拍不出摄影佳作。

她跑到道奇车旁，打开手套箱，取出勒·布朗太太的相机。她没确认过它是否还能工作，不过如果能，埃里克会对它的拍摄效果满意的。她一边走回车库，一边往电池匣塞入两个AA电池，那是她从一个手电筒里拔出来的。悬念只持续了很短时间：相机没有反应，跟块砖头似的一动不动。

丽莎取出记忆卡，放进口袋，然后把相机扔到垃圾桶，发出长长的回声，像佛教寺院内的撞钟声。

她摩擦着双手：有活儿要干了。她对着那巨大的红色按钮伸拳一击，车库门在滑轮和缺少润滑油的钢板的咿呀声中落下。

– 42 –

杰伊登上8楼，依然晕晕乎乎的。她晃晃门禁卡，穿过玻璃门，感觉所有人都能看穿她的心思，好像这心思就写在她脸上。她斜着走向洗手间，在镜中看着自己，往脸上拍了点水，揉揉眼睛。看起来还过得去。

"城中城"里一片寂静。马赫什吃完了那盒Whippet饼干，蜡黄的眼神像个海洛因上瘾者。劳拉在喝花草茶，加马什警官的办公室里没有加马什警官。杰伊跌跌撞撞走在短绒地毯上，调整下脚步，匆忙地两步并作一步地走到咖啡机前，倒了一杯咖啡，然后手里端着杯子，尽可能神情自若地滑向劳拉。

"我说，你会不会——碰巧——有关于偷渡客的材料？"

劳拉从眼镜上方向她投来迷惑的目光。

"不，我没——碰巧——有关于偷渡客的材料。"

　　她的脚熟练地一蹬，椅子刚好停在灰色文件柜前，她对这个文件柜有完全和专属的责任。她用脖子上挂着的钥匙打开一个抽屉的锁，拉出抽屉的时候发出装甲车般的轰隆声，里面紧紧排列着30多个鼓鼓囊囊的文件夹。

　　"你到底要什么？"

　　"我也不知道。是按照什么排列的？"

　　"地域、运载工具和年份。"

　　"运载工具？"

　　"船、卡车、车皮、起落架……"

　　"集装箱呢？"

　　"这个我有。"

　　她抽出一个厚厚的文件夹，递给杰伊，里面有几百篇文章，没准是几千篇，大部分是英文的，按时间先后顺序排列。最早的文本来自20世纪60年代的缩微胶片，清晰度很差，漏了些词和几行字。而最近的文章质量逐步改善，是直接从数据库打印出来的。劳拉做了个抱歉的手势。

　　"还差最近这5年的。没必要打印了，我有空的时候会把它们全部转换成数字版本。然后（她用脚轻轻踢了一下文件柜），我就能摆脱这堆化石了。"

　　杰伊掂了掂文件夹的重量。

　　"里面只有文章？"

　　"我在附件里加了照片，还有一些更技术性的材料。

来自政府的、皇家骑警的、FBI的、国土安全局的报告。"

"我可以向你借吗？"

"随你借多久。这是相当有趣的枕边读物。听说过阿米尔·法里德·利兹克吗？"

"没有。"

"2001年10月。值得一看。"

－ 43 －

丽莎关掉车库门有一个星期了——而她再也不会将它打开。

这个年轻女子患了结构性偏执狂：在经历过现金、假身份和虚构公司名称、精心设计的物流战略和VPN（虚拟专用网络）加密沟通之后，现在她强迫自己关禁闭。埃里克想划分区域？丽莎就来划分区域。再也别想打开车库门了，她甚至没有清洗过方砖地，为了安全不择手段。

她每天在这个通风极差的桑拿环境中埋头工作15个小时——事实上，是一个独特的桑拿环境，收音机低声播放着，空气中混合了咖啡和锡焊的味道。她刚刚用一星期时间改装了集装箱的制冷机组。

面板一卸下来，她就发现这台机器有许多年没清洁过。线路积满了热带污垢——碎叶片、灰尘、小飞虫，甚至还有一只硕大的黄黑蜘蛛，干瘪地蜷缩在一个角落里。在一个旧药瓶里又发现了一只。丽莎没办法把它丢进垃圾桶，它是偷渡客，是她的同行者，所以应该得到起码的尊重。

看见蜘蛛的照片，埃里克愣住了。在他的键盘上可不会有这样的发现，他从来没见过这样的蜘蛛——再说了，这是什么品种的蜘蛛啊？他要研究一下，如果有时间。

把一切都用压缩空气和吸尘器清洁干净之后，丽莎着手进行真正的工作。首先，她得从这一堆杂乱的蛇形管、蓄电池、风扇和电线中理出头绪。面板内侧贴着的电线分布图油腻腻的，几乎难以辨认。丽莎只好用网上找来的使用说明自力更生。网上的版本是数码相片，字迹模糊，但总好过没有。

总之，她的计划是尽可能少拆零件——短路或氟利昂泄露很快就会发生。理论上，只需要拔掉一两根线，这机器就会停止制冷，转而只提供电力和通风。还要在一块控制面板底下钻一个舱门，以便能够在门被密封后进入集装箱。

在喝了十升咖啡，又熬了两天两夜之后，丽莎看到了曙光。她完成了改造，该连接傀儡了。

她拆开一个两天前收到的来自香港的包裹，里面有一条出奇专业的电缆，用来将水上制冷机组和墙上220伏的插座连接起来。丽莎不知道世界上有几个人会需要一条这样的电缆。在箱子底部，她发现一则中英双语的法律声明，她随便看了一眼。（制造缺陷等等的有限责任，生产商对不恰当操作引发的触电、爆炸、火灾或一切其他由材料或个人服务造成的损失概不负责，等等。）

丽莎把纸揉成一团，从肩膀往后抛出去。

她手里拿着转接器，走向制冷机组，在距离电源插座几厘米的地方，丽莎犹豫了。她还记得那个星期天的早晨，她父亲受到220伏的电击——毛发烧焦的味道，手臂麻了10分钟。几年后，他的手上依然留有一条暗玫瑰色的疤痕。"永远要敬畏电，丽莎。"他经常念叨。给集装箱接电时，丽莎想，此时此刻，一个化学灭火器应该是敬畏的绝佳证明。她下次一定记得准备，如果还有下次的话。

她启动开关，排风扇开始运转，产生塞斯纳小型飞机般的声响。丽莎看看控制面板，得给温度计显示屏动动手脚，让它总是显示恒温3℃。

她调整了下头灯，走进集装箱。一股微风拂过她的前臂，头灯的光束照亮了刚刚安装的电子配电盘，从那里发散出被整齐缠绕并固定的电线，像一张等待被张开的蜘蛛网。

251

丽莎打开控制面板的门，咬紧牙齿，拉上主控开关。没有火花，也没有爆裂声。她打开三号断路器，脚下的一个灯泡亮了，在一条电线的尽头。

野兽活了。

— 44 —

杰伊把垃圾箱扔到一条小巷尽头，把车开回租车行，然后乘公交车穿越整个城市回到正处于售屋马拉松中的家。亚历克斯·奥纳西斯决定，今晚要么把这该死的双拼楼卖出去，要么再也不卖了。杰伊才不在乎，她饿了。

过去几个星期所发生的事在一定程度上影响了家务：家里只剩下五个半发芽的土豆、两听啤酒、一瓶哈瓦那酱和一些猫粮。

对了，她有多久没见过埃尔文了？

她翻着冰箱上的菜单，看什么都倒胃口，找出最后一口干净的锅，用它煮上土豆。亚历克斯·奥纳西斯来来去去几趟宣传推销他的房产。极佳的朝向，步行5分钟到地铁和小学，屋顶10年前换的，每层都有电暖，有两个阳台，价钱已经优惠了。有什么问题吗？

杰伊毫不掩饰地忽略这样的滑稽表演，她女王般坐在长沙发上，端着她那锅土豆泥和一罐冰啤酒，开始阅读有关偷渡客的档案。卷宗显示的资料翔实而又实用：没有目录，没有索引，也没有编页码。无任何修饰。只有原始信息，正反面皆然。纯粹的劳拉·维森博格风格。

最早的文章出自20世纪50年代末——集装箱化初始阶段——发表频率在后面的几十年里有规律地逐步增长。杰伊一开始怀疑这条曲线是随着偷渡客数量的增多而变化的，不过她很快注意到随着时间的推移，其实是文章写得越来越详细了。专业词汇逐渐普及，一些概念也变得不言自明。集装箱在人们的集体想象中凝结固化后，已被大众媒体广泛宣传。

毕竟，如果无法将故事发生的地点概念化，这个故事该如何讲述呢？

杰伊皱起眉头。集装箱是个地点吗？不，不完全是。可它也不是一个普通的箱子或一辆车，更不是横贯大陆的升降机。它既是客体又是基础，是波纹钢也是数据库；它既属于文化范畴也属于法律范畴。几个世纪以来，人类已对地理相当熟悉，了解了像道路、领土、边境这样的概念——可集装箱不属于地理，它在集体意识的边沿运行。成千上万的罗马尼亚人或古巴人被塞在箱子里，进入或者试图进入北美和西欧，却没有任何一部百科全书提及这一历史性的迁移。

"对不起……"

杰伊中断阅读，抬起头，只见亚历克斯·奥纳西斯筋疲力尽地站在面前。显然，这可怜的人在兜售这套双层公寓的过程中遭遇到越来越多的难题。

"今天晚上的参观到此结束。"

不等她回答，他就匆匆挥了下手，从间歇性闪烁的顶灯底下经过，走远了，悲惨的音乐响起，电影字幕打了出来。

杰伊伸了个懒腰，想想似乎应该着手清洁堆积如山的肮脏碗碟了。参观已经结束，现在没有任何理由再脏乱下去了。不过她又改变了主意，明天可能会有别的人来参观，万一她来不及弄脏足够的碟子来制造坏印象，那该怎么办？

再说，还有更重要的事：她刚刚想起劳拉推荐她看关于一个叫阿米尔啥啥的人的文章，2001年10月。

她一开始就大吃一惊：关于这家伙——他自称阿米尔·法里德·利兹克——的资料足足有一厘米那么厚，总共应该有五十几篇报道。

故事的开头平淡无奇：一名男子在意大利的焦亚陶罗港一个刚刚由开罗抵达的集装箱内被抓。一个搬运工听见有人在喊叫和敲打壁板。这不是第一次有偷渡客因缺乏空气而挣扎了，以前曾经死过人。

人们趁去喊保安来的工夫，剪断铅封，把门打开。那可怜的家伙眨着眼睛，在自由的空气中跟跟跄跄地走着，有点晕，但健康状况良好。只需瞧他一眼便知道这不是一个普通的偷渡者：他装备得像一名特工。警察们赶到现场后，发现了一部卫星电话、一堆假信用卡、一些进入加拿大、埃及和泰国机场的通行证，还有一张罗马飞蒙特利尔的机票。

这家伙名叫阿米尔·法里德·利兹克，是加拿大–埃及侨民。哦，是这样，好吧，可他在那个集装箱里干什么呢？这一点就不是太明确了。审问到这个问题，利兹克开始讲一个含糊不清的故事，说自己是宗教迫害的受害者，他那大权在握的姐夫要置他于死地，他在寻找一种隐秘的方式让自己能够回到加拿大。

纽约恐怖袭击依然占据着报纸的头条，利兹克成为昙花一现的媒体微观事件。机场加强了三倍保安，可港口方面呢？在美国，某些观察家预言会发生海路恐怖袭击，鉴于存在一个秘密运输网络，塔利班的自杀式恐怖分子和细菌弹就经由这个网络中转运送。阿米尔·法里德·利兹克恰好就是一个先遣队员。

只不过在调查后，当局认为利兹克不属于任何恐怖主义机构，他也没有准备实行任何恐怖袭击。总之，尽管看起来不像，他就是一个无攻击性的偷渡者。一被释放，那家伙就从意大利领土、媒体视线和地球表面消失了。

杰伊斜向翻阅所有文章。这个人物是个独一无二的特例，通常情况下，偷渡客们往往呈组织涣散的集体行动。利兹克是独自一人且装备精良：除了一部卫星电话、一堆机票和通行证，他还带了食物和饮用水、一张床、一个伪装成马桶的锅炉、一部笔记本电脑、衣物和一台洗碗机。利兹克准备得如此充分，事实上，如果不是因为缺氧，他本可以一帆风顺地轻松抵达加拿大。但即便是准备最充分的旅行者也会忽略一些细节，比如呼吸。

杰伊不知道伊丽莎白会不会想到这一点。

− 45 −

7个星期过去了，除了每周一次到圣阿尼塞-德-科斯特卡转一圈，丽莎全身心投入集装箱的改造中。座舱已经粗具规模，全球巴士公司的车间里堆满了厚木板。金黄色的木屑铺满地面，一层薄薄的锯屑粉末飘浮在空气中，被从天窗射进来的阳光划出一道道痕迹。

丽莎在修改一块木板。她第三次量了榫头的厚度，接着走进集装箱。门口装了挂钩式磅秤，电脑上显示的是一个Excel页面。丽莎给木板称了重，然后在键盘上输入重量。进入集装箱的所有物品都需要称重，从木头到金属配件，甚至绒球靠垫，还有电器、床垫、食物、饮用水、茶壶和茶袋——别忘了还有丽莎自己。净重不能超过25吨，否则集装箱将会不堪重负，发生变形。根据丽莎的计算，最终的配置（包括饮用水）应该会达到几万公斤，不过还是得每样都称重，因为公式要求输入物品的准确重量。

集装箱里，三盏探照灯射出刺眼的光线，但排气扇让温度保持在可以忍受的程度。丽莎很惊讶自己居然很欣赏这个狭小的箱子。夏天的大发现：人不会在自己建的小房间里患上幽闭恐惧症。隔板已经就位，丽莎开始着手组装壁橱。给集装箱置办家具恐怕太过分了，可罗贝尔·鲁提埃的女儿是不会满足于在两叠四片四片的搁板上堆几个塑料箱了事的。

工程显得有些滞后了，但不完全是出于家庭的习性。说实话，丽莎不得不依据集装箱的某些特性对图纸进行修正，这是之前不曾预料到的。

一切都是从丽莎发现有好几片厚木板发生轻微的扭曲

开始的。在车间湿热的环境下，木材会变形。这本身没什么好奇怪的。一切都会扭曲和变形，世上万物皆如此：木头会扭曲和翻翘，水泥会变弯，塑料会龟裂和弯曲，骨骼和肌肉会变疏松和僵硬，聚合物会腐烂，钢会氧化——再说了，丽莎想，集装箱自己难道没有变形的可能吗？冷热交替应该不会引起显著的胀缩，但经过搬运和改造之后它会发生怎样的变化呢？

两分钟的谷歌搜索就足以让她了解这神秘而恐怖的弯曲系数。

联运集装箱的附着点其实是在角上，而当吊车抓住这些大箱子的时候——尤其是40英尺的大箱子——它们的中部轻微弯曲了，引起不同程度的各种扭曲。丽莎之前没考虑到这一点，她把座舱设计成长长的一整块，像间树屋。集装箱任何微小的弯曲变形都可能让所有心血毁于一旦。

丽莎回想起自己8岁的时候，曾稳稳地坐在木架上，看父亲用楔子和木槌组装一个厨房的橱柜。

"为什么不用胶水呢？那样更快，不是吗？"

"为了让橱柜呼吸啊！"

"橱柜会呼吸吗？"

"橱柜会呼吸，墙壁会呼吸——整座房子都会呼吸。当你把一截木头放在显微镜下，你会发现它就像块海绵，充满了巢房。"

一根楔子，敲三下木槌。

"当木头吸收了水分，它形状会变，大小也会变。夏天时，空气又热又湿，房子会膨胀，到冬天会缩小。像人的肺，会吸气、呼气。"

丽莎如今是个大姑娘了，现在由她来操作工具和绘制图纸，她必须确保她的集装箱能呼吸。

她马上坐到电脑前，更改图纸D、E、F：座舱的组成部分将各自独立，由伸缩缝分离开来，所有零部件都将按照罗贝尔·鲁提埃的方式组装——不用螺丝也不用胶水，而是用木楔子，让零部件可以自由变形（新图纸随即被发送给埃里克存档）。

丽莎把主板固定就位，榫头有些大了，得使点劲儿。主板位置调整好以后，她在四个角放上角尺，钻好孔，塞入楔子。每个楔子用木槌敲五下，这样就不会有问题了。

在塞入最后一个木楔子的时候，丽莎意识到她所用的木槌和她父亲12年前用的是同一把，当时他正在跟她解释房屋的呼吸。她用袖子的反面擦了擦眼睛。该死的锯屑！

午夜时分，她的电脑响了，来自哥本哈根的视频呼叫。在编程闪电战之间，埃里克显然还有一点空闲时间，因为他解决了制冷机里发现的蜘蛛品种这个疑难问题：那是一只"香蕉蜘蛛"。

"有毒吗？"

"好像有毒。"

"万一它死以前在某个角落里排卵了呢？"

"用吸尘器好好吸一吸。"

"已经吸过了。"

"那就不用担心了。别急，还有更好的消息。你知道'香蕉蜘蛛'分布在哪里吗？在大量的香蕉里。这引起了我的好奇，于是我搜索了一下这个集装箱的信息。你感兴趣吗？"

"我在听呢！"

他翻着一沓纸，镜头里看不见。

"让我们来看看。它由AC Teng公司组装，于1997年3月19日由A.P.MØller——马士基集团在国际集装箱局注册，航行于中美洲和美国东岸之间，洪都拉斯、委内瑞拉、危地马拉……"

他停顿片刻，啜了口咖啡。

"金融危机期间，它在纽瓦克港耽搁了十几个月，而后来往于瓜亚基尔-圣彼得堡之间，其间在安的列斯群岛和西欧中转十几次。"

"瓜亚基尔？"

"在厄瓜多尔。"

"厄瓜多尔和俄罗斯之间有航线吗？"

"有Ecubex（马士基的欧洲/南美航线）。7艘N级别的集装箱船在49天内完成一趟来回。每周出发。总承载量是一万个跟你那个一样的集装箱。"

丽莎努力想象着一万个集装箱叠在一起会是什么样子。整整齐齐地层层叠加，一直堆到天上去。可以把罗马的圣皮埃尔大教堂整个放进去，还能剩下一点空间放几串香蕉。拆成小块的圣皮埃尔大教堂，散布在瓜亚基尔和俄罗斯之间。

埃里克还在那沓纸里翻查。

"它在Ecubex待了五六个月，然后在去年一月份被撤了下来，当时马士基对它的装备进行了更新换代。旧箱子被可控制温度的箱子所取代。你那个集装箱所属的那批箱子被一个俄罗斯批发商拿出来卖，又被一个乌克兰–加拿大的出口商买去，这个人后来破产了。这些集装箱又被拿去四处贩卖。"

"你从哪儿得到的这些讯息？"

"我有我的渠道。"

丽莎打了个哈欠。这一天好漫长，到了该去睡觉的时间。

"这么早？"

"在我们这儿已经是午夜了，你还有别的事和我说吗？"

261

"有的，我有件事要向你坦白。"

"坦白？"

"我这几个星期都在想该怎么告诉你。"

丽莎在好奇和不安之间犹豫不决，她把靠背调整舒适。

"你说吧！"

"是关于那个气球。"

"哪个气球？"

"我们发送到平流层去的那个气球啊！"

"哦，对了，我还记得我把照片发给你的时候你做了个鬼脸。"

"我做了个鬼脸？"

"和你现在的表情一模一样。"

埃里克停顿了片刻，好像在思考他的表情，然后缓缓地喝了口咖啡。

"好吧。你记得吗，当时我们在等GPS定位标给我们发送信息？"

"记得，那可是我青少年时期最漫长的3个星期。我们还在猜是GPS的问题还是电池的问题。"

"都不是。"

"不是吗？"

"GPS定位仪运转得很正常，是我在最后一刻改变了电话号码。"

沉默。

"你用了哪个号码？"

"不记得了，我随便输了个号码。这不重要。"

再次沉默，比上次略长一些，中间夹杂着软件进入睡眠状态的声音和轻微的背景杂音。最后，丽莎匆匆做了个手势：她明白了，没什么可说了。

通话一中断，丽莎就站起来，在装螺丝和铆钉的盒子里找那个装着蜘蛛的药瓶。她拿出一支记号笔，在瓶盖上用利落的草书写上：香蕉蜘蛛。

－ 46 －

早高峰时间，橙色地铁线上，密度接近每平方米5人。

杰伊被挤在地铁车厢的一个角落里，专心致志地继续阅读。她昨晚一夜没睡，都在看偷渡客的资料，一个接一个，基本就没停过。

她最初的直觉得到了证实：这些年来，媒体的报道不仅随着偷渡者的数量而增加，也随着后来集装箱的普及而越来越多。集装箱的逐步普及就像一个过滤器：时间过去越久，媒体越发只报道那些被认为特别引人注目的案子——死于窒息的摩洛哥人，脱水的菲律宾人，被船员扔下海的几内亚人，患紧张症的危地马拉人；被杂乱地与衣服、尸体和垃圾堆在一起，还有因吸入在集装箱之间喷洒的灭鼠药剂而中毒的科特迪瓦人；手电筒一支支熄灭，只得在一片漆黑中生活十来天的哥伦比亚人；在集装箱壁板上凿了一个小孔后，为了吸上一口新鲜空气而自相残杀的多米尼加人。这些年轻美洲人在一个过热的集装箱内被活活煮熟。杰伊试着瞥一眼附件中的照片，但很快放弃了，她的心还不够坚强。

车停靠在博纳旺蒂尔站。三个人下车，五个人上车。空气中有培根和止汗剂的味道。

杰伊意识到只有一个问题是劳拉的新闻稿回答不了的：有多少偷渡者活着抵达了目的地而没被发现？

她的思绪又转向年轻的伊丽莎白·鲁提埃–萨伏瓦。

所有的人：加拿大皇家骑警、美国中央情报局、美国国土安全局、加拿大安全情报局，还有东南亚所有港口的数据库主管——都试图找到祖鲁爸爸。然而，说到底，没有人认识这场大规模狩猎的真正猎物是什么。只有哥本哈根的地下碉堡里的埃里克·勒·布朗，和在蒙特利尔市中心的地下铁里的杰伊，才知道祖鲁爸爸里藏着的其实是一个年轻女孩。

卢西恩–阿丽埃站到了，一名男子推着一辆双人童车挤了进来，内部压强每平方英寸接近30磅[①]。杰伊感到自己的鼓膜都快胀破了。车门下次打开的时候，一定会有人发生心血管意外的。她放弃了合上文件夹的努力——反正，只剩下两站了。她扭动身子，把手伸进大衣口袋，希望能找到一张纸片当书签。她摸出一张"皇家杂货店"的发票：一杯（非常）普通的咖啡和一盒Whippet饼干，竟然要42.12加元。

如果有足够的空间，杰伊肯定会跳起来。39.99加元的Whippet饼干？真是短路了。一盒近40加元，也就是说，一口价值1.25加元。按这个价位，它们应该是由杰克逊·波洛克[②]手工绘制的吧？

她摇摇头，不敢相信。不，就算是个骗子也不敢把价格涨到这个地步。看起来更像是个错误。她尝试回顾一连串事件。那盒饼干应该价值3.99加元，某个人在盘存的时候输错了价格。数字0就在9的旁边。这个人的手指比较粗。错误没被发现，于是商品有了双重价格：在货架上是3.99加元，在数据库里是39.90加元。收银员昏昏欲睡地扫了条形码，甚至没往屏幕上看一眼——而且，仔细想来，

---

① 1磅＝0.4536千克。
② 美国抽象表现主义绘画大师。

她也没有大声报出消费的总金额。为了让这一长串失误顺理成章，杰伊没认真看就在信用卡的收据上签了字。这是疏忽、人为错误和过分信任电脑系统混合的典型后果。

奥拉西奥总是不停地反复念叨：爱和信任是盲目的——可至少，爱还有些用处。

杰伊一心思考着问题，差点坐过了站。她从"极端拥挤"的车厢里出来，文件夹紧贴在胸前，发票在混乱中丢失了。再见了！皇家杂货店。她咕哝着走上斜坡，来到C区。因为经常租车，杰伊的身体开始变得虚弱，人妥协多了就开始变老。

只有马赫什在岗，俯在电脑屏幕前，专心致志地钻研联合运输管理软件的使用说明。从一张集装箱船的截面图上，可以看到不同的箱子安放在各自的巢房里，像乐高积木。他转头看到杰伊：

"啊，你终于来了！"

"找我有事？"

"我想听听你的意见。"

杰伊惊讶得呆住了。共事7年，她不记得马赫什什么时候征求过她的意见，哪怕一次——可能，除了问过她餐厅奶油蛋糕的新鲜程度。

"我的意见吗？"

"我想我发现了祖鲁爸爸的秘密所在。"

— 47 —

蒙特利尔的太阳落山了，而夏天将在3个小时后正式结束。

丽莎开始了伪装工程：先用塑料篷布把工具和地板盖上，把集装箱的开口堵住，穿上一体服，用胶带把手腕和脚踝处封死，套上橡胶手套，戴上眼镜和防尘面具，拿着一台卷带喷砂机开始对集装箱动手。旧的油漆很顽固，每5分钟就得换一次卷带——不过没关系，丽莎给砂纸单独留了一个预算项目，在她的突击下，白色一点一点褪去，字母数字代码消失了，硕大的七角星也变得模糊不清。一层洁白的粉尘升到空气中，仿佛是集装箱被粉碎的记忆。钢板上有不少不知名集装箱的工业褐斑。

在洗过壁板并让粉尘落下之后，丽莎用喷枪又上了两遍油漆。

在用一层细细的钛白粉雾喷洒钢板的时候，她想能不能给这个车辆命名呢？总之，水手们都会给他们的船起名字，卡车司机也会给卡车起名字。林德伯格把他的飞机叫作"圣路易斯精神"号，航天领域给轨道飞行器、探测器、卫星命名。那为什么不能给这个集装箱起名字呢？她变换着不同的名字——斯特拉托斯、胡迪尼、第七大陆、乐高……可并没有特别中意的。人们通常不给集装箱取名字，而是给它们编号。

上完第二层漆，大约子夜一点，集装箱已经完全看不出任何特征，呈平整光滑的白色。现在只需要给它贴新代码了，带不干胶的塑胶字母在工作台上等待被随意组合。

埃里克和她经过长时间的激烈讨论才选定了这个代码。当时他们至少都同意一件事：不能简单地随意挑选数字和字母。一方面，代码必须符合ISO 6346的规范；另一方面，还得确保所选的代码不曾被其他公司使用过——或至少没有被国际集装箱局登记在册。不过丽莎强调的是美感，而埃里克更关心它的"可遗忘性"。

"假设我们选了代码LULU 2323237——我是随便说的，不过你明白我的意思，只要看过一眼就刻在你脑子里了。我们想要的代码是让人过目即忘的。"

代码伪装技术依然是一门不确切的科学，他们又经过一段时间的慎重考虑，最终一致同意用PZIU 127 002 7，因为它既"足以让人忘记"又"够有美感"。这个新代码在哪里都要用到：录入数据库、视觉识别、公司认定。海关、运输商、出口商、搬运工和港务局需要用到它，所有的表格、提货单、清单、发票上也都要用到。这代码可以识别集装箱，并让它隐形，既独一无二又与其他集装箱相似，它淹没在数字和字母的海洋里，因相似而安全。

不过丽莎在贴代码之前，先要等油漆干透。这样她就有48个小时终结一直困扰她的头痛。6月以来，在这个车库里洒的、喷的、滚刷的、铺的、灌注的、切割的和涂抹的所有物质的气味累积在一起，足以杀死一头牛。

丽莎扫视着工作台，她的手滑过一排装着钉子、螺丝、铆钉、一只热带毒蜘蛛的小瓶子，然后停在一个装布洛芬的瓶子上。她拔开瓶塞，倒出三颗胶囊在手心，掀起一个里面漂着易拉罐和冰块的冰桶的盖子，然后抓起一罐冰茶。

接着，她做了一件她自6月以来一次也不敢做的事：一拳敲在那个大大的红色按钮上，车库门在金属的哗啦声响中升了起来。

丽莎走出门外，摘下她的防毒面具。即使在10米开外，也能闻到从车库里飘来的有毒气味——与桃花心木和蜂蜡的芬芳完全不一样。丽莎按摩着自己的太阳穴，这地方会让她生病。她看着门的方向，滚动的微粒逆着探照灯的光飘浮着，她忽然怀疑自己是否还有能力回到那里面去。

这个夜晚，街的另一边却很热闹：大约15个集装箱在装卸码头上装载。几辆牵引车在等待，它们被挂在拖车上，发动机轰隆作响。码头附近，密封垫一丝光线也不透，悄无声息，不可能知道这个仓库里面在策划些什么。

丽莎坐在前台门口，打开她的冰茶。铝皮破裂，发出空洞的声音，她吞下那些布洛芬，啜了一口茶。每隔两分钟，就有一架飞机咆哮着从24B跑道起飞，在机场蓝色的微光里显得十分庞大。人们获得旅行的邀请，那是他们应得的。

20个小时过去了：12个小时的酣睡和8个小时的劳动。丽莎一边做着鬼脸，一边推着一辆搬运车，车上满载着米和面粉、面条、干水果、糖和油。她是超市的最后一位顾客。扩音器里，背景音乐戛然而止。

"亲爱的顾客们，我们的商店很快就要关门了。请您前往收银台结账。"

丽莎翻了翻她的小本子，一页页购物清单已经被逐渐画掉。好吧，差不多了，算上今天早些时候买的冷冻食品和冻干食品，应该不缺什么了。

她使劲推着购物车，艰难地转了个弯，往快速收银台方向走去，认出了那位集消极和咄咄逼人于一身的女收银员和有发作性睡眠病的装袋工。这是今天晚上丽莎装满的第七辆购物车，她已经认得工作人员了。她还没有偏执到跑到不同超市去购物的地步。用现金3000加元购买不易变质的食品有什么可怀疑的呢?

女收银员一边叹气,一边扫着条形码,装袋工把商品胡乱塞进袋子里。收银机屏幕上,金额不断增加,最后停在了555.99加元。女收银员面无表情地接过钱,点了两次,找零。丽莎推着车往出口走去,装袋工则对她视若无睹。

偌大的停车场里,只剩下三四辆车。丽莎把推车里的东西装进"道奇",食品一直堆到车顶,落到副驾驶座上,她必须用肩膀使劲顶才能把车门关上。最好还是谨慎驾驶,如果急刹车,人可能会被半吨重的食品压扁。她发动汽车,走了,把购物车留在停车场中。

当她终于把最后一箱食品装上PZIU 127 002 7时,已经夜深了。她把食品挂上磅秤,在电脑上记下重量,这些动作她从6月以来做了一千万次。

集装箱的开口处几乎已经被苹果箱完全堆满,把它们放在那儿是为了欺骗可能到来的检查员,尽管丽莎对此不抱任何幻想:这些人完全可以彻底清空一个集装箱,如果他们有丝毫的怀疑。

她钻进介于旱厕和垃圾压实机之间的狭窄通道,经过一扇推拉门,来到食品储藏室,跨过盘在地上、通往位于左舷饮用水蓄水池的浇水管。途中,她瞥了一眼水位。水位在上升，每次一毫米，再过十几分钟，它就满了。

在她周围，置物架上摆满了一袋袋面粉、干水果、坚果、干香肠、面条、做面包用的发酵粉、香料袋、蜂蜜和冷冻餐，甚至还有甜食：一瓶海地的罗姆酒和一些瑞士巧克力棒。冰箱里塞满了冰冻草莓、芒果、橙汁、饺子、奶酪和豆腐，药品橱装满了治疗各种疾病与不适（甚至包括她从未得过的病）的软膏和药物，还有一打牙膏和好几公里长的厕所卷纸。一个大箱子里存放着用来缝纫、焊接、粘贴、锯、拧紧螺丝的各种工具，绕了线和绳子的纺锤、电压表、三支手电筒和好几盒电池。

丽莎让最后一个箱子就位，背靠着蓄水池欣赏她的杰作。一切都被小心仔细地排列整齐，一厘米的差错都没有。没有什么能逃过她的眼睛，然而，她却总担心忘了某个显而易见或微不足道的东西——开瓶器、管道清洗剂、匈牙利辣椒粉——到了印度洋上它们将显得至关重要。

她从另一扇门走出食品储藏室，经过小厨房，一直走到休息厅，那里空间不大但很舒适，床被折叠成了沙发，让人以为这是一间普通的客厅。棱角被修饰成圆弧形，边沿包上了木质脚线，明亮的光线洒满整个空间。挨着壁板有一个架子，上面摆满了书和杂志——特别是一沓从eBay上买来的20世纪60年代的《生活》杂志。在一面墙上，丽莎挂了一张用勒·布朗太太的佳能相机拍摄的对流层照片，还有一个玻璃镜框，里面装着那只被别针钉在软木上的"香蕉蜘蛛"。

一圈灯光包裹着海图桌，照亮了甚高频收音机、GPS和两个小表盘，小表盘分别显示船上时间和哥本哈根时间。电脑正在下载文件，屏幕上的进度条显示已完成57%，并在进行像素分数。

经过6个月的紧张开发，埃里克终于宣布领航软件的1.0版本可以成功运行了。还有可以改进的地方，那是一定的，不过可以运行。丽莎在那天傍晚收到一个下载网址的链接，接着又收到详细的安装指南。"会有一条学习曲线。"埃里克警告道。

那恶魔叫作He2，它不只是个软件，埃里克将它比作瑞士军刀，因为它包含了几百种工具。电脑已经花了两小时苦苦下载文档。事实上，丽莎感觉它像是席卷了亚历山大图书馆一整层的书。按这个节奏，她得等到日出才能收到全部软件——但是没关系：时区很快就变得不重要了。

她在头脑里展开未完成任务的清单。没多少了，总之。收拾工具，确保没有任何证据留在车库里。安装He2并熟悉它的操作。老一套。

她躺在沙发上，调整了背上一个靠垫的位置。舒服。干得漂亮。她闭上眼睛，呼吸着木材的香味。作为一个患有先天幽闭恐惧症的女孩，她体会到一种奇怪的自由。她狠狠地喝了一口巴本科特朗姆酒，哈。

　　突然，她睁开眼睛坐了起来：还有一件重要的事情要做。

－ 48 －

　　杰伊不是唯一受劳拉青睐的人，也不是唯一因此失眠的人。维森博格小姐显然把从中情局那里取得的资料塞给了马赫什，这些资料尽管被人用12号量规删去了章节，依然有丰富的内容披露。可怜的信息处理员昨晚很晚才离开办公室，夜里很激动又没怎么睡，一早就到皇家骑警上班了。根据他办公室里满地的空糖包判断，他应该刚刚喝完第四杯咖啡，而且显然还没有完全从昨天过量进食的Whippet饼干中恢复过来。（那饼干一口价值一块两毛五加币啊！）

　　杰伊保持镇定，慢悠悠地将文件放在办公桌上，把包挂到椅子上，挂起大衣，启动电脑，接着开始解开靴子上的带子——而马赫什在一边等她完成这些烦人的琐事，急得直跺脚。杰伊最后活动了下她的脚趾：

"好，说吧，什么秘密？"

他摩擦着双手：

"洛克伏是如何成功地转移祖鲁爸爸的？"

"通过篡改数据库，不是吗？"

"他们用的是计算机漏洞和社会工程学的集合。一开始，他们发送真的假表格——或者假的真表格，看你怎么说了——接着他们直接操纵数据库。这结合了两个世界最好的东西：让它可以消失也可以重现，抹去痕迹，同时在管理层面上又显得完全诚实。"

"还有额外的收获：社会工程学让他们可以跳过许多步骤。这么做比使用蛮力快多了。"

"的确如此。"

马赫什握着他的玻璃壶，用眼睛评估底部残留的一厘米咖啡的毒性，决定冒这个险。

"我感兴趣的，是对数据库的篡改。中情局的材料里关于这一点什么都没说，不过，并非只有加里·拉斯卡波夫才能得出结论。"

"卡斯帕罗夫。"

他没理会她的注解，撕开三袋糖，轻轻地在杯沿拍打，好让每一块晶体都落进去。

"最重要的结论就是，不存在侵入。如果到了这个阶段，必须在四五个国家拥有几十个黑客。再说，我看了程序列表，渗透、探查、暴力破坏，有时数据库被直接命令修改，有时是用港务局使用的同款软件——这本身就令人震惊，因为所有港口用的软件都是不同的。"

他尝了尝咖啡，这是晨间饮料中的匈奴王阿提拉。他决定加第四袋糖。

"你瞧，发生的事并不令人惊讶，我还是要老生常谈，可我们早就知道这个行业没有准备好。每个人都自以为隔离能让系统更安全，这就必然会犯同样的错误：强度很弱的密码、3年不更新、次优的配置、未经严格过滤的指令。可即便在这样的条件下，祖鲁爸爸还是旅行得很快。洛克伏花了18个小时进入蒙特利尔的系统，考赛多12个小时，巴拿马15个小时。3个小时——3个小时哦！——在深圳。"

又一口咖啡，他脖子上的毛发都立起来了。

"这无论如何不可能由一个人独自完成。太快，又太变化多端了。"

"那么你认为他们是集体行动？"

"完全正确。也许有十几个黑客，每人负责一个特定领域，他们甚至不需要彼此认识。可以是合同工，通过一个协调员工作。"

"分派黑客。"

"你可以用很低的价钱把它转包给白俄罗斯。"

杰伊正想补充点什么，突然发现莫里斯·F.加马什和劳拉·维森博格步履坚定地沿着走廊走过来。即使隔着这么远也能隐约看出他们在进行一场严肃的对话——而当杰伊注意到警官没有像往常那样拿着面包圈的时候，她就明白情况严重。马赫什随着她目光看过去，本能地站了起来。

两位同事快步走进"城中城"，都面带微笑。莫里斯得意地向上伸出一根手指，发出呐喊一般的声音：

"新加坡！"

– 49 –

在韦斯特马科一切都很安静。除了员工们的汽车，停车场只有一辆黑色的道奇公羊。一位护士带着惊讶的笑容和丽莎打招呼。"

"您今天真早啊！"

丽莎微微点了点头。护士目送她消失在走廊尽头，觉得她今天的样子隆重得不同寻常——护士花了好几秒钟搞明白自己为什么有这样的印象：这几个月，丽莎来护理中心都穿着一身肮脏的工作服和大头靴，双手乌黑，头发上还带着木屑。而今天早晨，她穿了一条干净的牛仔裤，一件白净的毛线衫，脚穿凉鞋，深色墨镜戴在刚刚洗净的头发上。

丽莎不紧不慢地穿过走廊。空气中弥漫着咖啡、烤面包和草莓果酱的味道。所有房间的门都开着；住客们在吃饭、看电视、玩填数游戏，一位老太太躺在床上和天花板交谈。

丽莎来到19号房，从门口看见父亲在自言自语，面朝着窗外。他已经穿好了衣服，可还是在衣服外面罩上了他那件有条纹的旧睡袍，还戴了一顶不属于他的鸭舌帽。丽莎感到她的胃在收紧，忽然意识到他瘦到了什么程度，颧骨凸出了那么多。迎着清晨的光，他看起来骨瘦如柴。

她父亲7月底脑血管发生意外，现有所恢复，可情况在不停地恶化。医生说，他随时可能进入另一个阶段，哪怕再小的感冒对他都可能是致命的。他脸色苍白，生命垂于一线。他不再离开房间，即使是吃饭，人们为他端来的盘子他几乎不动。丽莎看着这间储藏室般的小房间，里面除了她从边境领地带来的纪念物外什么都没有。小摆设、照片、小玩意儿，罗贝尔把一切都扔进了垃圾箱，它们分布在护理中心的四个角上。第三株吊兰从挂钩上消失了，应该是枯死的。没有这些明显的标志，房间里弥漫着一股脆弱的气氛。然而，丽莎知道她父亲绝不会被转移到别处，他等不到长期护理中心腾出一个位置来，这狭小的房间将是他最后待的地方。

"你好，爸爸。"

他朝门口转过身，看见了女儿，淡淡地笑了笑，这已经是他唯一的笑容。丽莎马上明白他没有认出她来，不过他还是让她吻了他的脸颊。他面前摆着早餐的托盘，烤面包被咬了一个角，茶和橙子动都没动过。不久就得通过输液给他进食了。

和往常一样，丽莎让自己忙碌起来，以驱赶手足无措的感觉。她提问题，谈论天气或房间的状况，检查抽屉，确认一切正常，他没有在T恤里藏一个牛肉丸子。她注意到他的内衣在不可避免地消失。罗贝尔什么都不知道，什么都没注意到，对眼下不再感兴趣：他活在过去——或者，更确切地说，活在好几个同时进行的过去中，旁人永远无从得知他是在1978年还是1991年，抑或2007年。他有着层层叠叠的记忆，在那里面随性游走，或走秘密楼梯，或穿过隐形活板门。

抽屉里很整齐，丽莎虽然闻到一股淡淡的尿味，但找不到来自哪里。她仰着鼻子在房间里转了一圈，最后还是放弃了。她在父亲旁边坐下来，局促地摆弄自己的耳垂，并朝门口扫了一眼。现在开溜太晚了。

"爸爸……记得我们翻修过的那幢大屋吗，在尹欣布鲁克，巴斯金大宅？"

丽莎没打算等到任何回答。她父亲纯粹出于本能地点头：很明显，他对巴斯金大宅和尹欣布鲁克没有任何印象了。尽管如此，丽莎还是不动声色地继续往下说。

"你在储藏室壁毯后面发现了一个通道，通道位于墙壁中间，由一个梯子通向二楼。"

罗贝尔在椅子上摇摆着，显然无法理解谈话的内容。也许，由于整天和自言自语的人们生活在一起，他连什么叫对话都忘记了。丽莎一个劲地说话，打扰了他，他轻轻晃动着身体，眼神游移不定。

"我拎着一盏手提灯，进了通道，并且爬上梯子。当我出来的时候，你问我是否看见了什么，我跟你说没有，什么也没看见。"

沉默。隔壁房间里，一个男声在唱《温柔地爱我》，唱得很大声，而且有点假。

"我对你撒谎了。那里面……有一间密室，有个旧手电筒、一个烟灰缸、一些杂志、一个靠枕、一瓶朗姆酒。已经被弃用好多年了——不过很久以前，20世纪50年代，有个人曾经藏在那里。一个女人，我想。一个女人长时间躲在墙壁里。"

罗贝尔开始在身边翻寻，试图找什么东西，但没找到。他咕哝着，丽莎看见遥控器从摇椅的靠垫底下探出来，便把它递给罗贝尔。罗贝尔用力摁下大大的红色按钮，这是他唯一没有忘记其功能的按键。电视打开了，在播一个晨间节目。今天，要盲评各种香醋。

丽莎亲吻了一下父亲的额头，把自己的头久久地抵在他的头上，然后离开了房间。

– 50 –

杰伊和庆祝的人群离得远远的，倒在她那符合人体工程学的椅子里。全城的人似乎都跑到"城中城"来了。有劳拉和马赫什——这是一定的，加马什警官正在打电话，3个同事惊讶地跑来看发生了什么事，米舍利娜·圣洛朗也在，还有一位经济诈骗科的官员。甚至连负责回收垃圾的职员也在角落里磨蹭着，从他们的肩膀上窥探。人们走来走去，欢快地交谈着。

在一片嘈杂声中，杰伊捕捉到了关键讯息：祖鲁爸爸一周前被卸在新加坡，转运代码是前往雅加达的。劳拉始终用教导的口气，解释新加坡依然是世界上最重要的转运港口：全球15%的集装箱都在那里中转，也就是说，每天两万个集装箱，满载着乳胶手套和塑料珠子、手提包、云母粉、冻牛肉、油墨、USB连接器、包装纸、镀锌板、圣诞灯饰和硅酸钾。此外，码头还给冷冻集装箱装备了7000个充电座，这意味着在4000公里的范围内有30亿吞吐量。

总之，要想在流通过程中消失，这是个理想的地点。

现在所有人都在推测祖鲁爸爸被发往雅加达了（可能性基本为零），停在新加坡的码头等待（可能性中等），已办理报关手续（可能性忽略不计），将被运往下一个未知的目的地（可能性高）。

劳拉已经在她的电脑屏幕上显示出2500海里范围内所有联运港口的地图。马赫什站在白板前画方程式草图，根据这段时间（T）以来中转的次数（Ne），来比较祖鲁爸爸（Pz）可能分布位置的面积（S）和密度（d）。简而言之，大量的中转意味着进展没那么快，但调查也更复杂。

至于杰伊，她想起自己从前还是个10岁小女孩的时候，站在码头上，戴着北方人的羊毛帽子。劳拉忽然发现了她。

"还好吗？你脸色很苍白。"

"我脸色苍白吗？"

"白得像张纸。吃过早餐了吗？"

"吃过了。"

"你呀，你需要休假了。"

杰伊点着头，起初是缓缓地，接着点得越来越使劲。休假？对啊，仔细想想，这真是个好主意。

– 51 –

丽莎正在看书，突然，灯灭了，排气扇也停了下来。一切都陷入黑暗和死寂，只有用电池的那些电器还在闪烁它们的指示灯。丽莎只听见远处传来的机器声响，掺杂着自己的心跳声。

金属的撞击声回响在整个集装箱里，集装箱升了起来，并轻微摆动着。座舱嘎吱作响，但没有裂开，不出所料，各系数都会根据其他系数自我调整。又一次撞击，接着是震动。集装箱在动，丽莎可以打开GPS的屏幕进行跟踪，可她什么都没做。一切都那么平静，黑暗中，她也不想动。

集装箱又移动了一会儿，向左转，接着又向左转，然后不动了。又感到一次金属的撞击：吊车抓住集装箱的四个角，丽莎感到自己突然被拎到好几层楼高的位置，然后放到了船上。咔哒响声和晃动过后，夹子松开了，一切恢复平静。

一两分钟后，传来新的声音：一个集装箱落在PZIU 127 002 7的左舷，接着，另一个落在它顶上，还有一个在它附近，它们好像被一只巨人的手摆布着。丽莎听见机械手抓取金属时发出的咔嗒声——锁门的插销，固定在箱体各个角上的索套，还有别的撞击，越来越远，与其说是声响，不如说是声波。这个集装箱的隔音出奇地好。

忽然间，座舱又活了过来。灯亮了，排气扇启动了，食品储藏室传来冰箱的轰隆声。

丽莎跳起来，坐在海图桌前。她一直叫它海图桌，尽管这桌子跟海图并没什么关系。而且船上一张地图也没有：它们是给实地航行用的。丽莎准备进入另一种空间，位于行政和经济会合处。

她用食指唤醒电脑。屏幕上出现了8个页面，像美国航空航天指挥中心那么拥挤繁忙。最前面是船的实时装载图，和港口人员看到的一样。集装箱一个叠一个，像小小的黄色骰子串在一起，整齐排列着，每个骰子都各就各位。*SS Antwerp*是一款比较普通的巴拿马型船舶，能够装载1700个集装箱。丽莎的集装箱被放在船尾，和其他冷冻集装箱一起。

17行，12列，06层：这是她以后5天的地址。

丽莎稍稍松了一口气。关于被放在外围的危险性，埃里克向她解释了很久。如果船只侧倾或者遇上大浪，侧面的集装箱会最早掉进水里，这种情况发生的次数比人们想象的要多。此外，所有危险品或易燃品也都被放在周边。所以，最好是位于中部，跟毛绒玩具熊和小苏打待在一起。

她在画面上看到，集装箱砌起的高墙在船尾升起。如果隔板的隔音没有这么好，可以听见十几个排气扇的隆隆声，像一个硕大的蜂箱发出的声响。丽莎跳上床，把鼻子凑近排风扇栅栏。空气中带着一股淡淡的油脂味，船舶闻起来当然有油脂的味道，否则还会是什么味？从底舱到甲板绞车，这行业整个儿浸泡在油脂、机油和燃油里。如果运气好一点，等他们进入航道，风拍打到集装箱墙上，会飘来河流的气息。

她回来坐到电脑前，把出发前的待办事项再看一遍。现在还需要进入数据库，抹去她经过的痕迹，进入船上的路由器，以便到了海上就有网络可用（He2已经就此展开工作），收听甚高频收音机，知道装船几点钟结束，然后就可以着手完成中期任务了：规划她在考赛多的中转，研究前往巴拿马的出发时间，给港务局、运输商和海关发送文件，在官僚机构中游走。

目前，一切都好，她有电和密码，手里很快就会握着一听啤酒。今晚的菜单：虾煮米粉、芒果沙拉和鲜香草木薯。

她真的看不出会有什么不对劲的事情发生。

— 52 —

"哪个航空公司？"出租车司机问道。

杰伊耸耸肩；她机票买得太仓促，以至于记不得该搭哪家航空公司的飞机。她指着经过的第一个牌子，汉莎航空。应该是的。

汽车钻进一个空位。杰伊递出两张20加元的钞票，不用找了，然后下到车外。一片雪花落在她鼻子上。她拖着旅行袋，迂回穿行在行李拖车中，经过几道门，来到出发区：杜鲁多机场的大厅。在她周围，人们往各个方向沿着自己的路线行走。

杰伊站到一个自动登机柜员机前，翻着口袋找她的收据，成人旅客一位，靠窗位置，没有托运行李，不，她没有携带枪支、易燃易爆物品、溶剂或压缩气体。

柜员机吐出她的登机牌，杰伊超过一群体验旅游的大学生，随人流拥入安检区，然后本能地用眼睛扫视四周，看有没有患妄想狂的女安检员用解剖刀检查儒勒·凡尔纳的作品集。到处都看了，没有。

杰伊没认出任何人，也没有任何人认出她，她的护照没触发任何警报。就算有安检员要询问她，也看不出她搭飞机有什么不对劲的地方。和上次飞行相反，这一次度假仅仅是出于医疗原因。她宣称她睡不安稳，食欲下降，容易躁狂和强迫——这一点，从某种意义上来说，确有其事。她得到了一封皇家骑警、假释委员会和她顶头上司的联合批准的函件，她的上司没有她完全可以，随她去西班牙休养10天还是12天，甚至15天，只要她愿意。

没有人问她这个问题，那封信在她口袋里还是温热的。

很奇怪的感觉，当一个正常人。今天早晨，站在衣橱前，手搭在那身灰色套装的肩上时，她犹豫了，她正准备把它取下来，突然又改变了主意。这身套装不仅仅是伪装服，也是盔甲，套上盔甲虽然是个简单的动作，但也意味着承认自己软弱。考虑之下，她觉得穿条牛仔裤和一件旧T恤就行了。杰伊也很想戴上她那顶北方人的羊毛帽子，可惜它早已消失了。也许它还待在某个抽屉的底部，在她父亲家，在巴斯-科特-诺尔。

杰伊脱下鞋子和外套，解开皮带，取下手表，清空口袋。把她的笔记本电脑放进一个灰色篮子里，接着穿着袜子去排队，看传送带运走她那黑色的行李箱，上面还挂着"箱包王国"的吊牌。在她前面，一位体重超重的安检员要在毫米波扫描和手动翻查之间做出选择。他选择了扫描。人必须与时俱进。

安检员终于转向杰伊，示意她往前走。她通过金属探测门——一声也没响——然后出示她的登机牌。没什么值得引起注意的。谢谢，祝您今天愉快！杰伊把传送带上的物品收起来，重新穿上外套，扣上皮带，低着头赶往国际区。最糟糕的阶段已经过去。一直向前走，空气中散发着油炸食品和自由的味道。

距离登机还有二十几分钟，杰伊停在一间书店，想买一瓶水。她站在科幻小说的陈列架前，斜向扫了一眼几本书的封底，好像都很无趣。她想到伊丽莎白·鲁提埃－萨伏瓦此刻正在地球的另一端航行，在国际海域，关在她的集装箱里。她有没有带书到船上去打发时间呢？

杰伊从书店出来，带着一瓶水和一本她永远不会去读的小说。

53号登机口，旅客们挤满了各个角落，姿势五花八门。杰伊在一个冰球袋和一位八旬锡克老人之间的沙发上找到一小段位置。在他们前方，嵌入式屏幕播放着一些奇特的新闻：一只犀牛收养了一窝小鸭子，一名女子15年没剪指甲，一位冒险家骑着独轮车穿越美洲大陆，抵达火地群岛。节目预告，一堆广告，接着播放一个有关阿布扎比金融危机的假报道。几千辆汽车尘封在迪拜机场附近，被破产的英国人和阿联酋人抛弃，他们仓促离开，以避免因欠款不还而坐牢。镜头扫过遭遗弃的法拉利、捷豹、保时捷，它们停在路边或地下停车场，门开着，钥匙插在点火开关里。发动机盖覆盖了一层浅黄色的粉尘，被人用阿拉伯语写上脏话和辱骂的语言。

杰伊感到迫切需要和地理做个了断。

第三章

— 53 —

　　杰伊和她的电脑都在睡觉。

　　一个晚上就在从一辆火车跳上另一辆火车中度过，先是在汉堡，接着在吕贝克——在那儿他们迟到了一点，因为在铁路道口压扁了一辆菲亚特500——然后在普特嘎登，最后在霍德比哈芬。杰伊在那里沮丧地坐上一辆R4208，那是一趟地域列车，慢得令人恼火。她如果从布鲁塞尔搭飞机，本来可以赢得宝贵的好几个小时，可她选择了不引人注目的方式。她必须按照剧本行事。

　　在和睡眠搏斗了两小时后，她终于睡着了，笔记本电脑稳稳地摆在膝盖上，她的手放在键盘上，在她前面，屏幕黑得如同深渊。当电脑快要从她膝盖上滑下去的时候，她醒了，刚好抓住它。在她后边，太阳在地平线上闪耀，光芒刺眼，让人简直睁不开眼。

　　杰伊眯着眼睛，试图看清楚窗外的景色。火车行驶在一座线状桥上，看起来正在跨越一个峡湾，就像宜家广告上的一样。

现在，她离开蒙特利尔已经30小时了，如果计算得没错，加上时区变化，她将在10分钟后迎来自己的40岁生日。

她伸长脖子环顾车厢，有一半的座位空着。走道的另一边，一对情侣睡着了，女人把头枕在男人的大腿上，男人手里握着手机，他们面前的小桌子上摊着一本旅游手册。地板上，一听可乐从左到右地不停转动。空气中弥漫着醋和汗的味道。在这种环境中庆祝生日是多么令人哀伤啊！

40岁。过去的几个月如此繁忙，以至于杰伊甚至没有时间认真体会自己的心理状态——尖酸、焦虑和遗憾。说实话，她感觉自己更年轻了，从10月中旬开始。她的意识一直处在警戒状态，又回到了她的老本行。

笔记本电脑发出收到信息的提示音，她用食指激活屏幕。是劳拉的电邮，祝她生日快乐，在安达卢西亚度过愉快的假期——800万居民，塞维利亚的首府，天气预报显示，未来几天天气好极了——劳拉还借此机会向她传递最新消息，一个叫祖鲁爸爸的集装箱应该是12天前从新加坡港出发了，前往科伦坡。"你要给我们寄明信片哦！祝好，LW。"

杰伊摩挲着鼻子。科伦坡？紧急搜索，谷歌给出了一张斯里兰卡的地图。完全在预料之中。伊丽莎白继续往西航行，穿过马六甲海峡，然后是孟加拉湾。她从新加坡出来已经走了3000公里，天知道离开科伦坡以后还要走多远。她以速度取胜——而这列火车正相反，看起来又要减速了。

那听可乐滚到了她的脚下。杰伊把电脑装进包里，起身去找杯浓咖啡，但愿车上有。

火车在田野、村庄，还有奶牛中开了45分钟后，停在了一个叫罗斯基勒的小火车站。四周看起来像城市郊区，杰伊周围的旅客们开始躁动，他们站起来，收拾行李。火车又慢慢地开了，车轮下的铁轨发出奄奄一息的声响，手机铃声此起彼伏。

终于通知"哥本哈根·H到了"。

杰伊站在门旁边跺着脚，似乎等不及车停稳就要下车。列车一到站，她就跳上月台，消失在人群中。正是高峰时段，游客们和郊区的上班族混在一起。鱼目混珠的理想时刻。时钟显示6点19分，去敲别人的门还太早，但杰伊首先要吃点东西，喝杯咖啡——火车上供应的冲剂一般的东西简直是对人类的侮辱——然后进城。

她登上自动扶梯，观察了一下周边环境，闻到了咖啡和糕点铺里的糕点（在右边）的味道，注意到一个画着行李箱的招牌（在左边）。招牌上写着"行李寄存柜"（丹麦语）。在这个国家，杰伊的词汇量每一分钟都在增长。

在寄存处入口，一个告示牌标明了价格和开放时间。存放时间最长不超过72个小时。杰伊需要的时间比这少多了，她把行李箱推进第一个空柜子的底部，只留下电脑包、护照和钱包。她查看了钱包里的东西，在两张20欧元的纸币中间找到宝贵的UPS的一小段信封，上面有埃里克·勒·布朗的地址，明星街3030号。

她关上柜子，把钥匙放进口袋，去喝咖啡了。

– 54 –

客厅的墙上，贴着一张巨大的彩色世界地图，用一种博纳/兰伯特①混合投影将几块大陆排列成扇形，像香蕉树的叶子。

一条用红色毡笔画的线从蒙特利尔出发，沿着圣劳伦斯河，出了海湾，往下到考赛多，从考赛多又出发到巴拿马，沿着西海岸往上到阿拉斯加，然后消失在左上方空白处的龙和浪花里，接着又从地图的另一头冒出来，掠过日

---

① 两者皆为地图投影方法。

本群岛，抵达深圳，斜着往下到新加坡，掉头转向斯里兰卡，最后来到印度洋，在印度海域。

拉尔克·霍吉-勒·布朗站在地图前，小手指沿着红线在墙上画。

小姑娘今天不用上课，而她母亲有一个重要的会议要参加，她就到埃里克这儿来打发时间。本来她也可以选择别的活动——日托、音乐班、喜剧班、私人攀岩课程或租热气球——可她更愿意和哥哥待在一起，哥哥也不觉得有什么不便。

其实她是自己和自己玩，她画海蛇，用乐高积木搭城市，在图书室里乱翻，去冰箱找吃的，更多的时候，是在观景玻璃窗前待上好几个小时，拿着军用望远镜，仔细观察码头上的活动。没有什么能像龙门吊的重复动作那样令她着迷，除了卡车、轮船和集装箱。一定有种病毒在这个家族内传播。

拉尔克尽管对集装箱有着过早的迷恋，对哥哥的活动却几乎一无所知。那是大人们的事，肯定是抽象的，难以理解而又神秘。小姑娘喜欢世界地图，不停地跑过来，也许仅仅是因为她对这条每天都延长一点的红线感到好奇。作为解释，埃里克只告诉她这是一个游戏，不，她不能玩，不必坚持，或者有一天——他面带滑稽的笑容补充道——等她年纪够大再说。

"'年纪够大',你说话像个老年人。"

地图跟办公室里许多屏幕和投影机形成鲜明对比。和所有原始技术一样,它可以免遭盗版、网络故障和停电的困扰——不过埃里克用纸质地图的原因没那么功利:他是通过这种方式提醒自己,整个公司在本质上是诗意的,不在通常的活动范围内。尽管埃里克有技术方面的专长,指挥游戏的却是丽莎。

拉尔克研究红线研究累了,跑进厨房看能不能找到什么零食。埃里克趁机拿着红色毡笔站到地图前,找到北纬15.205584和东经71.036897。在一张非典型的地图上,这并非易事,他在那里标上一个点,然后把这个点和红线连起来。还有短短400公里就到孟买了。

他套上笔套,喝口咖啡,叹了口气。这趟旅行已经进行了65天,出现了一个预料之外的问题:时间——更确切地说,是时间的漫长。

起初,航海的各项任务让丽莎相当忙碌。她得熟悉He2的1001项功能,填写并发送各式各样的表格,监视PZIU 127 002 7的转运,篡改数据库信息。丽莎学得很快,然而,这些工作如今成了例行公事——何况He2还将好几道程序自动化了。她每一天都有更多的时间供她自由支配,船上的图书馆装有12000本电子书,600部电影,几千小时的音乐,从约翰·塞巴斯蒂安·巴赫到Yeah Yeah

Yeahs乐队，可丽莎始终不习惯无所事事和凝思冥想。经过一段泰式烹饪的密集期，她还尝试过瑜伽、擦洗家具，反复做了10遍资源清查。上星期，她给自己倒了一杯朗姆酒——哟嗬嗬——随即就吐了，脸都绿了，吐在旱厕里。她实在太无聊了，以至于打算拆开面包机看看它是怎么工作的——这绝对是一个需要严肃对待的症状。

"打发时间"这个说法，埃里克想，正产生一个完全不同的含义：和时间决斗。

他站在世界地图前，考虑这个问题，这时，对讲门铃响了。他看看时钟，吃了一惊。谁会在8点钟来按门铃？他走向显示器，可拉尔克冲出来，从左边超过他，站到对讲机前，踮着脚，鼻子贴在屏幕上。

"是谁？"

"让我来看。"

拉尔克退到一旁。埃里克不认识站在大楼门口的这个女人——她本身并没有什么惊人之处：摄像头镜片微微呈弧形，拍出的人脸像地球仪一样凸起。他摁下按钮。

"哪位？"（丹麦语）

"您好。我能和埃里克·勒·布朗说话吗？"

埃里克吓了一跳。一个说法语的女人？还是蒙特利尔口音的法语？他没有一点儿心理准备，仔细看着图像。毫无印象，他不认识这个女人。她的眼睛在寻找摄像头，显然意识到有人在观察她。

"您是记者？"

"不是。"

"记者必须先联系我的行政助理，在T2T。我……首先告诉我，谁把我的地址给您的？"

"我在垃圾堆里找到的。"

"您真的不是记者？"

"我完完全全是记者的反面。"

这句话让埃里克乱了头绪。记者的反面？与其说是回答，不如说是个谜语。他转身看拉尔克，可小丫头已经跑开，忙着去找更好玩的东西了。这局面开始让埃里克有些烦躁。

"您想和我谈什么？"

女人没有马上回答，而是把头歪到一边，似乎在找合适的语言。

"谈伊丽莎白。"

埃里克感觉手臂上鸡皮疙瘩都起来了，他几乎不由自主地摁下了开门的按钮。

— 55 —

电梯低调而奢华，细木护壁板，拉丝不锈钢，精确计算过的照明度。按钮是手工在黑色大理石上雕刻出来的，而且从9楼开始，每层都配了一道锁。埃里克·勒·布朗住的就是这些私家楼房中的最后一层。

在杰伊观察那些细小的锁的时候，门关上了，电梯自动启动，上升得十分突然，以至于她感觉耳朵嗡嗡响，血压也下降了。到了11楼，门开了——外面不是楼道，而是直接进入了公寓的门厅。

埃里克站在杰伊面前，看起来平静而胸有成竹。

有片刻工夫，他们一言不发地打量对方，彼此都很好奇。这位在同龄人中最有前途的丹麦企业家光着脚，穿着一件简单的T恤和一条和服式长裤，看起来比杰伊想象的还要年轻——她觉得自己一下子变老了。她也曾像他这么年轻，并不是很久以前，可现在她忽然就40岁了。在埃里克眼里，她看上去究竟什么样呢？一个陌生女人，疲惫，蓬头垢面，穿着一条普通的牛仔裤和一件皮夹克。毫无光彩。

"咖啡？"

杰伊点点头，小伙子旋即去了厨房。犹豫了两次之后，她决定还是入乡随俗，脱掉鞋子。胳膊下夹着电脑，开始慢慢参观这套巨大的公寓。

这里的光线好得惊人，整整两面墙都是落地玻璃窗，给人感觉好像在一个控制塔里。卧室位于一个宽敞的阁楼上，通过一个玻璃楼梯可以走上去。墙上空无一物，洁白无瑕，除了一排经过精心整理的长长的书架。

杰伊听见有动静，及时低头躲过一只鹦鹉，接着又是两只，它们以密集队形飞过，停到书架上。一根淡蓝色的羽毛在空中旋转。

左边什么地方传来咖啡压缩机的声音。

杰伊继续她的探访，沿着一张长得仿佛没有头的会议桌走，桌子由一整块花旗松木制成，那些簇拥着它的椅子都有着符合人体工程学的镂空靠背。一碗麦片和一本漫画书摆在桌子上，给这地方以一种模糊的性质，介于公务和居家之间。

客厅地板的中央，几百个积木散落在一艘即将完工的集装箱船周围。杰伊马上认出那是马士基的三E船，去年夏天马赫什对它垂涎三尺。这个模型由1500块积木组成，加拿大还没有销售，她可怜的同事当时还想出高价从国外买呢！千万别让他看见这个。

  杰伊走近落地玻璃窗，发现这里能看见300米外的码头全景。这是个意外的惊喜：从底楼进来时，你根本想不到这里离海这么近。据她判断，这是一个小码头。有一秒钟的时间，她看着龙门吊在卸载集装箱。

  "你好！"

  杰伊吓了一跳，转过身。一个小姑娘（拉尔克，她想起来了）严肃地看着她。后面的墙上，挂着一幅巨大的世界地图。杰伊心跳加速，马上注意到那条线从蒙特利尔出发，在孟买附近的印度洋结束。

  拉尔克把头歪到一边，对这个不知从哪儿冒出来的女人无法做出定论。

  "你叫什么名字？"（丹麦语）

  杰伊努力回忆着她学过的唯一丹麦语——尤其是它的发音。

  "我不会……说丹麦语。"（丹麦语）

  拉尔克从头到脚打量着杰伊：一个不知从哪儿冒出来的不会说丹麦语的女人。越来越神秘了。

  "你是我哥哥的朋友吗？"

  短暂的沉默。杰伊认真思考着这个问题。

  "是的，可以这么说。"

  这回答似乎让拉尔克满意了，她默默地转身走了，抓起硕大的军事望远镜，跑去观景玻璃窗前待着。杰伊看着她镇定自若地调整旋钮，不像一个在玩耍的孩子，而像一个老练的哨兵。

埃里克端着托盘回来了，两杯玛琪雅朵冒着热气。

"抱歉，家里这么乱，通常，我会提前48小时得到通知。"

他们来到大会议桌旁，分别坐在花旗松木的两侧，中间隔着几个世纪的年轮，几千个春夏秋冬浓缩在短短的几厘米里，专家可以在上面找到克里斯托弗·哥伦布抵达美洲大陆、非洲殖民化，以及第二次世界大战发生的时间的位置。埃里克推开装麦片的碗和漫画书。

"加糖吗？"

"加糖。"

杰伊不记得自己喝过比这更好喝的咖啡。制作出这饮品的机器肯定值她一个季度的薪水。

埃里克三口就喝光了杯里的咖啡，他很紧张，尽管外表故作镇定，杰伊决定和盘托出：

"我什么都知道。"

埃里克的眼中隐约闪过一丝怀疑：

"全部？"

"几乎全部。我知道伊丽莎白·鲁提埃-萨伏瓦搭乘一个编号为PZIU 127 002 7的集装箱旅行。我知道她10月13日从蒙特利尔出发，穿过太平洋去往新加坡。今天早晨，当我来到这里的时候，我还不能百分之百地确定您与这件事有关——可看到墙上那张地图，可以说，是的，我几乎什么都知道了。"

埃里克的脸上看不出任何表情，这家伙在牌桌上肯定能成赢家。

"您是警察局的人？"

"不完全是，我属于皇家骑警的文职人员，是做数据分析的。我的专长是查信用卡造假。"

埃里克显得有些不知所措。

"我还以为他们会派一名警员来。"

"没人派我来。"

"我不明白。"

"是我自己进行调查的，和他们平行展开。利用空余时间。"

"平行展开？"

"我没有采用相同的线索。皇家骑警和中情局也在找集装箱，但他们还不知道伊丽莎白在里面，而以为是一个恐怖主义团伙，一群穿长袍的大胡子。"

埃里克揉着太阳穴，看着杯壁上牛奶的痕迹。

"我原本确信集装箱是隐形的。我遗漏了什么吗？"

"财务。"

"财务？"

"有一张未付账单。港口费或者电费，我估计。调查员们顺着它追查到发货清单，然后又到数据库的备份里去找——服务器每天午夜都会给系统备份一次。通过一连串备份，他们把片段重新连了起来。"

埃里克摇摇头，不敢相信：

"可是……等等。那您是怎么知道集装箱里面有人的？"

"这很重要吗？"

"就当帮我个忙吧！"

"拖运的大车引起了我的注意。用好几家公司来搅乱线索，这让我吃惊。这是计算机专家的思维。"

"是我的主意。"

"需要增加更多步骤。在蒙特利尔地区，有39家拖车公司可以运送集装箱。我全都拜访过。"

"全部？"

"好吧，大部分。这样我才能追踪到伊丽莎白工作过的那个车库。我在那里搜集到许多线索。韩赛尔和格雷特的老把戏。"

"我不相信自己留下了这么多把柄。"

"还有许多灰色地带，比如说，没有人确切知道你们是怎么运作的。你们修改了数据库的不同格式，侵入了Wi-Fi网络和外联网，模仿所有类型的排序软件，结合了蛮力和社会工程。我有一位同事认为你们转包给了白俄罗斯的黑客……"

埃里克哈哈大笑。

"……而我认为你们只是通过一种软件或一系列软件自动化了程式，类似瑞士军刀。"

埃里克点点头：

"需要一把很大的瑞士军刀。"

"多大？"

"非常大。"

沉默。杰伊在脑子里组装拼图：

"一个操作系统？是吗？"

他点头，目光茫然——不过几秒钟后，杰伊意识到他其实是盯着拉尔克。小姑娘轻声哼着"Simsaladim bamba saladu saladim"，和她工业间谍的活动形成奇特的反差。

"现在已经发布了十几套用Linux操作系统来执行特殊任务，比如管理粒子加速器，操纵无人机。现在，时兴的是住宅自动化管理，管理冰箱、咖啡机、照明或暖气系统。"

他把目光转向杰伊：

"因此，设计一个半自动化导航系统，是水到渠成的事。"

"这比我想象的还要好。集装箱里有电吗？"

"丽莎修改了制冷装置。"

"真的？"

"她什么都想到了：小厨房、冷冻柜、排气扇、暖气、空调、垃圾压缩机、旱厕，再加上饮用水和她储备的食物，她大概能在海上连续漂泊6个月。"

"了不起……太了不起了……"

杰伊有些焦虑，似乎忘了自己来这里的原因。埃里克清了清喉咙：

"这么说，您是自己来的？"

"千真万确。"

"皇家骑警不知道这事？"

"不知道。"

"丹麦警方呢？"

"也不知道。"

"那么您究竟为什么到这儿来？"

杰伊拨弄着她的杯子，想着该怎么说。"Sa kom en boeslig joeger，"拉尔克轻声哼着，"Simsaladim bamba saladu。"

"因为我一直厌恶地理。"

她笑了起来。

"我在一个小镇上长大，巴斯-科特-诺尔。听说过'鲸鱼头'这个名字吗？"

"没。"

"这不奇怪。138号公路甚至没有通到那里。要从镇上出来，得乘船或者飞机，冬天可以开雪地摩托车。根据最新消息，当地的人口正在急剧减少。"

短暂的沉默，啜一口咖啡。

"我从小就有幽闭恐惧症。我会窒息。等我去七岛镇上中学时，情况略有好转，但并不多。我后来逃到蒙特利尔……长话短说吧！我过着一种双重生活。10年以后，我不得不快速离开加拿大。用一本假护照。这在当时还是比较容易的。"

"2001年9月以前。"

"完全正确。可如果我有这个……"

她用指关节敲打桌面，以加强语气。

"……一个装备齐全的集装箱在世界游走……这比道路还强，比护照更好。有了它，地理就不复存在了。"

长时间的沉默。"Simsaladim bamba saladu saladim。"杰伊看看手表，静止了20分钟后，时间仿佛刚刚重新开始摆动。她把咖啡喝光。

"不过，更直接地回答这个问题吧！我其实是来帮助伊丽莎白的。现在的情况是这样：皇家骑警负责在加拿大的调查。他们10天前搜查了位于吉布森街的车库。物品很多，但线索很少，还不至于让你睡不着觉。相反，中情局就完全另一回事了。他们可以进入亚洲所有港口的数据库，很快就会逮到集装箱。"

"很快？"

"36个小时以前，我离开蒙特利尔的时候，他们还在分析新加坡的数据库。今天早晨，我在火车上，听说他们已经追踪到了斯里兰卡。此时此刻，他们应该正在搜查科伦坡港的服务器。"

埃里克的手指在桌面上弹钢琴似的轻敲，仿佛在看不见的键盘上弹琴。

"所以我们还有……3天时间。"

"这么短？抱歉，我原本想早点来。一切都发展得越来越快。"

埃里克没有回答，人在心不在，目光茫然，已经在忙着计算参数和拟订方案了。他会偶尔回过神来，表情平静而专注，但十分冷淡。大部分资源依然牢牢掌控在他手里。

"谢谢您来通知我。"

杰伊心领神会，站起身。埃里克木讷地领她走到电梯口，两人一言不发地握了握手。小伙子看起来并不害怕。

电梯门重新关上的时候，杰伊发现拉尔克在房子的另一头，迎着光站在大玻璃窗前，依然专心致志地在摆弄望远镜。"Simsaladim bamba saladu saladim."

– 56 –

一列开往西班牙的火车在夜色中呼啸而过，杰伊坐在火车上，她不想再演斯巴达人了，高价订了一间卧铺车厢：度过失眠之夜的理想地方。

她仰面躺着，听着铁轨有规律的撞击声，试着回忆他们经过的最后一个车站。一个以葡萄酒名字命名的城市，图里翁-绪尔-罗纳，或类似的名字。快到瓦朗斯了，透过窗帘隐约能看见黑暗中郊区房屋的影子。

杰伊转过来蜷身侧卧，不停想着10个小时以前和埃里克·勒·布朗的会面。她记得在那套大房子里度过的每一秒钟，包括最简短的对话，然而她又恼人地感到，似乎这个场景从未真正发生过，过去的48个小时仿佛一场白日梦——这感觉应该归咎于紧张的旅行，尤其是缺乏睡眠。

她总是想起挂在墙上的那幅大地图和上面画的红线，越想就越精确地回想起——比较精确吧，反正——那条线结束的位置：在印度的西海岸，离孟买不太远的地方。

火车跨过一条路，道口的铃声在车身呼啸而过，随着列车走远而越来越轻。生命最终都表现为多普勒效应。就算回忆也会失真，如果等待太久。

杰伊抓过行李箱，欣慰地摸到了手提电脑。她靠着枕头，连上路由器，车上提供的是全西欧速度最慢的互联网，哪怕一张最小的图片似乎也永远下载不完，可杰伊有一整晚的时间。

她打开谷歌，搜索一个能显示所有船只实时位置的网站。有十几个这样的网站，ShipTrax应该就行。杰伊点击印度，把图放大到红线结束的地区。那是一条繁忙的海上走廊，屏幕上布满了彩色的船舶。幸好，地图可以设置参数，杰伊钩了几个选项后，就屏蔽了所有的游轮、渔船、运油船、散装货船、军事舰艇和游艇。地图渐渐变得清晰，很快，就只剩下集装箱船了。

杰伊点击每一艘船只，寻找去年12月8日离开科伦坡港的那艘。只有一艘：广东快运。相关信息马上出来了：马六甲级的巨轮，在新加坡注册，能承载差不多一万个集装箱。照片看得人头晕，像一座由疯狂的新陈代谢派建筑师想象出来的漂浮城市。

根据11分钟前收到的数据，"广东快运"已进入孟买岬角的乌哈斯河河口。此时，船应该停在那瓦舍瓦港对面，领港员已进入操舵室，拖轮靠近了船身。

杰伊密切关注红色的矢量。这几个可怜的像素图代表着8000公里以外的一艘巨型船舶，所以她总感到不真实。

火车减速了，快到瓦朗斯了，杰伊终于感到倦意向她袭来。

她在黎明时醒来，怀里抱着电脑，慢吞吞爬下卧铺的梯子，拉开窗帘。外面的世界彻底改变了，昨晚在德国北部隐约瞥见的薄雪，已被南方干旱的植被所取代。

杰伊把电脑塞到床垫底下，出门补充能量。

时间还早，乘客们在座位上的睡姿无奇不有。人类的适应能力真的很强。杰伊一直走到餐车，买了一大杯咖啡和一个苹果馅奶酪卷——不过她怀疑奶酪卷里是否真有苹果，或咖啡里是否真有咖啡因。

回到包间，她锁上门，坐在窗边吃早餐，看电脑。屏幕上显示的依然是ShipTrax的网页，"广东快运"停在河口。杰伊摁下快捷键，地图以极慢的速度开始更新。根据8分钟以前获取的数据，"广东快运"已离开码头，前往阿布扎比——然而杰伊知道，祖鲁爸爸已经不在船上。

她咬了一角奶酪卷，下载那瓦舍瓦码头堆场的卫星照片：一片被染成赭红色和铁锈色的广阔天地，由成千上万个集装箱组成，每个集装箱都自成体系，或属于一个大体系的一部分。在它们当中，有一位年轻女孩在电脑前忙碌着，手里端着一杯咖啡和一个苹果馅奶酪卷。

杰伊打开她的电邮软件，看看中情局方面有没有消息。什么都没有。劳拉·维森博格睡觉了，在这个钟点，杰伊真的嫉妒她。她虽然睡了半个晚上，但还是那么疲倦。她想起了在巴塞罗那的巴里戈蒂奇，等待着她的那个小酒店，房间里也许有睡袍。

杰伊最后看了一眼集装箱的迷宫之后，把浏览器的所有窗口关闭，清空了缓冲储存器。

- 57 -

集装箱在早晨6点钟左右被卸下来。这是一个白色的冷冻集装箱，毫不起眼，也没有任何特殊记号。然而它刚进入堆场，就引起了V2的注意。

V2是专门用于查找偷渡客的短腿猎犬，很久以来人们就使用嗅探犬查找爆炸物和毒品，但V2属于一个试点工程。它由主人陪同，在整个码头四处搜寻，包括专门存放冷冻集装箱的区域。压缩机和排气扇的噪声会让一些狗烦躁，而V2却能在任何情况下都保持冷静。无论如何，这个区域不能忽略：上个月，人们在一个冷冻集装箱内发现了约12名奄奄一息的罗马尼亚人。到处都是罗马尼亚人。

这个集装箱刚刚接上电，V2就来到它门前，开始拼命地嗅闻。来回好几趟之后，狗主人认为集装箱有可疑之处，于是用无线电呼叫稽查员。

为保险起见，他们先用伽马射线门对集装箱进行了检查，然后才去惊动边境管理部门。证据确凿：箱里有人。管理部门试着联系出口商，一家有着俄罗斯名字的公司，同时集装箱被移到码头的一个隔离区。

这个毫不起眼也没有任何特殊记号的白色冷冻集装箱，突然在成千上万个集装箱中变得与众不同，港务安全部门的职员在黎明暗淡的光线中抽着雪茄，好奇地看着它。

一个小时后，特别行动组乘坐一辆黑色的SUV抵达现场，他们一面套上防弹背心，一面低声交谈。又有人低声抱怨，因为没有人想到要设立安全区。他们给港口管理局打了几通电话。不，出口商找不到。不需要等他恩准吧？

又来了一只专门查找武器和爆炸物的嗅探犬，它对这个集装箱完全不理不睬。这至少解决了一个问题。特别行动组的一名成员拿着听筒，趴在箱壁上听，可隔音材料让他什么也听不到。最后来了两辆救护车，停在安全距离外，他们互相打赌，看他们要接收的患者是二氧化碳中毒还是受了枪伤。

终于，所有人都各就各位了：医护人员原地待命，警员守住门的两边，3名狙击手跪在第一排，HK416步枪贴着脸颊。收到信号后，一名警员切断铅封，其余人用力打开箱门。5只手电和3把冲锋枪对着集装箱出口，只见里面有两个脸色苍白、双眼通红的年轻男子，坐在一台笔记本电脑前，似乎对眼前的景象略感震惊。

"警察！不许动！"（波兰语）

几分钟后，那两个家伙手腕被绑住，跪在集装箱前的地上。天空开始飘起细雪，由波罗的海的东北风席卷而来。

警员检查了犯罪现场。集装箱里有几张吊床、花园椅和一张茶几。角落安装了一个旧旱厕，根据味道，应该有点漏；还有一个正在工作的小暖炉。制冷机组被粗糙地改造成发电机，一位警员在检查电线团的时候惊愕不已，它们被塑料连接器和宽胶带马马虎虎连接在一起。这样的装法没有引起火灾，本身就是奇迹了。大量的食物堆在纸箱里，不过只消看一眼就知道，两位"航海家"在过去一星期是靠M&M巧克力豆和健怡可乐填肚子的。

电脑仍然放在茶几上，屏幕上有好几个窗口都非常活跃，没人知道这些软件是干什么的。最后，一名警员小心翼翼地拔掉了笔记本电脑的电源，仿佛那是一个炸弹。这是关键罪证。

在搜查中，警员们发现了两本俄罗斯护照。在一位边境官员的询问下，两个年轻人立即老实承认他们是从圣彼得堡上船的。

问："你们是否携带武器或物品？"

答："呃，没有。"

问："到格但斯克来做什么？"

答："我们只是路过。"

问："要去哪里？"

这问题把那两个家伙逗乐了，他们耸耸肩。

答："布雷斯特、利物浦、纽约。哪里都行。"

警员看看两名偷渡客，又看看集装箱。"哪里都行。"这算什么回答。那些罗马尼亚人，至少知道自己要去哪儿。

— 58 —

冬天过去了，这种现象越来越普遍。

一切都是从旧冷冻集装箱的两名俄罗斯人在波兰被抓开始的。原本以为是个孤立案件，就是两个寻找惊险刺激的俄罗斯白痴——可接下来那个星期，三个巴西人用同样的方法来到了迈阿密。一个月以后，两个半疯的日本人在西雅图，一个澳大利亚人在新加坡，以及一个黎巴嫩人在安特卫普被抓。而罗马尼亚人则一如往常地与时俱进，向东海岸发起了"攻击"。

今天，也就是春分前两天，此类集装箱的数量增加到23个，还不算被雷达逮到的。它们有一个共同特点：都有一台在Linux He2系统下运行的电脑。

很快就追溯到了该系统的源头，那是由一个叫哈利·胡迪尼的人通过匿名链接发布到网上的。巧的是，在网上发布的日期是10月13日，恰好和祖鲁爸爸离开蒙特利尔是同一天。

哈利·胡迪尼话不多，他对He2的描写只有两句：带工具和指南的USB Linux现场发行版，指导你如何从院子到后舱，入侵一个集装箱，等等。请明智使用。

一个古老的波斯谚语告诉我们，不可能把挤出来的牙膏再装回牙膏管里。He2的文件被删除，哈利·胡迪尼的账户也被关闭——可马上就有新的复本出现在许多镜像站点、GitHub[①]、海盗湾和不知名的俄罗斯FTP[②]服务器上，它们的链接在论坛和社交媒体上传播。显然，He2只占据了一个很小但却是空白的群落，没有竞争者和吞并者，因

---

① 一个面向开源及私有软件项目的托管平台。
② 文件传输协议。

此扩散迅速。至于哈利·胡迪尼，隐身技术一流。取这样的名字，他肯定不会让自己被逮到的。

当局甚至懒得隐瞒这件事，在他们看来，这是一个微观现象，一种不可理喻的潮流，很快就会过去的。2月底，《连线》杂志的一名记者将He2发布到美国西部好几个港口码头的外联网上，报告触碰到一条敏感的神经：一些港口用的密码不堪一击，He2在15秒之内就能破解。

如今，历史已进入大众媒体阶段，已经有He2的衍生版在传播——更强、更快、更隐蔽的版本。根据传言，某些版本被美国国家安全局渗透了：这么说，特洛伊木马里还套着另一个特洛伊木马。没有人知道传言是否属实，它不过是个阴谋理论呢，还是故意放出来破坏He2名声的呢？无论如何，结果应该都一样。

3月初，马赫什宣布他要为那些对此感兴趣的极客在会议室演示这个系统，该情景让与会者久久难忘。

刚启动几秒，该系统就把附近地区横扫一遍，不仅列出路由器名单，而且把所有开放或关闭的软件端口、电脑和连在网络上的外围设备、服务器和电话，以及任何智能玩具都显示了出来。就缺咖啡机了。什么都不用碰，一切都是自动化的，舒舒服服地坐在那里就行了。He2像个淘气的小孩，把周围的网络一一切断，等它们重新连接的时候就拦截认证消息，随即开始破解密码。如果让它运行一两个小时，周遭所有的密码几乎都能破解。

演示在8楼引起了轻微的恐慌，大家突然都意识到，该采用更复杂的密码了。

马赫什兴高采烈，他研究过系统最隐蔽的角落，眼睛都湿润了。

"他们什么都想到了！"

除了惊人的软件库，He2还有一个庞大的文献中心：几百部科技或理论著作、港口的详细地图、使用说明、流程图、十几种语言的入境表和提货单、法律文件，还有一本通信录，里面存有75个国家的律师和人权保护组织的联系方式。

然而，重点显然是《厨艺指南》，一本详细的说明手册，讲述如何把一个冷冻集装箱改造成洲际座舱，其中的内容涵盖了从供电到洗手间各个细节。甚至还有一套瑜伽教程，指导人们在局促的空间里进行常规锻炼，一些食谱以及古腾堡计划的一大部分目录。

He2不是一个平常的仪表盘，而是一份宣言，是向人类发出的挑战，是征服新大陆的邀请。人们已听到其信息。

偷渡集装箱突然大行其道，而祖鲁爸爸依然是个特例，它比隐形更隐形。

中情局调查员百分之百肯定能在那瓦舍瓦逮到它，结

果却扑了个空。科伦坡的数据库也很肯定：PZIU 127 002 7
被装上了"广东快线"前往孟买，可那该死的箱子似乎从
来没被卸下来过，就这样消失在海上了，可以这么说。

分析员拿着材料推算了两星期才找到答案：这个集装
箱的识别号码被略微改过。从孟买开始，祖鲁爸爸就用不
同代码在航行，PZLU 127 200 7、PZJU 217 020 7或PZTU
127 -002 7，因此要在数据库里找到它很困难，甚至是不
可能的。

劳拉震惊不已。

"他们甚至没有重刷贴在集装箱外面的代码！没有人
注意到集装箱代码和数据库里的不一致吗？"

马赫什也不明白，不过杰伊有了一个解释：

"没有人会去看集装箱上的代码，劳拉。他们每天经
手的集装箱成千上万，而且很快。每个人对系统都盲目信
任，就算有人想睁眼看看，也没用：祖鲁爸爸的所有代码
都很相似，和晕眩迷彩一样。你知道刷着斑马纹的老军舰
吗？一回事。它会产生片刻的视觉混淆，让舰船有足够的
时间趁乱开溜。"

"那些港口不用自动代码识别机吗？"

"没用在集装箱转运上。"

"我好像听说过。"

"人类历史就是一长串的重复，劳拉。"

这套理论被传达给了莫里斯·加马什，他嘟囔着说，杰伊应该来港口调查组工作，好过在信用卡号码上浪费时间——而且不等当事人同意，他就打定主意要去调档案了。到了上面，预备好低声下气吧！

"城中城"里鸦雀无声。大家都去吃晚饭了，除了杰伊。她坐在办公桌前，浏览劳拉塞给她的一篇报告。她跳过好几个章节，直接看结尾——也就是这场调查令人好奇的收场。

3个星期前，他们在雅典的一个工业区里找到了祖鲁爸爸，完全出于偶然。一名废铁商在阿里巴巴上花500美金买下了它，集装箱在院子里待了一个月，等待被压成废铁。工人们打开门的时候着实吃了一惊：箱子的装备简直像韦斯伐里亚房车！他们将这一发现发布到YouTube上以后，打电话给警察。不到24小时，中情局就收到消息，附带着，皇家骑警也就知道了。

报告称，祖鲁爸爸的住户带走了一切可能泄露身份的物品，也没有留下He2的任何痕迹，指纹和DNA与全球巴士公司取到的吻合，但在全国基因数据资料库里却没有记录。

杰伊翻着报告，直到真正让她感兴趣的内容出现眼前：照片——高度机密——集装箱内部的照片。眼前所见超出了杰伊此前的所有预料。祖鲁爸爸完全不像一月无人打理的样子，看上去简直像豪华双桅船的船舱，杰伊自然而然地想象着伊丽莎白坐在海图桌前、抱着书睡觉或忙着煮意大利烩饭的样子。

她合上报告，若有所思，想确认她保护的这位年轻女孩安然无恙。有两三次，她若无其事地从她位于诺特丹圣母大教堂附近的公寓后方经过。还是没有丝毫生活的迹象。好几个星期以来，她都想联系埃里克·勒·布朗——但她忍住了。必须照计划行事，做她该做的事。用三角测量法分析信用卡数据，喝咖啡。她又开始烹制柠汁腌鱼生和鳕鱼。

后来她又做出一个重大决定：打电话给亚历克斯·奥纳西斯，买下这套谁都不要的双层公寓。她要态度坚决地讨价还价，让楼下那几个大呼小叫的家伙滚开。谁也别想把她从任何地方赶走。

她将报告扔到劳拉桌上，伸了个懒腰，套上夹克。她的刑期还剩下1年11个月17天——不过现在，到了吃饭时间。

— 59 —

午夜了，可埃里克睡不着，他坐在一张扶手椅里，脚架在茶几上，小口抿着一杯乌龙茶。在他四周，柔和的灯光下，地板上撒满了积木。

透过落地玻璃窗看出去，哥本哈根像陷入了冬眠，然而港口并没有睡，港口从来不睡，龙门吊正从一艘飘着利比里亚国旗的老巴拿马型船上卸货。

埃里克又想起去年12月来他家按门铃的那个女人，那个睡眠不足、蓬头垢面、焦虑不安的女人不喜欢地理，而他连她的名字都不知道，甚至她的模样都开始淡出他的记忆。他本可以不太费劲地追踪到她——蒙特利尔负责电子诈骗调查的皇家骑警并非成千上万——但他忍住了。他宁愿她保持神秘的光环，像一位从天而降的守护天使——意外出现的精英突击队员，起死回生的急救员，诸如此类的人物。

他放下茶杯，双手摩擦着脸颊。过去几个月压在他瘦弱肩膀上的担子比几十年还要重。今晚，坐在幽暗的光线中喝一杯清茶，他仿佛有90岁了。

他站起来，缓缓伸展四肢，终于露出了笑容。

拉尔克和丽莎直接躺在地板上，并排睡在落地窗前。

那位女旅行家是傍晚时分到的，背着个巨大的背包，步履蹒跚，污浊不堪，筋疲力尽。她横跨东欧的旅程出乎意料地漫长而艰辛。当然，她拒绝了埃里克的帮助，战胜了各种各样的困难，先在希腊，然后是塞尔维亚，再后来是捷克共和国。她的脚很疼，有3天没怎么睡觉，上次吃到烤肉串还是十几个小时以前在柏林的时候。她坐在大会议桌前，风卷残云地吞下了三盘黄油意大利面，同时讲述她过去这些天的历险，拉尔克目不转睛地盯着她看。

到了晚上睡觉的时间，丽莎坚持睡在落地玻璃窗前，不介意地板舒不舒适：她希望看着地平线入睡。至于拉尔克，她拒绝离开她的新偶像半步，从一见面，她们就是生死之交。

场景很完美，像大师的一幅油画作品，当埃里克终于熄灭灯光，这画面依然在他眼前停留了片刻才消失。

蒙特利尔，2014年9月15日